잘 자요 엄마

잘자요 엄마

서미애 장편소설

엘릭시르

차례

예를 들면 말이지, 아주 오래된 방이 있어.

그 방은 내가 기억하고 싶지 않은 것들로 가득하고 문에는 커다란 자물쇠가 채워져 있어.

시간이 흐르면서 그 방의 존재에 대해 차츰 잊어버리고 나중에는 그런 방이 있었는지조차 기억 못 하지.

기억이란 건 이상해. 절대 잊어버릴 수 없는 일인데, 오히려 그렇기 때문에 머릿속에서 완전히 지워버리거든. 충격으로부터 자신을 보호하기 위한 안전장치라고 하더군. 계속 생각하게 되면 망가질 것을 아니까 뇌가 알아서 지우는 거야. 결국 우리 머릿속은 기억하고 싶은 것만 기억해. 감당할 수 있는 것만 담아두는 거지.

가끔 생각해. 내 머릿속은 뭐가 잘못된 것일까?

그래, 내게도 그런 방이 있었어.

너무 끔찍해서 한곳에 몰아넣고 수십 개의 자물쇠로 채워버린 방. 그런 방이 있는지조차 기억하지 못했던 시간이 잠깐 동안 있었지. 하지만 그리 오래가지 못했어. 어느 날 수십 개의 자물쇠가 한꺼번에 열려버렸거든.

자물쇠가 열려도 들어가지 말아야 했는데, 난 호기심을 못 이기고 그 방으로 들어가고 말았어. 그리고 깨달았지.

내가 지옥의 문을 열었다는 걸.

1장

"머릿속에 있는 기억 중에
가장 오래된 기억이 뭐죠?"

"빨간 구두요.
엄마가 사준 빨간 구두.
그게 저의 첫 기억이에요."

1.

응암동 지역에서 화재 신고가 접수된 것은 6월 17일 새벽 3시 37분이었다.

남산에 있는 소방본부 종합상황실 현황판에 "응암 지역 화재 발생"이라는 신고 내용이 올라온 것과 동시에 서부소방서와 인근 경찰서, 서울지방경찰청 과학수사계 화재감식팀에 같은 내용이 통보되었다.

신고를 접수한 소방본부 소속 화재조사관 이상욱은 당시 숙직이라 직원 휴게실 침대에 잠들어 있었다. 핸드폰으로 연락을 받은 상욱은 졸린 눈을 비비며 자리에서 일어났다. 보고서 작성을 하느라 1시 넘게 잠들어 수면 시간이라고 해봐야 두 시간이 고작이다.

눈꺼풀이 저절로 내려앉았지만 건물을 나와 찬바람을 쐬자 조금 정신이 들었다. 시원한 밤공기가 잠자리의 끈적이던 느낌도 말끔히 날려주었다.

상욱은 주차장으로 걸어갔다. 자동차에 올라타기 전 그는 자신의 파트너인 유동식 경사에게 전화를 걸었다. 역시 잠자리에서 막 일어난 듯 덜 깬 목소리가 전화를 받았다.

"일어났어. 일어났다고."

서울시경에서 벌써 연락이 간 모양이다. 안 봐도 그의 모습이 훤히 그려졌다.

침대에서 일어나 깨어나지 않는 의식이 자꾸 잠 속으로 미끄러지려는 것을 참으며 머리를 흔들고 있겠지. 눈을 감은 채 수화기 너머로 들려오는 소리에 귀를 기울이며 잠을 쫓을 것이다. 유 경사는 덩치에 어울리지 않게 어린아이 같은 동작을 할 때가 있다.

상욱은 피식 새어 나오는 웃음을 참으며 현장으로 출발한다고 알렸다.

"얼른 준비하고 나오세요."

"……잠깐만."

"예?"

전화를 끊으려는데 유 경사가 다급하게 부른다. 상욱은 무슨 일인가 싶어 귀를 기울였다.

"어디라고?"

분명 어디인지 들었을 텐데, 잠결에 흘린 것인지 아니면 확인하기 위한 것인지 상욱에게 다시 묻는다.

"응암 지역요. 이번엔 백련사길 충암고교오거리 쪽이래요."

장소를 확인한 유 경사의 한숨 소리가 들려왔다. 그러고는 정신을 차리려고 애쓰는 중인지 아무런 소리도 들려오지 않았다. 잠시 조용하던 유 경사가 끙 소리를 내며 뭐라고 중얼거렸다. 자리를 털고 일어나며 욕이라도 하는 것이겠지, 상욱도 같은 심정이니 말하지 않아도 안다.

"네, 저도 미치겠습니다."

"알았어. 준비하고 가지. 현장에서 보자고."

전화를 끊은 상욱은 얼른 자동차에 올라탔다.

차 키를 꽂고 시동을 건 후 시간을 확인했다. 어느새 4시가 넘어가고 있다.

이른 새벽이니 도로에 자동차가 많지는 않을 것이다. 숭례문 앞을 지나 무악재로 넘어가면 이십 분이면 도착할 거리다. 그는 서둘러 주차장을 빠져나가며 응암동 지역에서 일어나고 있는 화재 사건이 몇 번째인지 헤아려보았다.

봄이 되면서 시작된 방화 사건은 벌써 다섯 건을 넘기고 있다. 이제는 응암 지역에서 누가 성냥을 그었다는 소리만 들어도 경기를 일으킬 지경이다.

첫 번째 사건은 서울시립 은평병원 근처 응암7구역 힐스테이트 아파트 건설 현장 근처에서 발생했다.

그곳은 백련산 아래 대단위 아파트 단지 건설 공사가 진행되고 있는 지역이라 쌓아놓은 자재들과 공사 현장을 드나드는 트럭 등으로 주변이 어수선했다.

백련사길에서 공사 현장으로 들어가는 입구 빈터에서 발생한 화재는 다행히 인명 피해 없이 마무리되었다. 아파트 공사에 쓰일 나무 합판과 자재 들이 불타기는 했지만 피해액이 크지 않고 공사장을 지키는 인부에 의해 조기에 발견되어 발빠른 대응으로 곧 진화되었다. 소방서에서도 별다른 이상 징후를 발견하지 못해 담뱃불이나 실화에 의한 화재로 정리되었다.

하지만 응암 지역을 중심으로 연이어 화재가 발생하자 부주의에 의한 일상적인 화재로 처리되었던 첫 번째 사건도 재조사에 들어갔다. 공사 현장은 저녁때가 되면 문이 닫히고 주변은 인적도 드문 곳이라 누군가 일부러 그 지역으로 들어가 불을 지른 게 아닌가 하는 의견이 제시되었다.

가장 피해가 심했던 것은 세 번째 방화 사건 때였다.

소방본부 소속 화재조사관 이상욱과 서울지방경찰청 과학수사계 화재감식팀 유동식 경사가 투입된 것도 이때부터다.

백련사길 건너편 응암초등학교 뒤 응암동 교회 근처에서

발생한 화재는 때마침 불어온 황사바람과 함께 주변 다가구 주택으로 번져 세 채가 불에 타고 잠자고 있던 일가족 세 명이 사망하는 등 심각한 피해를 입혔다.

새벽 3시경에 발생한 사건이지만 주택가 골목에서 생긴 일이다 보니 목격자도 있었다.

목격자는 인근 주민으로 회사에서 야근을 마치고 집으로 돌아가던 길에 화재가 난 곳 근처에서 수상한 사람을 보았다고 했다. 그 사람이 큰길로 사라진 뒤 주택가에서 불길이 치솟았다고 증언했지만 어두워서 인상착의는 못 봤다고 했다.

유 경사와 함께 화재가 시작되었다는 곳에서 발화점과 발화 원인을 찾기 위해 잿더미를 뒤적거려보았지만 목격자의 진술과 화재 현장이 일치하지 않아 난관에 부딪혔다. 인근 주민들은 재개발을 둘러싸고 거주민과 건설사 사이에 오래전부터 갈등이 있었는데, 그 사실이 계속 일어나고 있는 방화 사건과 관련이 있을 것이라고 말했다.

무악재를 넘어 홍제삼거리에서 모래내길로 진입하는데 핸드폰이 울렸다.

"어디야?"

유 경사의 목소리는 낮게 가라앉아 있었다.

"벌써 도착했어요?"

"아니, 가고 있어."

"도착해서 보자고 하시더니……."

"벌써 여섯 번째인가?"

"그러네요."

한동안 아무 소리도 들리지 않았다. 상욱은 전화가 끊어졌나 싶어 유 경사를 불렀다.

"뭐 하실 말씀 있으세요?"

"아까…… 안 좋은 꿈을 꿔서……."

"꿈요?"

그렇지 않아도 뒤숭숭한 꿈자리에 방화로 추정되는 화재 신고가 들어오니 마음이 편치 않은 것 같았다. 갑자기 약해진 유 경사의 모습에 머리가 복잡해졌다. 한 번도 이런 모습을 본 적이 없는데, 이번 연속 방화 사건 때문에 스트레스가 많은 모양이다.

상욱과 유 경사는 함께 화재 현장을 조사하지만 서로 입장이 조금 달랐다.

상욱이 하는 일은 화재 현장의 형태나 남겨진 흔적, 그리고 목격자와 피해자의 진술을 조사해서 화재의 발화점과 발화 원인 등을 밝혀내는 것이다. 그에 비해 유 경사는 상욱과 같은 화재조사관과 함께 1차 조사에서 밝혀진 사실들을 토대로 범죄, 혹은 방화의 가능성이 포착되면 화재 현장에 대한 본격적인 감식을 시작한다. 그리고 화재 현장에서 범인의 흔적을 찾아내어 사건을 해결하는 것이다.

소방본부 소속인 상욱이 화재 현장에서 모든 일을 끝내는 반면, 서울시경 소속인 유 경사는 화재 현장이 출발점인 셈이다. 범죄가 얽힌 화재 사건이라면 그때부터 범인을 찾아 사건을 해결할 때까지 유 경사의 일은 끝나지 않는다.

둘이 함께 다니며 화재 현장에 대해 서로 의견을 교환하지만 유 경사의 스트레스가 더 많을 수밖에 없다. 더구나 몇 달 사이에 잇달아 같은 지역에서 일어나는 방화 사건이라니, 어서 해결하지 않으면 안 된다는 초조감이 더할 것이다. 평소라면 이렇게 비상이 걸려 화재 신고 즉시 출동하는 일도 흔치 않다. 지난 몇 건의 방화 사건 때문에 응암 지역은 화재 발생과 동시에 상욱과 유 경사에게 연락이 가도록 되어 있었다.

상욱은 뭐라고 대꾸할 말이 생각나지 않았다. 오늘 이 사건을 끝으로 범인도 잡히고 더이상 사건도 일어나지 않기를 바랄 뿐이다.

"너 꿈 같은 거 안 믿냐?"

"믿어요. 우리 어머니가 절 가지실 때 기막힌 태몽을 꾸셨거든요. 그 꿈 때문에 제가 소방관이 된 거 아닙니까? 그 얘기 제가 안 해드렸나?"

상욱은 조금이라도 유 경사의 기분을 풀어주기 위해 평소보다 더 너스레를 떨어가며 어머니의 태몽 이야기를 꺼냈다.

하지만 그 이야기라면 이미 수십 번도 더 들은 유 경사는 상욱의 얘기를 채 듣기도 전에 전화를 끊어버렸다.

상욱은 피식 웃으며 핸드폰을 내려놓고 자동차의 속도를 올렸다.

충암고교오거리 몇 미터 전방부터 이미 화재 사건이 발생했음을 알리듯 도로가 혼잡했다. 그 새벽에 큰길로 구경 나온 사람들과 속도를 늦추는 자동차 때문에 사건 현장으로 다가가기가 힘들 정도였다.

상욱은 경광등을 자동차 지붕에 매단 뒤에도 몇 번이나 경적을 울려대고서야 백련사로 들어가는 도로에 진입할 수 있었다. 구경 나온 사람들을 피해 간신히 한쪽에 차를 세우고 현장으로 다가가자 화재 현장 특유의 긴박한 움직임이 보였다.

도로부터 화재를 진압하기 위해 출동한 소방차와 소방관, 부상자를 태우기 위해 대기중인 구급차, 현장을 정리하는 경찰관으로 정신이 없었다. 화재 소식에 놀라 잠자리에서 뛰쳐나온 근처 주민들까지 발을 동동 구르며 현장을 떠나지 못해 주변은 북새통이었다. 얼핏 보기에도 화재 규모가 꽤 커 보였다.

상욱은 불길이 치솟고 있는 곳으로 눈길을 주었다. 다행히 웬만큼 불길이 잡히고 구조대가 현장 진입을 준비하고 있었다. 상욱은 이번 연쇄 방화 사건으로 현장에서 낯이 익은 서부소방서 대원들에게 기합을 넣어주며 주위를 두리번거렸다.

수십 명의 사람들이 어지럽게 오가는 와중에도 유 경사의 모습은 한눈에 들어왔다. 짧은 스포츠머리에 큰 키, 다부진 체격은 멀리서도 쉽게 찾을 수 있었다.

유 경사는 경찰차 뒤에서 화재가 진압되는 모습을 지켜보다 하품이 나오는 것을 참으며 머리를 흔들고 있었다.

상욱은 얼른 유 경사에게 다가갔다.

"아직도 잠이 안 깨신 거예요?"

상욱이 말을 걸었지만 유 경사는 인상을 찡그리며 소방관들이 뿜어내는 물줄기를 바라보고 있었다. 잠을 설친 탓도 있겠지만 그동안 계속된 방화 사건 때문에 이리저리 뛰어다니느라 피곤하기도 했을 것이다.

"미친놈 하나 때문에 이게 뭔 난리냐?"

"그러게 말이에요."

유 경사는 답답한지 얼굴을 한번 쓸어내리며 주위를 둘러보다 현장 통제중인 제복 경찰을 발견하고 그에게 다가갔다. 경찰은 목격자에 대한 정보와 진행 상황을 알려주었다. 유 경사와 상욱이 신고자를 찾자 근처 편의점에 있다며 손가락으로 방향을 가리켰다.

편의점 앞에도 사람들이 웅성거리며 모여 있었다. 꽤 오래 구경하고 있었는지 불길이 잡히는 것을 보자 하나둘 집으로 돌아가는 중이었다. 편의점 안을 기웃거렸지만 아무도 없었다. 유 경사가 편의점 앞으로 나와 신고한 사람을 찾으니 줄무늬 셔츠를 입은 청년이 긴장한 얼굴로 돌아보았다. 편의점에서 알바를 하는 그는 가게도 지키지 않고 가게 앞에 나와 사람들과 혀를 차며 현장을 지켜보고 있었다.

"제가 신고한 사람인데요."

"화재조사관입니다. 처음 목격했을 당시 상황을 얘기해주시죠."

사람들의 시선이 쏠리자 알바생은 머리를 긁적이며 유 경사를 보다 입을 열었다.

"3시 반쯤 됐나? 손님도 없고, 앉아 있으니까 졸리기도 해서 잠깐 바람 좀 쐬려고 밖으로 나왔어요. 근데 저 앞 골목집들 위로 검은 연기가 올라오는 게 보였어요. 첨에는 뭔가 싶었는데 검은 연기 사이로 불길이 보이더라구요. 설마 하다가 불길이 갑자기 커지는 걸 보고 놀라서 신고 전화를 했어요."

알바생이 가리키는 골목을 쳐다보며 유 경사는 뭔가 생각에 잠기는 표정이었다.

"저 골목길로 들어가면 어디가 나와요?"

"뒤는 아마 막혀 있을걸요?"

"혹시 신고 전화할 때 주위에 수상한 사람 못 봤어요? 연기가 보인 곳에서 누가 튀어 나왔다든지, 아니면 화재 나기 전에 주위에 낯선 사람이 배회하고 있었다든지……."

"아뇨, 말씀드린 대로 졸려서 잠깐 나온 거라, 나중엔 신고하느라 정신이 없었고요……."

유 경사는 알바생에게 명함을 건네며 뭔가 생각나는 게 있으면 꼭 연락을 해달라고 부탁하고 골목으로 향했다.

골목 입구부터 소방 호스와 호스에서 흘러내린 물이 고여 바닥이 어수선했다. 늘어진 호스들 사이를 걸으며 다가서는데 아직도 시커먼 연기가 피어오르는 골목 안에서 구조대원이 열 살 정도 된 듯한 여자아이를 안고 나오는 모습이 보였다.

유 경사는 자신도 모르게 소녀의 모습에 시선을 빼앗겼다. 왠지 신경이 쓰여 눈을 뗄 수가 없었다. 안으로 들어가던 그는 발길을 돌려 소녀를 안고 가는 구조대원의 뒤를 따라갔다.

구조대원은 아이를 구급차에 데려다주고 다시 골목 안으로 사라졌다.

구급차 안에 있던 응급 요원이 아이에게 담요를 덮어주고 다친 곳을 물었지만 아이는 아무 말도 하지 않고 골목 안을 쳐다보았다. 커다란 곰 인형을 두 손으로 꼭 껴안은 아이는 화재 현장에서 막 빠져나온 것치고는 침착해 보였다. 하지만 찬찬히 아이의 얼굴을 바라보던 유 경사는 곧 아이가 충격으로 굳어 있다는 것을 알 수 있었다. 무표정한 얼굴에 커다란 눈동자만이 이따금 주위를 힐끗거리며 두려움을 나타내고 있었다. 별다른 외상은 없어 보였다.

아이는 시커먼 연기가 계속 새어 나오는 골목을 물끄러미 쳐다보다 조금 정신이 들었는지 구급차에서 내려 주변을 두리번거렸다. 집을 찾아 골목으로 들어가야 할지, 아니면 이대로 계속 기다려야 할지 몰라 같은 자리를 맴돌며 누군가 말을 걸 사람을 찾고 있는 듯 보였다.

유 경사는 가슴 한쪽이 시려왔다.

화재 현장에서 가장 마음 아픈 것은 피해자들이다.

자다가 갑자기 날벼락을 맞는 셈이다. 한순간에 살던 곳을 잃은 것은 물론이고 때로는 가족까지 떠나보내야 하는 비극을 경험하게 된다. 화재를 당한 대부분의 피해자들은 한동안 충격으로 잠도 제대로 이루지 못하고 불안에 떤다. 화재에 대한 기억은 오래도록 그들의 잠자리를 괴롭힌다.

분주히 오가는 사람들 사이에서 가족을 찾아 두리번거리는 아이의 모습에 새삼 방화범에 대한 분노가 치밀어 올랐다. 아이가 걸음을 옮기며 구급차에서 멀어지려 하자, 유 경사는 얼른 아이에게 다가갔다.

"어디 가니? 여기서 기다리는 게 안전해. 병원에도 가야지."

아이가 말간 눈으로 유 경사를 올려보았다. 크고 투명한 눈은 낯선 사람을 경계하는 불안감이 그대로 느껴졌다. 유 경사는 어떻게 해서든 아이가 가진 두려움을 조금이라도 줄여주고 싶었다.

"걱정하지 마. 아저씨들이 불을 끄고 나면 곧 가족과 만나게 될 거야."

유 경사의 말에 아이는 두 눈을 깜빡이더니 그제야 생각난 듯 뭐라고 중얼거렸다. 처음엔 입술만 움직이며 들릴 듯 말 듯 웅얼거렸지만 곧 결심한 듯 유 경사를 바라보며 목소리를 높였다.

"아빠……."

"응?"

"아빠한테 갈래요……."

유 경사는 구급차를 쳐다보았다. 뒷문이 열려 있었지만 차 안에 피해 주민의 모습은 보이지 않았다. 먼저 구출되었다면 다른 구급차로 병원에 이송되었을 수도 있다. 하지만 구출되지 못했다면 불길에 휩싸인 집에 갇혀 있을 수도 있다. 그런 가능성은 생각하고 싶지 않다. 유 경사는 쉽게 말을 꺼내지 못하고 도와줄 사람을 찾아 두리번거렸다.

아이는 도움을 청하듯 유 경사의 팔을 잡고 흔들었다. 고개를 돌리다 아이의 눈과 마주친 유 경사는 가슴에 찌릿한 통증을 느꼈다. 이제 조금씩 어떤 상황인지 인식했는지 아이의 눈에는 금방이라도 눈물이 흐를 것처럼 물기가 그렁그렁 매달렸다. 이런 상황에서는 어떻게 해서든 빨리 아이의 가족을 찾아 안정을 찾도록 해주어야 한다. 가족과 떨어져 혼자 있는 시간이 길어지면 아이는 점점 더 커지는 불안과 두려움에 떨게 될 것이다.

유 경사는 주위를 두리번거리며 상욱을 찾았다.

상욱은 진압을 끝내고 나와 장비를 정리하는 대원들에게 질문을 하며 진압 상황을 확인하고 있었다. 화재 진압 시 소방대원들의 진행 방향이나 과정을 알아야 현장 조사에서 상황을 가감하여 오류를 막을 수 있다. 유 경사는 상욱의 일이 끝나기를 기다리며 아이를 내려다보았다.

상욱은 곧 소방대원들과 인사를 나누고 유 경사에게 다가왔다.

"이제 슬슬 들어가봐야겠죠?"

진압이 마무리되었으니 1차 현장 조사를 하자며 유 경사에게 말을 건네던 상욱의 시선이 자연스럽게 유 경사의 옆에 서 있는 아이에게로 향했다. 아이를 바라보던 상욱의 시선이 다시 유 경사에게로 향했다. 그의 얼굴에 물음표가 가득했다. 유 경사는 턱으로 골목 안을 가리켰다.

상욱은 그제야 화재 피해자라는 것을 눈치채고 얼른 몸을 숙여 아이의 머리를 쓰다듬으며 말을 걸었다.

"많이 놀랐지? 어디 다친 곳은 없고? 엄마 어디 계시니?"

"……죽었어요."

아이의 눈에서 간신히 버티고 있던 눈물이 툭 뺨을 타고 굴러떨어졌다. 아이의 대답에 놀란 상욱은 뭐라 말을 못 하고 유 경사를 쳐다보았다.

"엄마가…… 아직 집안에 계시니?"

아이는 거칠게 고개를 흔들며 더이상 얘기하고 싶지 않다는 듯 입을 다물었다. 엄마 이야기에 아이는 금방 시무룩해져 품에 안고 있던 곰 인형을 더 꼭 끌어안았다. 아이는 상욱의 시선을 피하며 인형의 머리에 얼굴을 묻었다.

보다 못한 유 경사가 상욱에게 낮은 소리로 말했다.

"아빠는 나온 모양이야. 아빠한테 데려다달라는데?"

"구급차에 태우면 되겠네요. 서부병원으로 갔을 텐데 확인해볼까요?"

"아빠, 서울병원에 있어요."

조금 전까지만 해도 쉽게 입을 열지 않을 것 같던 아이가 불쑥 유 경사와 상욱의 말에 끼어들었다.

"서울병원?"

유 경사는 아이를 빤히 보다가 상욱에게 시선을 돌렸다.

"이 근처에 서울병원이라고 있어?"

"글쎄요. 저도 첨 들어보는데요."

서부 지역에서 발생한 화재 피해자들이 가는 병원은 정해져 있다. 하지만 거기에 서울병원이라는 이름의 병원은 없다. 둘의 대화가 답답했는지 아이는 뺨에 흐르던 눈물을 손등으로 쓱 닦아내고는 얼른 주머니에서 명함을 꺼내 상욱에게 건네주었다.

"우리 아빠 전화번호예요. 여기로 전화해주세요."

명함을 받아든 상욱은 어리둥절한 표정으로 아이를 쳐다보다 유 경사에게 시선을 돌렸다.

"뭐해? 얼른 전화해보지 않고?"

유 경사의 말에 상욱은 서둘러 핸드폰을 꺼내 전화를 걸었다.

"여보세요? 저…… 윤재성 씨 되십니까?"

전화기 너머에서 들리는 목소리는 막 잠에서 깨어난 것 같았다. 화재에 대해서는 전혀 모르는 눈치였다. 이른 새벽에 걸려 온 전화를 기분 좋게 받을 사람은 없다. 아이의 아버지는 퉁명스럽게 무슨 일인지 물었다.

"따님이 아빠를 찾아서요. 아, 여기 응암동입니다. 지금 화재가 나서……. 예, 예, 맞습니다. 달맞이길 정성빌라 쪽입니다. 네……. 걱정하지 마세요. 아이는 무사합니다. 네……. 네."

아이의 아버지는 화재가 났다는 말에 놀라 다급히 자신이 알고 있는 주소를 거듭 확인하더니 곧 현장으로 오겠다며 전화를 끊었다.

상욱이 핸드폰을 집어넣기 무섭게 아이가 상욱의 바지를 잡아당겼다. 상욱은 얼른 고개를 숙여 아이를 쳐다보았다. 아이는 기대와 설렘으로 두 눈을 반짝이며 상욱을 올려다보며 물었다.

"아빠 온대요?"

"그래, 여기서 기다리면 금방 오신단다."

그 말을 들은 아이의 얼굴은 안도감으로 편안해졌다. 얼굴에 가득했던 불안감과 두려움이 순식간에 사라지는 것을 느낄 수 있었다. 주위를 둘러보니 이미 구급차는 떠나고 없었다. 유 경사는 아이를 경찰에게 맡기고 상욱과 함께 골목 안 화재 현장으로 들어갔다.

구조대도 모두 나가고, 남은 소방대원들이 타버린 문을 부수고 들어가 집안을 확인하고 있었다. 유 경사와 상욱도 그들과 함께 주변을 살피기 시작했다.

막다른 골목에 있는 단독주택과 그 옆 빌라가 가장 크게 피해를 입은 것으로 보였다.

유 경사는 우선 주택으로 발길을 돌렸다.

주택의 대문으로 들어서자 정원수가 몇 그루 심어진 마당과 단층 건물이 보였다. 마당은 화재 진압으로 엉망이 되어 있었다. 건물에서 흘러나온 검은 물이 마당 여기저기 고여 있었다. 유 경사는 상욱과 함께 손전등을 켜고 검게 변해버린 건물의 외벽을 주의깊게 바라보며 주변을 살피기 시작했다.

거의 전소된 주택은 창문이 모두 깨지고 벽도 온통 시커먼 그을음으로 뒤덮여 있다. 주택과 맞붙은 2층 빌라도 불에 타 베란다 창문이 다 깨지고 휑하니 뚫려 있었다. 그 문 너머로 시커멓게 변한 실내의 모습이 보였다. 전자 제품이며 가구 등이 모두 불길에 녹아내리고 거센 물줄기를 맞은 뒤라 검은 물이 뚝뚝 떨어지는 게 사람이 살던 곳이라고는 믿어지지 않을 만큼 흉측한 몰골이다. 시뻘건 불길이 휩쓸고 지나간 곳은 지옥으로 변해 있었다.

벽에 남겨진 연기의 그을음은 불길의 발자국과도 같다.

유 경사와 상욱은 곳곳에 흥건하게 물이 고인 웅덩이를 피해 주택과 빌라 벽에 남겨진 그을음을 확인했다.

"불길이 주택에서 빌라로 번진 것 같은데요?"

상욱의 말에 유 경사도 고개를 끄덕였다. 유 경사는 단독주택 건물 뒤로 돌아가 빌라와 맞닿은 공간을 확인했다.

주택과 빌라는 벽을 사이에 두고 가까이 붙어 있고 또 그 사이에 여러 물건들을 쌓아두었는지 불에 타 오그라진 잔해들로 가득했다. 물에 흠뻑 젖은 채 아직도 아쉬움이 남는다는 듯 이따금 연기가 올라왔다.

상욱은 숯덩이가 된 잔해들을 만져보더니 그을음을 떼어내 손끝으로 비볐다. 구둣발로 한쪽에 엉킨 덩어리를 건드려보다 코를 갖다 대고 킁킁거리며 냄새도 맡았다.

"목재랑 화학제품이 같이 뒤섞여 있는 것 같은데요? 스티로폼 보드도 있었던 것 같고요."

"집을 짓고 남은 거겠지. 문짝이나 건축 자재 남은 것들 아냐?"

"예, 그래 보여요."

차라리 이 공간이 비어 있었다면 옆집까지 불이 번지지 않았을지 모른다. 나무 합판과 스티로폼 보드라니, 공사에 쓰고 남은 자재들을 집과 벽 사이 빈 공간에 방치해둔 바람에 이것들이 불길을 옮기는 징검다리 역할을 했다.

유 경사와 상욱은 앞마당으로 다시 나왔다. 집안으로 들어간 소방대원이 시체가 있다고 소리를 질렀다. 한 명이 들것을 가지러 가기 위해 골목 밖으로 뛰어나갔다.

유 경사는 자신도 모르게 인상을 구겼다.

새벽에 발생한 화재는 사람들이 깊은 잠을 자는 시간이라 인명 피해가 더 심할 수밖에 없다. 주택 안의 가족도 화재가 난 줄 모르고 자다가 변을 당한 것이리라. 유 경사는 만일의 경우를 생각해 소방대원과 함께 집안으로 들어갔다.

매캐한 불 내음이 폐부를 찔렀다. 유 경사는 마스크를 꺼내

쓰고 안방으로 들어갔다. 안방을 지키고 있던 소방대원이 유 경사를 보자 고갯짓으로 알은척을 했다. 그는 인사를 받는 둥 마는 둥 하며 방에 누워 있는 시체를 바라보았다.

시체는 두 구였다. 이부자리에 나란히 누워 잠을 자다 그대로 죽은 모양이다. 검게 탄 시체는 부부처럼 보였다. 유 경사는 안에서부터 올라오는 욕지기를 간신히 참으며 손으로 마스크를 눌렀다.

시체와 방안을 둘러보던 유 경사는 본능적으로 위화감을 느꼈다.

뭔가 설명할 수 없는 것이 뇌세포에 걸려 쉽게 넘어가지 않았다. 그는 다시 시체에 다가가 반쯤 타버린 솜이불을 들추었다. 이불을 덮고 있는 부분은 불길이 닿지 않았는지 손상이 없었다. 유 경사는 충격을 받았지만 섣불리 판단하지 않으려고 애썼다.

안방으로 들어오던 상욱이 시체를 보고는 그대로 뒷걸음치며 밖으로 나갔다. 그는 꽤 오래 화재조사관 일을 해왔지만 아직도 현장의 시체를 보는 일은 가급적 피했다. 유 경사는 안방에서 나와 소방대원에게 안방은 건드리지 말라고 부탁하고 대문을 나섰다. 마당에서 서성이던 상욱이 뒤따라 나오며 유 경사에게 말을 걸었다.

"갑자기 어디 가세요?"

"차에 카메라 가지러."

"저한테 있잖아요."

"그거 말고, 내 거. 내가 직접 찍어야 돼."

유 경사의 목소리가 굳어 있다는 것을 눈치챈 상욱은 곧 입을 다물었다. 자신의 카메라로 사진을 찍겠다는 말은 이 사건이 단순한 화재가 아니라 범죄와 관련된 사건이라는 것을 의미했다. 보다 정밀한 현장 감식 사진을 찍을 필요가 있는 것이다.

그때 상욱의 주머니에서 핸드폰이 울렸다. 번호를 확인하고 전화를 받자 조금 전 통화했던 아이의 아버지였다. 근처에 거의 다 왔다며 아이가 있는 곳을 물었다.

"그 골목 바로 앞에 경찰차가 있을 겁니다. 거기로 오시면 됩니다."

"아이 아버지가 온 모양이에요."

통화를 마친 상욱이 따라 나오려 하자 유 경사가 가로막았다.

"왜요?"

"아이 아버지는 내가 만날 테니까 여기서 남아서 현장 좀 지켜."

혹시나 현장이 훼손될까 염려한 유 경사는 상욱을 현장에 남겨놓고 서둘러 골목을 빠져나가 큰길 쪽에 있는 경찰차로 향했다.

번잡하던 큰길도 어느새 한산해졌다. 소방차와 구급차는 최소한만 남기고 모두 철수했다. 조금 전보다 구경하는 사람들도 많이 줄어 있었다. 불도 꺼지고 아직 이른 새벽이니 다들 집으로 돌아가 설친 새벽잠을 청하거나 출근 준비를 할 것이다.

유 경사는 얼른 자신의 차에서 카메라를 꺼내고 경찰차로 다가갔다. 제복 경찰의 모습은 보이지 않았다. 유 경사는 경찰을 찾아 두리번거리다 차 안을 들여다보았다.

아이는 차 뒷좌석에 누워 자고 있었다.

화재 때문에 놀랐다가 아빠가 온다는 말에 긴장이 풀어진 모양이다.

자는 와중에도 두 손으로 곰 인형을 꼭 껴안고 있다. 아이는 이따금 콜록거리며 고통스러운 듯 인상을 찡그렸다. 아마도 화재 현장에서 연기를 마신 후유증일 것이다. 하지만 아이는 곧 손을 더듬어 품안의 곰 인형을 확인하고는 안심한 표정으로 깊은 잠에 빠졌다. 그렇게 정신없는 와중에도 곤히 자는 모습을 보자 안쓰럽다는 생각이 들었다. 오늘의 기억 때문에 앞으로 얼마나 많은 밤 동안 잠을 설칠까.

"어, 잠들었네? 목 아프다고 해서 우유 사 왔는데……."

돌아보니 제복 경찰이 우유와 과자를 손에 들고 있었다. 그도 어린아이가 안쓰러웠던 모양이다.

"가족은 없는 거예요?"

제복 경찰은 아이가 화재로 가족을 모두 잃은 줄 알고 있었다.

"아니. 아버지가 곧 온다는군."

"다행이네요."

유 경사는 아이의 모습을 물끄러미 바라보다 시선을 돌려 아이의 아빠로 보이는 사람을 찾기 시작했다.

한 남자가 황급히 차를 세우고 허겁지겁 내리는 모습이 보였다.

그는 다급하게 골목으로 달려오다 소방차와 화재 뒷정리로 바쁜 소방대원들의 모습을 보고 놀라 걸음을 멈췄다. 골목 안을 쳐다보던 그의 표정은 충격으로 굳어졌다.

"윤재성 씨?"

남자는 고개를 돌려 자신의 이름을 부른 사람을 찾다가 유 경사를 확인하고는 황급히 다가왔다. 그의 얼굴은 충격과 두려움으로 떨고 있었다. 갈라진 목소리에 다급함이 그대로 묻어났다.

"아, 아이는요?"

"걱정 마세요. 저기서 자고 있습니다. 다친 곳은 없습니다."

유 경사가 그렇게 말을 했는데도 남자는 얼른 경찰차로 달려가 아이가 무사한지 확인했다. 아이가 자고 있는 모습을 보고 그제야 안심이 되는지 한숨을 내쉬더니 유 경사에게 돌아와 물었다.

"장인 장모님은요? 다치신 겁니까? 어디 계신가요?"

"부상자들은 인근 병원으로 이송한 걸로 알고 있습니다."

유 경사는 병원에 확인해보겠다고 하려다 입을 다물었다. 불길한 예감이 들었다.

"혹시…… 집 위치가?"

"골목 맨 끝입니다."

"빌라 바로 앞 단독주택인가요?"

"……예, 왜 그러시죠?"

순간 유 경사의 머리에 이불을 덮은 채 죽어 있던 부부의 모습이 떠올랐다. 그 부부는 아이의 외조부모였던 모양이다.

남자는 유 경사의 표정을 읽고 바로 상황을 이해했다. 그는 차마 믿지 못하겠다는 듯 입을 벌리고 한동안 두 눈을 끔뻑이며 할말을 찾고 있었다.

"두 분 다…… 변을 당하신 겁니까?"

유 경사는 시선을 피하며 고개를 끄덕였다. 바짝 힘이 들어가 있던 남자의 몸이 갑자기 축 늘어지는 게 느껴졌다.

"그러면…… 시신은…… 어디에 모셨습니까?"

"그게……."

말을 꺼내기가 쉽지 않았다. 아직은 섣불리 얘기를 꺼낼 수도 없다.

현장 확인과 사체 부검을 해봐야 보다 정확한 것을 알게 될 것이다. 그렇지 않아도 가족을 잃어 상심해 있는 사람에게 실은 화재가 아니라, 살해당한 것 같다고 말할 수는 없다. 유 경사는 그가 첫 번째 충격을 이겨낸 뒤에 이야기해도 늦지 않을 것이라 판단했다.

"아이를 데리고 돌아가 계시면 연락드리겠습니다. 아이가 많이 힘들었을 겁니다."

남자는 그제야 다시 아이에게 관심이 돌아온 듯 경찰차를 돌아보며 고개를 끄덕였다.

"혹시 저 집에 부인도 계신가요?"

"예?"

남자는 놀란 표정으로 유 경사를 바라보았다.

아이는 조금 전 엄마가 죽었다고 했다. 아직 집안을 샅샅이 확인한 게 아니니 사체가 더 있을지도 모른다.

"아니요, 아내는…… 일 년 전에 죽었습니다."

"아…… 죄송합니다. 제가 착각을 했군요."

유 경사가 사과를 하자, 남자는 아니라며 손사래를 친 뒤 경찰차로 다가갔다.

남자가 경찰차 문을 열고 아이를 품에 안는 모습을 지켜보던 유 경사는 골목 쪽으로 발길을 돌렸다.

손에 들린 카메라를 만지작거리며 그의 머릿속도 빠르게 움직였다.

'살인이라……. 이번엔 정말 다른 각도로 현장을 볼 필요가 있겠군.'

어느덧 해가 뜰 시간이 되었는지 주위가 조금씩 밝아오고 있었다.

2.

머릿속에 있는 기억 중에 가장 오래된 기억이 뭐야?

엄마 손을 잡고 유치원에 가던 일? 아니 그런 것보다 더 오래된 기억들, 세상에 태어나서 뇌의 주름에 새겨진 가장 최초의 기억 말이야.

흔히 말하잖아, 아기 때의 일은 기억 못 한다고. 너무 오래된 일이라 기억을 못 하는 건지, 아니면 그다지 중요하지 않은 기억들은 폐기 처분되는 건지 모르겠지만, 사람들이 잊어버리지 않고 뇌 속 깊은 곳에 간직하고 있는 최초의 기억이 무엇인지 궁금해.

"머릿속에 있는 기억 중에 가장 오래된 기억은 뭐가 있어?"

난 사람을 만날 때 제일 먼저 이 질문을 하지. 왠지 그의 머릿속에 담겨 있는 첫 번째 기억이 그 사람의 운명이나 성격을 결정짓는 것 같거든. 그 기억으로 어떤 사람인지 알 수 있을 것 같기도 하고 말이야.

내가 들어본 것 중에 가장 오래된 기억은 돌상으로 미역국을 받았다는 남자의 얘기였어.

돌이면 세상에 태어난 지 딱 일 년 되는 날이지. 어떻게 그걸 기억하고 있느냐고 물었더니 자기가 미역국을 받자마자 거기에 토했다는 거야. 그래서 잊지 못하게 된 것 같다고. 그 뒤로 미역국은 쳐다보지도 않는다는 그 남자와 가끔 술을 마셨는데, 토하는 버릇은 그때부터 생긴 게 아닌가 싶어.

그런 더러운 이야기가 첫 기억이라니, 나라도 토하고 싶을 거야. 하긴 그래도 나보단 훨씬 좋은 기억이지.

난 말이야, 가끔 그런 생각을 해.

편안한 의자에 누워 최면술사가 시키는 대로 기억을 따라가는 거야. 시간을 거슬러 가다 보면 어린시절, 아기 때, 또 엄마 뱃속까지도 기억한다잖아? 전생까지 기억하는 사람도 있고 말이지. 물론 난 전생까지 알고 싶은 생각은 없어. 그런 건 믿지도 않거든.

내가 알고 싶은 건 어둠을 헤치고 세상에 태어났을 때 처음 나를 바라보던 엄마의 표정이야. 그때 엄마의 표정이 어땠는지 궁금해.

왜냐고?

아마 태어나기도 전부터 날 증오했다는 엄마의 말 때문이겠지.

엄마는 나를 낳고 쳐다보지도 않았다고 하더군. 간호사가 날 안겨주는데 만지고 싶지 않다고 한쪽에 밀어놓고 잠들었다고 했어. 등을 돌린 채 자다가 무심결에 돌아누우며 잠에서 깨어났을 때, 눈앞에 있는 날 발견하고 소스라치게 놀랐다고 해. 구석에서 울지도 보채지도 않고 가만히 누워 있는 내가 소름이 돋을 만큼 끔찍했다나?

과연 엄마 말대로 정말 날 쳐다보지도 않았는지, 단 한순간도 날 보며 미소를 지은 일이 없는지 알고 싶었어. 자기 뱃속에서 열 달을 자라 나온 아이인데, 자기로 인해 이 세상에 나온 존재인데 정말 밉기만 했을까?

그래도 날 보고 한 번은 환하게 웃어주지 않았을까? 꼬물거리는 손가락을 보면서 손을 내밀어 만져보고 싶지 않았는지, 연약하고 부드러운 볼살에 입 맞추고 싶은 적은 없었는지 말이야. 너무 어릴 때의 일이라 내가 기억하지 못한다 해도 혹시라도, 단 한 번이라도 그런 순간이 있지 않았는지 뇌 주름을 샅샅이 뒤져보고 싶어.

지금 내 머릿속에 있는 엄마와의 기억들을 네가 볼 수 있다면 내 말을 이해할 거야.

내 첫 기억은 어둠으로부터 시작해.

가슴이 찢어질 것처럼 아프고 숨이 막혀 발버둥을 치고 있어. 갑자기 어둠이 걷히고 눈앞에 엄마의 무표정한 얼굴이 나를 내려다보고 있어. 겨우 다시 숨을 쉬게 된 나는 헐떡거리며 눈물로 흐릿해진 세상을 쳐다보고 있지. 간신히 가슴의 통증이 사라지고 제대로 숨을 쉴 때쯤, 물끄러미 나를 쳐다보던 엄마가 비명을 질러대는 거야. 들고 있던 베개를 물어뜯으며 고통스럽게 울음을 토해내. 그 소리가 너무나 무서워서 간신히 울음을 참고 있던 나도 덩달아 목청이 터지게 울기 시작하지. 엄마는 울고 있는 나를 흔들며 더 큰 소리로 비명을 질러대고 몸부림을 쳐. 몇 살 때인지는 잘 모르겠어. 두 살? 세 살? 아직 말도 제대로 못하는 걸 보면 확실히 그 나이쯤일 거야.

그래, 이 세상에 태어나 내가 가진 첫 기억은 엄마의 손에 들린 베개에 눌려 고통스럽게 발버둥치던 일이야. 첫 기억이 그러니 그 뒤의 일들이야 말하지 않아도 알겠지?

엄마와 나 사이에 있었던 일을 떠올려보면 늘 맞거나 도망가거나 어두운 구석 어딘가에 웅크리고 앉아 잔뜩 겁을 집어먹은 채 혹시라도 엄마에게 들킬세라 숨을 죽이고 숨어 있는 장면뿐이야.

가끔 날 보고 웃을 때도 있었지. 하지만 그건 몽둥이를 뒤로 감추고 도망치는 날 잡으려고 하거나, 뭔가 꿍꿍이가 있을 때였지. 잠깐 그 미소에 속아 엄마에게 다가가면 우악스러운 엄마의 손이 내 여린 팔을 잡아채 비틀거나 아니면 따귀가 날아왔어.

다시는 엄마에게 속지 않겠다고 결심했지만 바보처럼 번번이 당했지. 내가 엄마보다 더 빨리 도망갈 수 있게 되자 엄마는 고래고래 소리를 지르며 내게 욕을 해댔어.

알아?

뺨이 얼얼하도록 맞는 따귀보다 사람의 말이 더 끔찍하게 아프고 깊은 상처를 남긴다는 것. 손에 잡히지 않는 나를 쫓아다니다 약이 바싹 오른 엄마는 미친듯 소리를 질러댔어. 엄마가 하는 말들은 귀를 막아도 몸속으로 파고들었지. 그 말들은 나를 상처 내고 안에서부터 곪게 만들었어. 내 몸속은 온통 더러운 피와 고름과 오염된 말과 생각으로 가득찼지.

어릴 때 난 사람들 눈도 제대로 쳐다보지 못했어. 누군가 다가오는 소리만 들어도 가슴이 뛰고 온몸이 굳었어. 어쩌다 눈이라도 마주치면 얼른 시선을 피하고 도망쳤어. 세상 모두가 날 싫어하는 줄 알았거든.

모두가 날 미워하고 내 존재를 좋아하지 않아서 이렇게 매일매일 엄마에게 매를 맞는다고 생각했어. 나라는 인간은 존재 자체가 끔찍한 거구나, 그렇게 생각했지. 날 미워한 건 오로지 엄마뿐이었다는 걸 나중에야 알았어.

엄마를 미워하느냐고? 아니, 아니야. 어떻게 미워하겠어? 내 엄만데?

난 엄마를 사랑해.

3.

강의실의 불이 켜지자 학생들은 악몽에서 깨어난 것처럼 안도의 한숨을 내쉬었다.

창가에 앉아 있던 학생들은 서둘러 햇빛을 가리던 커튼을 걷어내고 창문을 열었다. 강의실 가득 햇빛과 함께 신선한 공기가 들어오자 가라앉은 분위기는 어느새 다시 활기를 되찾았다. 조금 전까지 학생들을 두려움에 떨게 했던 범죄의 시간들은 햇살과 함께 차츰 사그라졌다.

선경은 LCD 프로젝터의 전원을 끄며 학생들을 돌아보았다.

친구들과 낮은 목소리로 웅성거리는 모습에서 희미하게 남아 있는 불안과 두려움의 기운을 느낄 수 있었다. 악몽에 시달리던 잠자리에서 벗어나는 순간 더이상 꿈이 일상의 위협이 될 수 없듯이, 조금 전 느꼈던 두려움도 곧 학생들의 머릿속에서 지워질 것이다.

강의를 시작할 때만 해도 호기심과 설렘으로 반짝이던 눈동자들이었다.

그들의 들뜬 표정에는 드디어 보게 되는구나, 하는 기대가 가득했다. 누군가의 말대로 한 학기를 기다린 시간이었다. 슬라이드 필름이 스크린에 떠오르기 시작하자 웅성이던 소리는 금세 잦아들었다. 들뜬 분위기가 무겁게 가라앉았다.

사진이 한 장 한 장 넘어갈수록 강의실 여기저기서 혼란과 두려움의 탄식이 새어 나왔다. 볼펜 떨어지는 소리도 들릴 정도로 모두들 수업에 집중했다. 선경의 설명을 듣는 학생들의 표정은 충격으로 굳어 있었다.

현실만큼 무시무시한 것은 없다.

실제 사건 현장이라는 무게감은 끔찍한 공포 영화도 따라올 수 없는 인간의 잔혹함을 느끼게 한다. 설마 난도질 영화만 하겠냐며 호기 있게 떠들던 과대표도 말을 잊고 말았다. 현실과 허구의 차이는 그들이 상상할 수 없을 만큼 멀다. 거기에 범죄자들의 기괴한 상상력이 피해자들을 어떻게 훼손하는지 직접 눈으로 확인한 뒤 다들 실제 범죄 현장의 잔혹함에 깊은 인상을 받은 것 같았다.

일 년 전 특강을 했던 인연으로 이 학교에서 강의를 맡으면서 선경은 학기가 끝나는 마지막 강의 시간에 무엇을 할까 고심했다. 범죄심리학 개론이다 보니 어쩔 수 없이 수많은 심리학자들의 학설과 낯선 용어를 가르쳐야 했지만 그것은 선경이 원하던 수업은 아니었다. 학생들 역시 마찬가지였다.

첫날부터 학생들은 선경에게 관심이 많았고 기대도 컸다. 특강에 대한 소문과 함께 학교 홈페이지에 소개된 선경의 프로필이 그들의 호기심을 자극했던 것이다.

첫 강의를 하던 날 한 학생이 선경에게 붙여준 별명은 클라리스였다.

소설『양들의 침묵』에서 천재 연쇄살인마 한니발 렉터의 도움을 받아 연쇄살인 사건을 수사하는 FBI 수습 요원의 이름이다. 학생들에게 FBI, 그것도 행동과학부에서 연수를 받고 왔다는 것은 엄청난 화젯거리였다. 당연히 첫 시간부터 학생들의 질문이 쏟아졌다.

처음엔 당혹스러웠다. 학생들이 무엇을 가지고 그런 말을 하는지도 이해하지 못했다. 학교 홈페이지에 올라와 있는 프로필 이야기를 듣고서야 선경은 무엇이 잘못되었는지 깨달았다.

미연방수사국(FBI) 행동과학부 연수

학과장과의 면담에서 지나가는 얘기로 몇 마디 했던 것이 프로필에 그대로 기록되어 있었다. 학생들은『양들의 침묵』의 클라리스 스탈링처럼 선경이 수사관 연수를 다녀온 것이라고 착각했던 것이다. 착오가 있었다는 말을 하고 싶었지만 학생들의 호기심과 선망에 찬 눈이 선경을 망설이게 했다.

FBI에서 연수를 받은 것은 사실이지만 학생들이 생각하는 것과는 다르다.

선경이 받은 것은 미 동부 지역 대학의 범죄심리학 우수 전공자들에게 주어지는 이 주간의 연수였을 뿐이다. 이 주라고 해봐야 주 닷새, 딱 열흘뿐이다. 그 넓은 FBI 아카데미 건물에서 길을 잃지 않고 화장실을 찾는 게 익숙해질 즈음 연수는 끝났다. 행동과학부 같은 부서는 간판 구경만 했을 뿐이고 프로파일링의 대가라는 특수 요원은 대강당에서 강의를 들으며 멀찍이 봤을 뿐이다. 말이 연수지 FBI의 홍보 프로그램이 아닐까 싶은, 말 그대로 수박 겉핥기인 연수였다.

그런 사정을 알 리 없는 학생들의 눈에는 선망의 기운이 가득했다. 대충 얼버무리며 별거 아니었다는 식으로 넘어가려 했지만 학생들은 선경을 놔주지 않았다. 결국 이 주의 연수 기간 동안 있었던 이야기에, 한 방을 썼던 다른 학생의 경험담까지 포함해서 몇 개 해준 뒤에야 풀려났다.

당시 지나가는 말로 기회 있으면 FBI에서 강의로 듣던 연쇄살인범들의 이야기를 해주겠다고 했다. 학생들은 학기 내내 그 말을 기억하고 기다렸다. 결국 자연스럽게 마지막 강의의 주제가 정해졌다. 범죄심리학 강의 마지막 시간으로서는 괜찮은 주제 같아 선경도 부지런히 수업 준비를 했다.

첫 시간 학생들의 눈망울에 담겨 있던 기대감을 마지막까지 무너뜨리지 않기 위해 열심히 구글링을 하고 미국에 있는 친구에게 메일도 썼다. 다행히 구글링만 가지고도 원하는 이미지 자료들이 넘쳐났고 2% 부족한 것들은 제시의 도움을 받았다.

기숙사 룸메이트였던 제시는 졸업 후 사설 범죄 연구소에서 연구원으로 일하고 있어 자료를 구하기 쉬울 거라고 생각했다. 선경의 부탁에 제시는 흔쾌히 필요한 자료를 구해주었다. 미국의 공공기관 정보 공개 시스템의 덕으로 생각보다 훨씬 많은 자료들을 모을 수 있었다. 선경이 고맙다는 인사와 함께 학생들에게 클라리스라는 별명을 얻었다는 메일을 보내자, 제시는 "나중에 한국의 한니발을 만나게 되면 안부 인사 전해달라"는 답장을 보내왔다.

덕분에 마지막 수업이 성공적으로 끝났다는 메일을 보내야겠다고 생각하며 가방을 챙기고 있는데 뒤에서 누군가 "교수님" 하고 불렀다. 돌아보니 창가에 앉아 있던 학생 하나가 손을 들고 있었다.

선경이 고개를 끄덕이자 학생은 자리에서 일어나 질문을 했다.

"그동안 계속 연쇄살인범의 어린시절에 대해 들어왔는데요,

그럼 연쇄살인범은 어릴 때부터 알아볼 수 있다는 건가요?"

왜 그런 질문을 하는지 이해할 수 있었다. 이대로는 혼란스러운 머릿속을 정리하기 힘들다. 왜 그들은 연쇄살인범이 되었는가? 갑자기 수십 가지의 질문들이 쏟아지기 시작할 것이다.

"그 질문은 20세기 내내 심리학자들이 고민하던 문제죠. 범죄심리학자들은 범죄적 인성의 뿌리가 과연 어디에서 오는 것인지 그 답을 찾고자 고민했어요. 유전자와 생물학적인 증거물을 뒤적이던 학자들은 태어날 때부터라고 생각했고, 범죄자들의 성장 과정이나 사회적 환경을 관찰했던 학자들은 환경이 범죄자를 만든다고 생각했죠. 또 범죄자들의 뇌 사진을 열심히 들여다본 학자는 범죄는 손상된 뇌로부터 온다고 주장했고요."

선경은 잠시 말을 멈추고 학생들의 얼굴을 한 명씩 지그시 쳐다보았다.

"과연 무엇이 정답일까요?"

모두들 빨려들듯 선경의 얼굴을 쳐다보며 다음 말을 기다렸다.

그들 모두 아직은 강의가 끝나길 원하지 않는 눈치였다. 선경은 내심 만족스러운 기분을 느끼며 무슨 얘기를 할지 잠시 생각했다.

했을 때 어느 높이까지 살아남을 수 있는지 궁금했던 거예요. 병아리의 비행 능력을 측정하기 위한 실험이라고 해두죠."

여학생들의 미간은 쉽게 풀리지 않았지만 남학생들은 달랐다. 또래 친구와 함께하는 경험은 좀더 과격해지는 경향이 있으니 적극적이지는 않더라도 그런 상황을 겪는 일은 흔한 일이다.

선경은 웃으며 다시 질문을 던졌다.

"동물을 상대로 호기심을 풀기 위해 실험을 한 적이 있다, 손들어볼까요?"

"개구리 해부 같은 것도 해당이 되나요?"

"누군가 시켜서 한 게 아니라, 오로지 호기심을 위해서라면 그것도 해당이 되겠죠?"

이번에는 많은 학생들이 손을 들었다. 여학생들도 몇 명 있었다.

"자, 지금까지 손을 든 학생들 중 세 가지 질문에 모두 손을 든 사람은?"

네 명의 학생이 손을 들었다. 그중 하나가 손을 들다가 주위 눈치를 보더니 황급히 손을 내리며 고개를 젓는 바람에 다시 학생들의 웃음이 터졌다.

"자, 여기 강의실에도 네 명의 학생이 있군요. 여러분 중에 연쇄살인범이 있나요?"

학생 하나가 장난스럽게 자신을 손가락으로 가리키며 주위를 끌다가 친구들의 핀잔을 듣고서야 잠잠해졌다.

"제가 하는 질문을 통해 여러분들은 무엇이 잘못되었는지 알았죠? 네, 특수 상황을 일반화할 때 생기는 오류죠. 그것들이 연쇄살인범의 어릴 때 특징이라고 하더라도 반대의 경우, 즉 그런 특징을 보이는 사람들이 모두 연쇄살인범은 아닙니다. 아니, 오히려 그 수는 극히 미비하다고 봐야죠."

"교수님은 어떤 주장이 맞는다고 보세요? 유전인자나 환경 중에서요."

"심리학의 문제가 그거죠. 어떤 게 맞는지 정답이 없어요. 아인슈타인이 한 말을 인용하자면 '인간의 마지막 개척지는 우주가 아니라 우리의 마음이다'라고 얘기할 수 있겠네요."

늘 명확하게 정해져 있는 정답만을 공부했던 학생들에게 심리학은 모호하고 답답한 학문일 것이다. 다들 선경의 말을 곰곰이 되새기는 듯 생각에 잠긴 표정이었다. 선경은 강의를 마무리하기 위해 강의실 벽에 걸린 시계를 쳐다보았다. 강의 시간은 이미 끝나 있었다.

"다른 질문?"

학생들도 강의가 거의 끝나간다는 것을 느끼고 짐을 챙기고 있는데 뒤늦게 검은 뿔테안경을 쓴 학생이 손을 들었다. 다들 가방을 챙기던 손을 멈추고 뿔테안경 학생을 돌아보았다.

"어릴 때 같은 경험을 했는데 그들은 왜 연쇄살인범이 된 거죠?"

당연히 예상했던 질문이다. 선경이 끊임없이 스스로에게 던지는 질문이기도 하다.

왜? 그들은 왜 범죄자가 되었는가?

하지만 '왜?'라는 질문처럼 난감한 것도 없다. 한 가지로 답하기에는 인간이란 존재가 너무 복잡한 동물인 까닭이다. 그 답을 찾기 위해 아직도 배워야 할 것이 너무 많다. 범죄심리학자의 길로 들어선 지 얼마 되지 않은 선경으로서는 답을 해줄 수 없는 질문이다. 언제쯤 그 답을 찾을 수 있을까.

"연쇄살인범들이 어떻게 살인을 하고 피해자들을 토막 내고 그들을 먹었는지 설명할 수는 있지만 그들이 왜 연쇄살인범이 되었는지는, 솔직히 저도 잘 모르겠네요. 행동은 눈에 보이지만 그 행동에 대한 '왜?'라는 질문은 당사자도 설명할 수 없는 부분이 있으니까요."

질문을 던진 학생은 선경의 대답이 만족스럽지 않은 듯했다. 선경은 학생의 얼굴을 쳐다보다 부연 설명을 해주었다.

"이런 생각은 해봤어요. 여러분이 어릴 때 경험했던 일들, 나비나 잠자리를 잡아서 날개를 떼어내거나 강아지를 발로 차거나 또 아까 얘기한 것처럼 병아리를 옥상에서 떨어뜨리는 등, 그런 경험이 여러분들의 마음에 어떤 잔상을 남겼느냐 하는 겁니다. 호기심으로 했던 일들은 흥미가 사라지면 그만두게 되죠. 또 어느 순간 그런 행위가 혐오스럽거나 끔찍한 일이라는 것을 깨닫게 되어 그만둘 수도 있을 거고요. 아까도 얘기했듯이 그것은 아동기의 통과의례처럼 겪게 되는 일이죠."

선경은 잠시 생각을 정리하기 위해 말을 멈췄다.

"하지만 어떤 사람은 그 호기심이 점점 진화하죠. 작은 곤충에서 새나 쥐 같은 작은 동물로, 그리고 키우는 강아지나 더 큰 동물로. 그에게는 그 경험들이 혐오스럽고 끔찍한 일이 아니라 흥미진진하고 점점 더 몰입하고 싶은 일이 되는 거죠. 그러다 사람에게 옮겨가요. 아까 봤던 피해자들의 시신에 가해진 알 수 없는 훼손과 그들만의 표시는 바로 그들의 정신을 보여주는 것입니다."

"타고나는 것이라고 생각하시는 건가요?"

아까 질문했던 학생이 다시 물었다.

"타고나는 부분이 있기는 하겠죠. 하지만 그게 전부라고 할 수는 없다는 얘기예요. 어느 책에서 보니 극단적인 설명을 한 게 있던데, 이를테면 연쇄살인범과 외과의사는 공통적인 기질이 있다고 하더군요. 냉정하고 대담한 기질이 필요한 건 둘 다겠죠. 어릴 때 둘 다 같은 호기심으로 출발할 수는 있지만 그 사람에게 주어지고 선택한 환경에 따라 그 결과는 이렇게 다를 수 있는 거죠."

질문했던 학생이 선경의 이야기에 고개를 끄덕였다. 선경은 마지막까지 자신의 이야기에 귀를 기울이는 학생들을 바라보았다. 이렇게 한 학기의 강의가 끝나간다는 게 아쉽기도, 뿌듯하기도 했다.

선경은 이야기를 마무리짓기 위해 교탁으로 돌아갔다.

"수많은 퍼즐 조각들이 모여 하나의 그림을 이루듯, 연쇄살인범들은 여러 가지 요인들이 모여서 완성되는 존재입니다. 유전적 기질, 성격, 성장 환경, 지금 현재의 상태, 심리적인 상황 같은 여러 조각들이 한자리에 모여 만들어지는 것이죠. 햇빛을 렌즈로 모아 작은 한 점을 계속 쪼이면 종이가 불타기 시작하는 것처럼, 연쇄살인범도 어느 한 가지의 여건만으로 만들어진 게 아니라 이렇게 여러 가지 요소들이 한군데로 집중되면서 그게 발화점이 되어 범행이 시작되는 게 아닐까요?"

몇 명의 학생들이 고개를 끄덕였다.

"영국의 심리학자 폴 브리턴은 자신을 가리켜 '퍼즐을 맞추는 사람'이라고 했죠. 맞는 말입니다. 범죄심리학에서의 작업은 여기저기 흩어져 있는 온갖 자료들을 모아서 마치 퍼즐을 맞추듯 범인의 심리를 완성해나가는 것입니다. 퍼즐 조각 하나하나는 어떤 한 사람이 연쇄살인범이 되는 동안 모였던 것들이라고 할 수 있죠. 만약 하나의 조각이라도 없다면 우리는 그가 왜 연쇄살인범이 되었는지 온전히 이해하지 못하겠죠."

"물어보면 안 되나요?"

앞자리에 앉은 순진해 보이는 여학생이 물었다. 옆자리의 친구가 뭔 소리냐는 듯 여학생의 팔을 툭 쳤다.

"아니, 제 말은요, 왜 프로파일러나 범죄심리학자가 연쇄살인범을 인터뷰하잖아요. 그럴 때 물어보면 되지 않을까요?"

"그들이 진실을 말해줄까요?"

여학생은 선경의 반문에 선뜻 대답을 못 하고 멍한 얼굴로 고개를 까우뚱거렸다.

범죄자가 거짓말을 할 거라고는 생각하지 못한 것 같았다. 범죄자가 그녀의 순진한 생각처럼 모든 질문에 솔직히 대답한다면 얼마나 좋을까. 하지만 그런 범죄자가 있다는 얘기는 못 들어봤다.

"그들이 인터뷰에 응하는 이유는 진실을 말하기 위해서가 아닙니다. 자신을 과시하고 자신의 힘을 다시 확인하고 싶어 하는 것이죠. 그걸 위해 거짓말도 하고 과장도 하고 허풍도 떨죠."

"그걸 어떻게 알아내죠? 거짓말이나 허풍 같은 것 말이에요……."

"그들의 거짓말보다 더 정확한 것, 그게 범행 현장입니다.

아쉽게도 범행 현장은 수많은 암호로 이루어져 있어서 그걸 해독해내는 게 쉬운 일이 아니에요. 좀 전에 우리가 봤던 수많은 범행 현장들, 그것을 통해 우리는 모든 퍼즐 조각들을 찾아내고 맞추면서 하나의 그림을 완성해나가야 하는 거죠."

그제야 여학생은 납득이 간다는 듯 고개를 끄덕였다. 나는 질문이 더 없나 학생들을 둘러보았지만 대부분의 학생들이 책을 덮거나 가방을 싸기 시작했다. 이제는 수업이 끝나기를 기다리는 눈치였다.

"자, 그럼 이것으로 이번 학기 강의를 마칩니다. 다들 수고했어요. 시험 잘 보고 방학 잘 보내요."

학생들은 선경의 말이 끝나기가 무섭게 자리에서 일어나 강의실을 빠져나갔다. 선경이 가방과 프로젝터를 정리하고 돌아서자 학생들이 앉아 있던 자리는 어느새 텅 비어 있었다.

선경은 텅 빈 강의실을 바라보며 첫 학기를 무사히 마쳤다는 안도감에 한숨을 내쉬었다. 아쉬움과 기분 좋은 피로감이 함께 밀려왔다. 아이들을 가르치는 것이 즐거운 일이라는 것을 새삼 깨달았다. 스스로에게 만족감을 느끼며 강의실을 나오려는데 들고 있던 가방이 떨렸다. 진동으로 해둔 핸드폰이 울리고 있었다.

선경은 얼른 핸드폰을 꺼내 번호를 확인하고 전화를 받았다.

"네, 이선경입니다."

전화는 범죄심리학회 한동철 회장으로부터 걸려 온 것이었다.

선경은 전화를 받으며 고개를 갸웃거렸다. 세미나에서 한두 번 만나 인사를 한 적은 있지만 개인적인 친분은 없다. 선경은 그의 전화를 받으며 과연 그가 자신의 얼굴이나 기억하고 있을지 궁금했다.

4.

내가 방 얘기를 했지? 수십 개의 자물쇠로 채워진 방.

정말 단단히 채웠다고 생각했는데 수십 개의 자물쇠가 어떻게 한꺼번에 열린 줄 알아?

노래 때문이야.

만약 그 노래를 다시 듣지 않았다면 난 엄마에 대한 기억 따위 정말 지하 오천 미터의 암반에 꼭꼭 눌러 넣고 다시 찾지 않았을 거야.

열한 살인가 열두 살 때 엄마에게서 도망쳐 나온 뒤 난 될 수 있으면 집에서 멀리 도망가려고 했지. 무작정 국도를 따라 걸었어. 가끔 운전사 몰래 트럭 뒤에 올라타기도 하면서 내가 갈 수 있는 가장 먼 곳으로 갔지. 더 멀리 갈 수도 있었지만 거기에 머물 수밖에 없었던 건 사고를 당했기 때문이야.

그때도 시장의 쓰레기통을 뒤지며 먹을 걸 찾다가 주차장 한편에 세워진 트럭을 발견했지. 강원 어쩌구라고 적힌 차 번호판을 보며 강원이라는 곳은 얼마나 먼 곳일까 생각하고 있는데, 차에서 운전사가 내렸어. 그런데 차문을 잠그지 않고 내린 거야. 어디 잠깐 다녀올 심산이었겠지. 순간 기회라고 생각했어. 차문을 열고 안을 뒤지면 뭔가 먹을 게 있지 않을까, 아니 운이 좋으면 돈이 있을지도 몰라.

그래서 난 얼른 트럭으로 가서 차문을 열었어. 안에는 운전사의 점퍼가 있었어. 얼른 안주머니를 뒤졌지. 두둑한 지갑이 손에 잡혔어. 이제 배불리 먹을 수 있겠구나 싶은 마음에 얼른 지갑을 빼서 옷 속에 집어넣는데 사람 발소리가 들리는 거야. 주위를 두리번거렸지만 숨을 곳도 없고, 하는 수 없어 트럭 뒤에 올라타 몸을 숨겼어.

운전사가 돌아왔는지 자동차 시동이 켜지고 차가 주차장을 출발했어. 조금이라도 속도가 떨어지면 뛰어내릴 생각이었지만 차는 곧 국도로 접어들었고 계속 어둠 속을 달려갔지. 어쩔 수 없이 흔들리는 진동에 몸을 맡기고 트럭이 설 때를 기다리다 나도 모르게 잠이 들었어.

내가 깨어난 것은 그로부터 일주일 뒤야.

자는 동안 트럭이 중앙선을 넘어 반대편에서 오던 차를 들이박고 옆으로 굴렀고 운전사는 그 자리에서 죽었다고 해. 그때 나도 트럭에서 튕겨 나가 머리에 피를 흘리고 쓰러져 있었겠지.

일주일 만에 깨어나니 모든 게 변해 있었어.

난 따뜻하고 깨끗한 병원의 이불 속에 누워 있었고 시간이 될 때마다 간호사가 와서 내 얼굴을 바라보며 다정한 소리로 아픈 곳은 없는지 물어봐주곤 했어. 목이 마른 것 같으면 물을 따라주고 머리가 아파 인상을 찡그리면 약을 가져다주었어.

몸을 움직일 수 없고 말도 할 수 없었지만 이상하게 마음이 편했어. 죽어서 천국에 온 게 아닌가 싶었어. 이미 죽었다고 해도 하나도 아쉬울 게 없던 나는 눈만 깜빡거리며 누워 있는데도 모든 게 만족스러웠어.

햇살이 내리쬐는 창가 자리에 누워 있었는데 조금만 눈살을 찌푸리면 금방 누군가 다가와 창문의 커튼을 내려주었지. 처음으로 가슴이 따뜻했어. 누군가에게 사랑받는다는 게 이런 거구나, 이렇게 좋은 거구나 하고 생각했어.

조금씩 몸이 회복되자, 의사가 내게 말을 걸곤 했지만 별로 말을 하고 싶지 않았어. 내가 말을 시작하면 누구냐고 물을 테고 어디 사는지 알아내어 엄마에게 연락을 하겠지. 생각만 해도 끔찍한 일이야. 그래서 입을 다물고 의사가 하는 질문을 생각하는 척하다가 머리가 아픈 것처럼 눈을 꼭 감았어.

그랬더니 의사는 더 묻지 않고 뇌 사진을 몇 장 찍더니 날 내버려뒀어.

다음날 의사는 내가 사고 때문에 아무것도 기억을 못 한다고 하더군. 이상하게 그 말을 들으니 정말로 머릿속에 있던 기억들이 희미해지기 시작하는 거야. 웃으며 내 머리를 쓰다듬어주는 간호사의 얼굴을 볼 때도 자물쇠가 하나 찰칵 채워지고, 손을 움직일 수 있게 되어 주먹을 쥐었다 펴는 나를 보고 병실 사람들이 박수를 쳐줄 때 또 자물쇠가 찰칵, 잠겼지.

그렇게 끔찍한 기억의 방에는 자물쇠가 하나둘 채워졌고 나는 의사가 말한 대로 기억을 잊어버렸어. 내가 누구인지, 이름이 뭔지 까맣게 잊었어.

운전사의 지갑이 내 옷 속에서 발견되어 사람들은 나를 운전사의 아들이라고 생각했던 모양이야. 사고 수습을 한 교통경찰과 보험사에서 운전사의 주소로 연락을 하고 가족이 왔어. 경찰은 당연히 내가 가족인 줄 알았지만 부인과 아이들은 나를 보고 입을 다물었지.

남편과 어떤 관계인지, 어떻게 같이 있었는지 물을 법도 한데, 내가 사고의 충격으로 아무것도 기억을 못 한다고 하자 부인도 더 물어보지 않았어. 내가 왼손으로 밥을 먹는 모습을 보더니 남편도 왼손잡이였다는 말만 하더군. 왜 그랬는지 모르지만 아무튼 그 아줌마는 남편의 장례를 치르고 난 뒤 이따금 날 만나러 왔어. 정말로 아들 면회 오듯이 말이야.

내가 일어서서 걸어 다닐 수 있게 되고 어느 정도 몸이 회복되자 날 집으로 데려갔어.

갈 곳도 없었기 때문에 아줌마를 따라나서긴 했지만 솔직히 속마음은 언제든 마음에 안 들면 떠나면 된다는 생각이었어. 그런데 말이야, 다들 날 기다리고 있었어. 그 집에 딸이 셋 있었는데 중학교와 고등학교에 다니는 누나들과 나보다 네 살인가 어린 여자아이가 있었지.

사과나무가 몇백 그루나 있는 과수원이었어.

일찌감치 나와서 기다리고 있었는지 대문 앞 나무 그늘에 앉아 있다가 우리가 탄 택시가 도착하자 다들 얼른 일어나 차 문을 열어주었어.

아직 목발을 짚고 걷는 날 위해 한 누나가 옆에서 부축해주고 다른 누나가 얼른 가방을 받아주었지. 어린아이는 엄마에게 안겨 날 쳐다보고 있었지만 차갑고 냉담한 눈길이 아니라 따스하고 호기심이 가득한 시선이었어.

아직도 그때를 생각하면 꿈만 같아.

앞으로 기억을 되찾을 때까지 여기서 살아도 된다는 아줌마의 말에 대문 안을 보았는데, 정말 거기가 내 집인 것 같았어. 아주 오랫동안 엉뚱한 곳을 헤매다 이제야 진짜 집을 찾은 기분이었어.

유월의 사과밭이 얼마나 근사한지 알아?

아직 채 다 크지 않은 초록의 풋사과들이 가지에 주렁주렁 매달려 있는 모습은 보기만 해도 좋았어. 손을 들어 사과를 가리키자 아줌마가 웃으며 그러더군. 조금 기다려, 사과가 익으면 먹고 싶은 만큼 얼마든지 먹어도 돼.

그때 나는 내 마음속 어둠의 방을 완전히 무의식의 깊은 지하로 던져버렸어.

그래, 여기서 살자. 나는 여기서 다시 태어나는 거야. 더이상 도망 다니지 않고, 주위를 두리번거리며 두려움에 떨지 않아도 돼. 여기가 내 집이야.

거기서 오 년인가 육 년을 살았어.

아줌마 말대로 사과가 익은 뒤 나는 배가 터지도록, 입에서 단내가 날 정도로 많은 사과를 먹었어. 누나와 막내는 이른 아침 나무 밑에 떨어진 낙과를 주워 바구니에 담아가지고 왔어. 다른 가족들은 그렇게 아침에 바구니에 담아 온 멍이 들거나 벌레 먹은 낙과를 먹었지만 난 나뭇가지에 매달린 제일 크고 잘 익은 놈을 골라서 먹었지. 그래도 아줌마는 아무 말 없이 따뜻한 미소로 날 쳐다보았어.

노래만 아니었다면, 그 노래만 듣지 않았다면 난 아직도 그 과수원에서 가지를 치고 적과를 하고 나무에 약을 치면서 사과들이 익어가는 모습을 보며 살았을 거야.

그날은 창고 안에서 망가진 사과 궤짝을 꺼내놓고 망치질을 하고 있었어. 이제는 제법 한 사람 몫의 일을 해내며 밥값을 하고 있을 때였지. 아직 사과꽃도 피지 않을 때였지만 겨우내 창고 안의 사과를 다 내다팔고 창고 정리를 하고 있었거든.

한쪽에 놓아둔 라디오에서 흘러나오는 노래에 나도 모르게 망치를 든 손을 멈칫했어.

귀를 파고드는 노랫소리. 갑자기 심장이 떨리고 숨이 막히고 식은땀이 흐르면서 가슴이 조여왔어.

처음엔 왜 그런지 이유를 몰랐지.

난 식은땀을 닦아내며 길게 숨을 내쉬었어. 하지만 신경을 조여오는 불안과 공포는 사라지지 않았어. 망치를 든 손이 부들부들 떨렸어. 어질어질한 기분을 느끼며 허겁지겁 라디오를 껐지만 뭔가 크게 잘못되었다는 것을 깨달았지.

그대로 주저앉아 손에 든 망치를 바라보았어. 머릿속에 계속 노랫소리가 들려왔지. 내가 내 머릿속에 있는 가장 오래된 기억에 대해 얘기했었나? 그래, 베개로 숨이 막혀 죽을 뻔한 날. 그날의 일과 함께 내 뼛속까지 깊이 새겨진 또 하나의 기억은 바로 그 노래였어.

걸음마를 떼고 방안을 휘젓고 다닐 나이였던 것 같아. 뭐 때문인지 몰라도 엄마에게 심하게 맞고 있어. 내가 소리 내어 울기라도 하면 엄마는 나를 욕실로 질질 끌고 가, 욕조 안에 밀어넣고 머리를 눌러대지. 숨이 막혀 고통스러워하는 날 보면서 무심한 목소리로 낮게 중얼거리던 노래. 코와 입으로 들어오는 물 때문에 가슴이 찢어질 정도로 아플 때도 난 켁켁거리면서 엄마의 노래에 귀를 기울이곤 했어. 노래가 끝나면 날 놓아주고 술병을 찾으러 나가거든. 꽤 오랫동안 그런 일이 반복되었지. 몇 년이 지나자 난 어느새 욕조에 머리를 처박고 있는 일이 익숙해졌어.

실컷 나를 괴롭히던 엄마가 날 팽개치고 술을 찾아 가버리면 난 욕조에서 기어나와 뱃속을 채우던 물을 게워 내고 눈물을 닦으며 귓가에 윙윙거리는 그 노래를 따라 흥얼거려보곤 했지. 끔찍했을 법도 한데 그 노래는 머릿속을 떠나지 않았어. 멈추고 싶어도 멈출 수가 없었어.

엄마에게 맞을 때나 온몸에 시커멓게 멍이 들어 있을 때의 기억은 잘 나지 않아. 가끔 병원에 실려가기도 했다는데, 그런 기억들은 그저 흐릿하게 그 노래의 뮤직 비디오처럼 배경으로 스쳐지날 뿐이야. 정작 내 심장에 수십 개의 바늘을 찌르는 것 같은, 온 신경을 갈기갈기 찢어놓는 기억은 그 노래야.

노래가 시작되면 곧 어떤 시간이 닥칠지 알기 때문이겠지. 노래는 고통을 알리는 신호음 같은 것이었어.

바로 그 노래가 들려온 거야.

초봄의 쌀쌀한 과수원 창고에서 망치질을 하다가 까맣게 잊고 있던, 완전히 봉인되어버린 방의 자물쇠를 그 노래가 한꺼번에 열어버린 거야.

몇 년의 시간이 지났는데도, 엄마의 손아귀에서 완전히 벗어났는데도 그 노래가 시작되자 나는 또다시 서너 살 꼬마가 되어 욕조에 빠져 숨을 헐떡거리고, 가위로 찔리고, 살점이 물어뜯기던 고통의 시간을 떠올리며 두려움에 떨고 있었어.

첫 음절을 듣고 그 노래인 줄 알았다면 바로 라디오를 껐을 텐데, 후렴까지 들은 뒤에야 그 곡이 엄마가 부르던 노래라는 걸 알았어. 한 번도 원곡을 들어본 적은 없었거든. 무슨 뜻인지는 모르지만 부드러운 목소리의 그 노래는 엄마가 부르던 것과는 너무 달랐어. 내 몸에 상처와 골절과 흉터를 만들던 배경음악이 그렇게 감미로운 목소리의 흥겨운 곡이었다니 믿어지지가 않더군.

난 망치를 집어던지고 집안으로 들어가 이불을 뒤집어쓰고 머릿속에서 노래가 사라지기만을 기다렸어. 하지만 한번 되살아난 노래는 점점 더 크게 내 머릿속에 울려 퍼졌어. 그리고 어느 순간 내가 노래를 흥얼거리고 있다는 걸 깨달았어. 온몸에 소름이 돋았지.

내가 흥얼거리는 걸 듣던 누이가 어떻게 그 노래를 아는지 물었어. 나는 아무 대답도 할 수가 없었지. 겨우 내가 한 대답은 그냥 머릿속에서 그 노래가 계속 들린다는 것이었어.

누이는 어쩌면 잊어버린 기억을 찾을 수 있을지도 모른다면서 흥분해서 노래 제목을 알려 주었어. 내 부탁으로 나중에 노래 가사도 구해다 주었지. 오래된 팝송이었지만 워낙 유명한 가수의 노래라 가사를 구하는 게 어렵지는 않았다고 하더군.

비틀스라고 알아? 그래, 들어는 봤을 거야. 지들이 예수보다 조금 더 유명하다고 떠벌이던 그룹이지. 한 놈은 누군가에게 총을 맞고 죽었다지? 내가 조금 더 일찍 태어나거나 그들과 만날 기회가 있었다면 아마 내 손으로 그들을 죽였을 거야. 왜 그런 노래를 만들었는지 정말 물어보고 싶어.

노래 가사는 우리 엄마를 위한 거였어. 어쩜 그렇게 자기에게 잘 어울리는 곡을 골랐는지. 그 노래가 뭐냐고?

〈맥스웰의 은빛 망치〉라는 곡이야.

> 쾅쾅, 맥스웰의 은빛 망치, 그녀의 머리를 내려쳤네.
>
> 쨍그랑 쨍그랑, 그녀가 죽었다고 확신했지.

맥스웰은 여자친구도 죽이고 학교 선생도 죽이고 판사도 죽여.

맘에 안 드는 건 은빛 망치로 다 내려치는 거지. 그러면 쨍그랑, 그들의 머리가 박살나는 거야.

엄마는 왜 하필 그런 노래를 불렀을까? 물어본들 설명하지 못할 거야. 그냥 노래를 듣는 순간 자기도 모르게 그 악마 같은 곡조가 엄마의 입에 붙어버렸겠지.

나는 머릿속에서 반복되는 노랫소리를 멈추고 싶었어. 어떻게 해야 지울 수 있을까? 소리를 질러보고 귀를 막아봤지만 아무 소용없었어. 한번 열려버린 지옥의 문은 다시 닫히지 않았어.

과수원 앞 강물에 머리를 처박고 숨이 막혀서 의식을 잃을 때까지 있어봤지만 어두운 물속에서 엄마의 노랫소리는 더 또렷했어. 어린 날 욕조 안에서 들려오던 엄마의 목소리처럼 말이야. 결국 난 가장 바보 같은 선택을 했어.

노래를 내 머릿속에 새겨넣은 사람을 만나러 가야겠다고 결심한 거야.

너무 어리석었어. 아니, 자만했어. 육 년이라는 시간이 나의 키와 체격만 크게 한 게 아니라, 내 정신까지 강인하게 만들었다고 생각했어.

이제는 예전의 내가 아니다, 주먹이 날아온다고 해도 두 손으로 얼굴을 감싸고 맞고만 있을 내가 아니다, 이젠 얼마든지 나를 보호할 수 있다, 마음만 먹으면 오히려 엄마가 날 무서워하게 만들 수도 있다, 그렇게 생각했지.

그래, 그렇게 지옥의 문으로 나 스스로 들어선 거야.
힘들게 도망쳐 나온 그곳으로 그렇게 다시 들어갔어.

5.

사당역을 지날 때부터 시커멓게 서쪽 하늘에 먹물이 들더니 순식간에 검은 구름이 주위로 몰려들었다. 갑자기 일식이 찾아온 것처럼 주위가 캄캄해지자 선경은 전조등을 켰다.

오후부터 국지성 호우가 내린다는 예보가 있었다. 한바탕 소나기가 내릴 모양이다.

아니나 다를까, 자동차 보닛 위로 우박이 아닐까 싶게 굵은 물방울이 툭툭 떨어지더니 남태령 고개를 넘어서면서 거센 빗줄기가 쏟아지기 시작했다. 그렇지 않아도 교통량이 많아 속도가 안 나오는 구간인데 비까지 쏟아지자 자동차들의 진행이 더 느려졌다. 앞서가는 자동차의 모습도 제대로 보이지 않을 만큼 거센 폭우가 내렸다.

선경은 와이퍼를 켜고 시계를 바라보았다. 평소라면 이십 분도 채 안 걸리는 거리다. 약속 시간까지 남은 시간은 삼십여 분. 조금 지체된다고 해도 빠듯하게 도착할 수 있을 것 같았다. 자동차 지붕을 두드리는 빗소리가 머릿속까지 쾅쾅 울릴 정도였다.

갑자기 차 안의 공기가 답답하게 느껴져 창문을 조금 열었다.

창틈 사이로 기다렸다는 듯 빗방울이 들어오며 어깨를 적셨다. 답답하던 속이 조금은 시원해지는 느낌이었다. 사실 자동차를 타고 집을 나설 때부터 머리가 무거웠다.

며칠 전부터 시작된 의문이 꼬리에 꼬리를 물어, 구치소가 가까워질수록 머릿속은 점점 엉킨 실타래가 되어갔다.

마지막 강의가 있던 날, 선경은 한 회장의 전화를 받았다.

"이병도가 이 선생을 만나고 싶어 하는데, 면담할 생각 있어요?"

이병도, 그가 자신을 지목했다는 이야기에 선경은 한동안 멍해서 아무 대답도 하지 못했다. 생각지도 못한 일이라 한 회장이 하는 말을 이해하는 데 시간이 걸렸다.

'그가 나를? 왜?'

첫 번째 의문은 그것이었다.

그는 지금까지 누구의 면담 요청도 거절했다고 들었다. 그런 그가 갑자기 '나와의 면담이라면'이라는 조건을 달아 연구조사에 응하겠다고 연락을 한 것이다. 그와 개인적인 인연은커녕 일면식도 없는 사이다.

'어떻게 나를 알지?'

첫 번째 의문이 풀리지 않은 상태에서 생겨난 궁금증은 머리만 복잡하게 만들었다.

구치소에 있는 그에게 면담 요청을 했던 것은 심리학회 다른 교수였다. 하지만 그것도 그의 거절로 인해 무산된 일이다. 그와 맞대면도 못 한 교수들이 선경에 대해 이야기했을 리 없다.

"왜요?"

"왜라니?"

"전 그 사람 알지도 못하는데, 어떻게 절 지목한 거죠?"

한 회장이 그 이유를 알 리 없다. 이유야 어찌되었든 꼭 면담이 필요했던 인물이기에 맘 변하기 전에 서둘러 약속 날짜를 잡으라는 조언에 선경은 언제든 괜찮다고 했다.

망치로 한 대 맞은 것처럼 멍하게 서 있던 선경의 머리는 막상 기본적인 정보가 입력되자 빠르게 움직였다.

학기도 끝났고 청탁받은 원고 마감이 두 개 있을 뿐이다. 물리적인 조건으로 따진다면 이보다 더 적절한 타이밍은 없다. 조금 전 떠오른 의혹 같은 것은 벌써 저 뒷전으로 밀려나 있었다.

한 회장이 확인해보고 다시 연락을 주겠다며 전화를 끊었다.

선경이 과 사무실에 들러 조교들과 인사를 하고 건물을 빠져나와 주차장에 도착할 때쯤 다시 한 회장에게 전화가 왔다.

사흘 뒤로 약속 날짜를 잡았다고 했다.

그렇게 갑작스럽게 일사천리로 일이 진행되었다. 필요한 자료들은 퀵서비스로 받기로 했다. 소문이 얼마나 빨리 퍼졌는지 퀵서비스가 도착하기 전에 지인들의 전화가 먼저 걸려왔다. 전화를 건 지인들 모두 갑작스러운 소식에 놀라워하며 그와 어떻게 아는 사이인지 물었다. 그때마다 선경은 오히려 그들에게 되물었다.

"왜 하필이면 저일까요? 전 그 사람 알지도 못하는데……."

선경의 질문을 받은 지인들은 그 말을 믿으려 하지 않았다. 어떻게 알지도 못하는 사람을 지목해서 만나겠다고 할 수 있겠느냐고 반문했다. 뒤늦게 선경의 말이 진심인 걸 알고는 같이 여러 가지 가능성을 생각해봤지만 누구 하나 시원하게 이 의문을 풀어주는 사람은 없었다. 한두 명이 농담처럼 독방에서의 무료함을 못 이기고 학회 회원 명부를 본 게 아니냐고 물었다. 하지만 감방에서 회원 명부를 손에 넣는다는 것도 말이 안 되고 결정적으로 삼 년마다 한 번씩 갱신되는 회원 명부에는 아직 선경의 이름이 올라 있지도 않다.

전화는 집에 돌아와서야 겨우 잦아들었다. 가방을 내려놓고 막 샤워를 끝냈을 때 퀵이 도착했다. 자료들은 백과사전 세 권은 될 법한 분량이었다. 자료를 뒤적이기 시작하자 신문과 TV에 보도되던 그의 얼굴이 떠올랐다.

이병도.

지난 삼 년간 서울과 경기도 일대를 돌며 열세 명의 부녀자를 납치, 살해하고 일 년 전 검거된 연쇄살인범이다. 그의 등장은 유영철과 강호순 이후로 한동안 잠잠하던 세상을 발칵 뒤집어놓았다. 그는 그동안의 범죄자들과 달랐다.

경찰에 검거된 뒤 경찰서로 몰려든 방송국 카메라와 사진기자들 앞에 당당하게 얼굴을 내보였다. 수사진이 점퍼와 수건으로 그의 얼굴을 가리려 했지만 그는 스스로 수건을 벗어던졌다. 얼굴을 감추기는커녕 카메라를 정면으로 바라보며 미소를 지었고 자신이 한 일에 아무런 죄의식도 없는 것처럼 보였다.

그날 생방송으로 뉴스를 보던 시청자들은 충격을 받았다.

범죄자의 얼굴을 공개하는 문제로 시민의 알 권리와 범죄자의 인권 보호 운운하며 한바탕 시끄럽던 게 불과 반나절 전이었다. 하지만 이병도는 그런 선택권은 자신에게 있다는 듯 행동했고, 제삼자들 사이에서 벌어진 치열했던 논쟁을 무의미하게 만들었다.

시청자들이 충격을 받은 것은 당당히 얼굴을 드러내는 그의 대담함 때문만은 아니었다.

끔찍한 범행에 부합하는 얼굴일 것이라 짐작했던 사람들

의 기대와 달리 부드러운 곱슬머리에 하얀 피부, 이목구비가 뚜렷한 얼굴은 호감형에 가까웠다. 눈꼬리가 약간 내려간 단정한 눈매는 어딘가 모성을 자극하는 면이 있었다. 얼굴은 그 사람의 심성을 담는 그릇이라 믿고 이병도에게서 악마의 얼굴을 상상하던 사람들은 혼란을 느꼈다. 그런 혼란스러움은 인터넷에서 엉뚱한 가설로 발전했다.

이병도가 진짜 범인이 아닐 것이라는 추측이 나오는가 하면 어린시절의 상처로 다중인격이 되어 본인도 모르는 범행일 것이라는 둥 영화에서나 있음직한 얘기들이 무책임하게 퍼졌다. 누가 찾아냈는지 그의 개인적인 사진이 올라오기도 했고, 포털 사이트에는 '다비드'라는 이름의 카페도 생겨났다. 석고상 다비드와 닮았다고 해서 붙여진 이름이다. 순식간에 몇천 명의 회원이 생겼으나 언론에 보도되면서 카페는 곧 폐쇄되었다.

이병도는 경찰에 체포된 후 육 개월도 되지 않아 재판에서 사형을 선고받고 지금은 서울구치소에 수감중이다.

자료를 검토하고 다음날 그를 검거하고 조사했던 형사들을 만났다.

수사 기록에는 서울시경과 강북경찰서 합동으로 수사를 진행한 것으로 나와 있었지만 수사의 시작부터 체포, 현장검증까지 함께했던 것은 담당 경찰서인 강북서 형사들이었다.

강북경찰서는 수유역에서 오 분 거리에 있었다.

미리 연락을 해두었던 터라 이병도의 사건을 담당했던 강력팀 형사들이 대부분 자리를 지키고 있었다. 그들은 선경이 이병도와 면담을 하게 되었다는 사실에 놀라워했다.

선경이 체포 후 벌어졌던 일련의 사태와 네티즌의 가설에 대해 물어보자, 형사들은 어이가 없는지 실소를 터뜨렸다.

"하루만, 아니 한나절만 같이 있어보시라니까요."

형사들은 이병도를 천사의 얼굴을 한 악마라고 했다.

놀라운 일이지만 그의 천사 같은 얼굴은 범행에 중요한 역할을 했을 것이다.

테드 번디가 그랬듯 피해자들은 순해 보이는 그의 얼굴 때문에 쉽게 경계를 풀고 다가왔을 것이다. 그렇게 생각하면 형사들의 표현은 아주 적절하다. 천사 같은 얼굴은 악마에게 아주 유용한 무기였을 것이다.

호감형의 외모를 가진 사람이 어느 순간 그 얼굴을 벗어던지고 냉혹한 본색을 드러냈을 때 피해자들은 어떤 생각을 했을까? 얼굴만 보고 그의 인성까지 쉽게 판단한 자신의 경솔함을 뒤늦게 후회했을까?

피해자들이 그에게 쉽게 접근했던 것은 외모가 전부는 아닐 것이다. 아마 평범한 사람들의 심성을 건드리는 무엇인가가 더 있었을 것이다. 테드 번디가 팔이나 다리에 붕대를 감고 몸이 불편한 척하며 지나가는 여자에게 도움을 요청했던 것처럼, 그 역시 피해자들이 쉽게 지나치지 못하고 가까이 다가오도록 함정을 만들었을 것이다.

형사들이 해주는 이야기는 대부분 조서에서 본 내용들이었다. 범행 일자와 피해자들, 그의 행적들에 대한 긴 나열들. 정작 선경에게 중요한 것은 그 안에 들어 있지 않았다.

처음부터 형사들과 선경은 사건을 바라보는 시선 자체가 다를 수밖에 없다. 그들에게는 이병도의 범행과 확인, 증거물 확보와 자백이면 충분하다.

그가 어떤 유형의 피해자들을 선호했고, 그들에게 어떤 식으로 접근했으며 무슨 말을 하고 피해자들과 교감했는지 그가 살인의 순간 어떤 감정이었는지, 범행을 거듭하면서 어떻게 진화되어갔는지 그런 것은 형사들에게 중요하지 않다. 각자 자신이 맡은 역할에 따라 다른 각도에서 이병도라는 인물을 볼 뿐이다.

사건 현장에 대한 질문을 던졌지만 그의 집과 피해자들의 시신이 발견된 야산에는 별다른 특이사항이 없었다. 그와 관련해 몇 번 질문을 바꿔 물어봤지만 그들의 입에서 나오는 이야기는 비슷했다. 혹시나 하는 마음에 찾아갔던 선경은 형사들의 무용담에 지루함을 느끼고 그만 일어나야겠다고 마음먹었다.

그때 누군가 현장검증에서 있었던 일을 얘기하자 갑자기 형사들이 시끄러워졌다.

그날의 기억이 충격으로 남아 있는지 다들 얘기가 나오자마자 덮어둔 이야기를 꺼내기 시작했다. 선경도 그제야 형사들의 말에 귀가 솔깃해졌다.

워낙 큰 사건이라 현장검증은 수십 명의 기자와 시민들, 희생자들의 가족들이 모여 아주 시끄러웠다고 한다. 유영철의 사체 발굴 현장에 몰렸던 인파의 두 배는 되었을 거라고 입을 모았다.

이병도를 실은 경찰차가 도착하기 무섭게 기자들은 카메라를 들이대기 시작했고, 희생자 가족은 경찰들의 저지에도 불구하고 이병도에게 달려들어 그를 잡으려고 했다. 이병도를 둘러싼 십여 명의 형사들이 사람들을 막아서며 앞으로 나가려고 했지만 쉽지 않았다고 한다.

"그렇게 많은 사람들이 소리를 질러대는데도 그놈은 눈 하나 까딱하지 않더라니까요."

아무리 잔혹한 연쇄살인범이라고 해도 그 정도의 인원이 지켜보는 앞이라면 움츠러들 법도 한데, 이병도는 너무 태연했다고 한다. 강심장도 그런 강심장이 없다며 형사는 혀를 내둘렀다.

"그렇게 떠들던 사람들을 한 방에 조용하게 만들었죠."

현장검증을 위해 그와 동행했던 형사는 그날의 일을 떠올리는지 잠시 허공을 응시했다.

"그는 자기에게 욕설을 퍼붓는 사람들을 쳐다보면서 빙그레 웃기까지 했어요. 그게 더 사람들을 흥분하게 만들었죠. 그놈은 그걸 즐겼어요. 그런데 그렇게 여유를 부리던 놈이 갑자기 누군가를 가리키더니 손가락으로 목을 긋는 시늉을 하더군요. 그걸 본 사람들은 일순간 충격으로 말을 잊은 채 놈을 쳐다봤죠."

옆에 있던 형사도 그 순간을 기억하고 있는지 맞장구를 쳤다.

"그래, 기억나. 그때 그놈 표정 봤어? 와, 진짜 온몸에 소름이 쫙 돋더라구. 우리가 잡고 있었으니 망정이지 아니면 달려들어 뭔 일 낼 표정이었다니까."

강력계 십오 년의 베테랑 형사가 고개를 절레절레 흔들었다. 그동안 강력범이라면 수십 명도 더 상대했을 그에게도 이병도는 특별한 인상을 남긴 모양이다.

"여유를 부리던 사람이 갑자기 왜 그런 반응을 보였을까요?"

"글쎄요, 그건 잘…… 누구 기억나는 사람 있어?"

다들 서로의 얼굴을 쳐다보더니 고개를 흔들었다.

"사람들은 달려들지, 여기저기서 고함에 욕설에…… 그 아수라장 속에서 그놈이 갑자기 왜 그랬는지 어떻게 알겠어요?"

형사들 말이 맞다. 하지만 선경은 안타까웠다. 이병도를 이해할 수 있는 중요한 단서 하나를 잃어버린 것이다. 마음 같아서는 술이라도 한잔해가며 형사들이 그날 보고 들었던 모든 것들을 떠올리게 하고 싶었다.

한껏 여유를 부리던 이병도를 순식간에 돌변하게 만든 것은 무엇일까.

그를 자극하는 말일지도 모른다. 아니면 다른 사람들은 의식하지 못하는 그의 아킬레스건을 건드렸는지도 모른다. 그것만 알 수 있다면 그와의 면담이 한결 쉬울 텐데, 아쉽지만 지금으로선 방법이 없다.

다행히 그 기억이 다른 기억들을 떠올리게 한 모양이었다. 형사들이 각자 겪었던 일들을 얘기하던 중에 선경의 귀에 들어오는 이야기가 있었다.

"내가 진짜 섬뜩했던 게, 그놈 현장검증에서 범행을 재연하는데…… 아니, 그건 재연이 아니었어요. 마치 그 순간으로 돌아가 있는 것 같았다니까요. 과거의 일이 아니라 바로 지금 경찰과 시민들이 보는 앞에서 마치 그날, 그 순간인 듯 무아지경에 빠져서 아무것도 안 보이는 것 같았어요. 현장검증이 어찌나 실감이 나던지……. 오죽하면 저기 최 형사가 마네킹을 구하기 위해 그놈의 뒷덜미를 낚아채려고까지 했다니까요. 그 순간에 몰입해 있던 그놈의 표정은, 으…… 지금 생각해도 진저리가 나요."

선경은 이병도의 이야기를 전하는 형사의 눈빛에서 얼핏 두려움을 보았다.

강력계 형사조차 오싹하게 만든 것은 무엇일까, 선경은 그가 어떤 표정을 짓고 있었는지 궁금해졌다. 그런 것은 아무리 들어도 직접 보기 전까지는 알 수 없다. 말로 표현할 수도 없고, 설령 수백 마디의 단어로 이야기한다고 해도 여전히 안개 속을 헤매는 것 같은 미진함이 남을 뿐이다. 선경은 형사의 얼굴을 거울삼아 이병도의 표정을 짐작할 뿐이었다.

형사는 그때의 일을 떠올리는지 진저리를 쳤다. 다시 생각해도 그때의 서늘함은 지워지지 않는 듯했다.

"우리가 놈을 체포했다고는 하지만 정말 그놈을 잡은 건지 잘 모르겠어요. 뭐랄까, 몸은 잡혔을지 몰라도 그놈의 정신은 여전히 자기 세계 속에서 누군가를 계속 죽이고 있는 것만 같았거든요."

형사는 알고 있었다. 그의 어두운 영혼은 여전히 광폭하고 잔인한 힘을 가지고 있고 자신이 죽인 피해자들의 마지막을 수없이 머릿속으로 반복해서 그려내며 그때의 감각을 다시 느끼고 있다는 것을. 선경은 이병도의 어두운 마음속을 상상해보았다.

포승줄에 묶인 자신의 몸도, 시민들의 야유와 욕설도 그에게는 느껴지지 않는다.

그는 자신과 피해자 둘만이 존재하던 시간으로 돌아가 한 인간의 생명을 빼앗던 그 순간을 다시 음미하고 있다. 손에 느껴지는 피해자의 감촉, 두려움에 떨고 있는 여자의 눈빛, 공포로 거친 숨을 내쉬는 피해자의 얼굴을 마주보며 그는 그 순간에 머물러 있는 것이다.

형사들과 헤어지고 경찰서를 나오며 선경은 서류들 속에 갇혀 있는 이병도가 아닌, 숨쉬고 살아 있는 이병도에게 조금씩 다가가고 있다는 기분이 들었다.

헤어질 때 선경의 뒤를 따라 나온 강력팀 팀장이 선경을 붙들고 한 이야기가 있다.

"이 이야기를 해야 하나 몇 번을 생각했는데…… 괜찮으시면 저희를 좀 도와주시면 좋겠습니다."

"네, 제가 도울 수 있는 일이라면 얼마든지요. 말씀하세요."

"사실 그때…… 끝내 밝혀내지 못한 몇 건의 사건이 더 있어요. 그의 집에 남아 있던 증거물들 중 몇 가지는 실종된 사람의 소지품이라는 것을 알아냈지만 이병도는 끝내 입을 열지 않았죠."

"그럼…… 희생자가 더 있을 거란 말씀이신가요?"

"더 있는 정도가 아니라…… 밝혀진 희생자보다 훨씬 더 많을지도 모르죠."

"하지만 경찰 조서에는……."

"그가 입을 열지 않으니 어쩔 수 없죠."

결국 그의 자백을 통해 확인된 사건만 세상에 알려졌다는 얘기다.

"그놈이 입을 열지는 모르겠지만 면담을 하다 보면 단서가 나올 수도 있겠죠. 그걸 저희한테 알려달란 겁니다."

선경은 팀장의 말이 무슨 뜻인지 이해했다. 그로서는 아직도 해결되지 않은 사건들을 이대로 묻어둘 수가 없는 것이다. 이병도의 손에 죽어간 피해자가 어느 야산에 버려져 있을지 누가 알겠는가? 팀장과 선경이 서 있는 경찰서 앞 게시판에는 수십 명의 실종자 사진이 붙어 있다. 그들 중 이병도에게 희생된 사람이 있을지도 모를 일이다.

"알겠습니다. 알게 되면 연락을 드리죠."

"고맙습니다."

"그런데 이상하네요. 열세 구의 시체가 묻힌 곳은 자백을 했으면서 왜 다른 희생자에 대해서는 입을 다물었을까요?"

그것은 강력팀장이 답해줄 수 있는 내용이 아니었다. 그는 두 눈을 깜빡이며 선경을 바라볼 뿐 아무런 말도 하지 못했다.

쏟아지던 비는 인덕원사거리를 지나면서 말끔하게 개었다. 아니, 사당에서 인덕원을 지나는 지역만 폭우가 쏟아진 모양이다. 마치 다른 세상으로 들어선 것처럼 어디에도 폭우의 흔적은 찾아볼 수 없었다. 하늘에는 다시 뜨거운 태양이 자리하고 있다.

구치소로 가는 길은 먼지가 날릴 만큼 건조했다.

선경은 구치소 앞 은행나무 가로수들이 흔들리는 도로를 지나며 어제 학회 사무실에서 한 회장과 나누었던 대화를 떠올렸다. 그는 이병도와 만나기 전에 꼭 사무실에 들러달라고 신신당부를 했었다.

"어떻게, 보내준 자료는 도움이 좀 됐어요?"

"네, 감사합니다. 갑자기 모으느라 힘드셨을 텐데……."

"재판 끝나고 서울구치소로 수감되었을 때 자문위원회에서 그를 면담하기 위해 준비를 했어요. 그때 모아둔 것들이죠."

경찰청 과학수사계에서 각 대학의 심리학자, 범죄학자, 정신분석 전문의로 구성된 범죄심리분석 자문위원회를 결성한 것이 십 년 전이라고 들었다.

범죄심리학회 회원들 중에도 자문위원회에 소속되어 있는 사람들이 몇 있다. 한 회장도 그중 한 명이었다. 그동안 연쇄살인을 비롯한 강력범죄의 심층적인 조사와 연구를 위해 범죄자 면담을 주도한 것이 자문위원회라고 했다.

"체포되었을 당시와 그 뒤의 일들을 생각해보면 이병도가 자기 범행에 대해 할 말이 많을 거라고 생각했죠."

하지만 예상은 빗나갔다. 그는 조사는 물론 어떤 면회 요청에도 응하지 않았다. 그런 그가 먼저 선경을 지목하고 그동안 거부했던 인터뷰를 기꺼이 하겠다고 나선 것이다.

"이것 때문에 자문위원회에서 논란이 있었습니다."

"네?"

"우선 이병도와 아는 사이인지, 다시 한번 확인을 하고 싶은데……."

"그날 전화로도 말씀드렸지만 그에 대해 아는 거라곤 매스컴을 통해 들은 게 답니다. 개인적으로 만난 적도 없고요."

한 회장은 잠시 선경의 얼굴을 빤히 쳐다보다가 고개를 끄덕거렸다.

"그럴 거라고 생각했습니다. 위원회에서 염려했던 것도 그 부분이고요."

"……?"

"이 선생은 그를 모르는데, 이병도는 이 선생을 알고 있다 이겁니다. 그가 이 선생을 어떻게 알았든지 간에, 직접 이 선생을 지목해서 만나고 싶다고 했다는 건 단순히 면담을 하겠다는 의도만은 아니라는 거죠."

한 회장의 전화를 받은 뒤 의식적으로 마음 한편으로 밀어두었던 의문과 불안감이 다시 피어올랐다.

"무슨 의도일까요?"

"그건…… 만나보기 전까지 모르겠죠? 그런 석연치 않은 상황에도 불구하고 이 선생에게 연락을 한 건, 이번이 이병도의 범행을 그의 입을 통해 들을 수 있는 유일한 기회일지 모르고 또……."

이야기하기 곤란한지 잠시 손가락으로 이마를 문지르던 한 회장이 말을 이었다.

"그가 이 선생을 선택하고 지목한 이유도 그를 이해하는 단서가 되지 않을까 싶기 때문입니다."

선경은 한 회장이 무슨 말을 하고 싶어 하는지 곧 깨달았다.

선경은 이병도를 모르지만 그는 어떤 경로를 통해서든 선경을 알고 있다.

그녀의 무엇이 이병도의 관심을 끌었는지 알 수 없지만, 스스로 봉인한 입을 열기로 할 만큼 그는 선경을 만나고 싶어 한다. 그것만으로도 이병도에게 선경은 특별한 의미가 있다는 얘기다.

"어떤 일이 있을지 모르는 상황이지만 이 선생이 잘할 거라고 믿습니다. 다만 놈의 의도가 뭐든 그놈 뜻대로 되지 않게 조심하세요."

그는 물가에 내놓은 어린아이를 보는 심정으로 선경을 바라보았다.

물속에 뭐가 있을지 모른다. 얼마나 깊은지, 어떤 괴물이

도사리고 있는지 알지 못한다. 그로서는 선경이 그저 무사히 헤엄쳐서 목적지까지 다녀오기를 바라는 것이다.

선경은 자신이 이 일을 잘 해낼 수 있을지 덜컥 두려운 생각이 들었다. 하지만 이대로 물러설 수 없다는 것도 누구보다 잘 안다. 그를 인터뷰할 수 있다는 것은 선경에게 엄청난 기회다. 조금쯤 위험 요소가 있다고 해도 발밑을 조심한다면 쉽게 함정에 빠지는 일은 없을 것이다. 잘할 수 있어, 그렇게 스스로에게 되뇌었다.

한 회장을 만나고 돌아온 뒤 머릿속이 더욱 복잡해 잠을 이룰 수가 없었다.

자는 둥 마는 둥 몸을 뒤척이다 이른 새벽, 남편이 전화를 받고 일찍 병원으로 가봐야 한다고 일어서자 그 참에 선경도 침대를 빠져나와 서재로 가 앉았다.

책상 위에 이병도의 자료들이 펼쳐진 채 그대로 있었다.

아직 내용들을 다 숙지하지 못했지만 그렇다고 어둠 속에서 그의 자료를 뒤적이고 싶은 맘은 없었다.

파일들을 덮어 한쪽으로 치우는데 사진 한 장이 바닥에 떨어졌다. 주워 드니 어느 신문사에서 찍은 이병도의 사진이었다. 현장검증을 끝내고 경찰차에 오르는 모습 같았다.

뒤를 돌아보며 카메라를 정면으로 바라보는 그의 얼굴에서는 아무런 감정도 느껴지지 않았다. 그의 시선은 아주 먼 곳을 보고 있는 것 같았다.

그는 무엇을 보고 있었을까?

지난밤 봤던 사진 속의 얼굴을 떠올리는 사이 어느새 구치소 정문이 눈앞에 보였다.

선경은 차를 세우고 크게 심호흡을 한 뒤 창문을 열었다.

초소에서 경비를 서고 있던 경비대원이 경례를 하고 자동차로 다가왔다. 선경은 신분증을 내밀며 용건을 말했다.

경비대원의 확인 절차를 기다리는 동안 뜨거운 열기가 차 안으로 밀려들었다.

6.

이상하지. 그렇게 까맣게 잊어버렸다고 생각했는데, 난 집으로 가는 길을 정확히 알고 있었어. 없던 가게가 생기고 누군가의 담장이 사라지기도 하고 육 년이라는 시간의 흔적이 골목의 모습을 여럿 바꾸어놓았지만 그렇다고 집을 못 찾을 정도는 아니었어.

내가 도망쳐 나왔던 집은 그 자리에 그대로 있더군.

그 집을 보는 순간 육 년의 시간이 아무것도 아니라는 것을 깨달았어. 그 집을 도망쳐 나왔던 꼬마는 조금도 자라지 않았어. 머릿속에서 도망쳐! 라는 소리가 들렸지만 나는 얼어붙은 채 집을 바라보았어. 내 과거가 발목을 잡고 꼼짝도 못 하게 했지.

처음으로 그 집을 도망쳐 나온 사실을 후회했어.

차라리 그 집에 남아 있었더라면, 조금씩 팔과 다리가 커지면서 내 안에서 자라나는 힘을 느끼고 그 힘으로 엄마와 맞섰다면……. 그러면 노래를 멈추게 할 수 있지 않았을까? 하지만 그런 생각은 정말 경솔한 것이었어.

그거 알아? 사람은 쉽게 바뀌지 않아. 한번 정해진 관계를 바꾸기는 힘든 거야. 아무리 극악한 환경이라도 적응하고 익숙해져가는 게 인간이지.

영하 사십 도의 시베리아에서 살아야 한다면 그냥 보드카를 마셔대며 추위를 견디고 사는 거지. 태어날 때부터 맞고 터지고 피를 흘리고, 상처에 딱지가 앉고 그렇게 살았다면 계속 그렇게 사는 거야. 그러다 가끔은 무사히 넘어가는 날도 있어 안도의 한숨을 쉬거나 죽도록 얻어맞고 기절하듯 잠을 자는 거지. 뼈가 부러지면 며칠 누워서 끙끙거리고 운 좋으면 다시 일어나 걷는 거야.

왜 다시 그 집으로 돌아갔을까?

과수원에서 보낸 육 년의 세월을 지우는 데는 하루도 걸리지 않았어. 그런 때가 있었나. 한순간의 꿈 같았어. 어쩌면 정말 꿈이었을지도 모른다는 생각도 해.

엄마? 그래, 처음엔 놀라더군. 하지만 곧 나라는 걸 알고는 한쪽 눈썹이 올라가면서 짜증스러운 목소리로 욕을 해댔지. 어쩜 육 년 전과 그렇게 똑같은지, 집으로 돌아간 지 한 시간도 안 되어 나는 다시 엄마의 손바닥과 몽둥이와 발길질을 참아내야 했어.

다음날도, 그리고 다다음날도 계속 이런 날이 이어질까 싶어 끔찍했어.

차라리 죽여버리지 왜 이렇게 괴롭히나 싶더군. 그래, 이건 우리 둘 누구 하나가 죽지 않으면 끝나지 않는 싸움이었어. 왜 꿈을 꾸다 보면 계속 도망가려고 발을 놀려보지만 뒤에서 날 쫓아오는 존재가 절대 멀어지지 않는 경우가 있지. 죽을힘을 다해 도망치다가 그냥 그대로 주저앉아 잡혀버리고 싶은 심정이 들잖아. 죽이든 살리든 차라리 그렇게 끝나버리게 말이야.

어느 날, 우리집에 들어온 고양이 새끼만 아니었으면 그런 일은 일어나지 않았을 거야. 아니, 그건 핑계야. 난 기회만 노리고 있었는지도 몰라. 뭐라도 빌미가 생기면 아마 똑같은 짓을 했을 거야.

비가 추적추적 내리는 날이었어.

처마 밑에 비를 피하고 있는 고양이 한 마리를 발견한 거야. 그렇지 않아도 발정기라서 그런지 밤마다 자꾸 울어대는 바람에 신경에 거슬렸는데 이제는 우리집 마당에까지 들어와 울어댔어. 손에 잡히는 대로 물건들을 집어던졌지. 그때마다 내가 던진 물건을 잽싸게 피한 놈은 가소롭다는 듯이 날 쳐다보더니 또 가르릉 소리를 내는 거야.

바싹 약이 오르더군. 고양이에게까지 무시당하나 싶어 다시 던질 것을 찾아 주위를 두리번거리다 삽을 발견했지. 그래, 너 한번 죽어봐라. 나는 재빨리 마당으로 내려서며 삽을 집어 들고 고양이를 향해 던졌어. 이번엔 제대로 맞았지. 꼬리를 맞은 놈은 비명을 질러대며 마당을 돌아다니더군.

그때였어. 내 눈앞에 빛이 번쩍거린 게.

순간 멍해 있다가 고개를 돌려 뒤를 봤지.

엄마가 한 손에 벽돌을 들고 있었어. 놀란 나는 엄마의 얼굴과 벽돌을 번갈아 쳐다보았지. 근데 뒷머리가 뻐근한 거야. 머리카락 사이로 손가락을 집어넣었지. 미지근한 액체가 흘러나와 손에 끈적하게 들러붙었어. 손을 빼보니 피가 묻어 있더군.

벽돌로 내 머리를 찍어 눌렀던 엄마는 어느새 나 같은 건 신경도 안 쓴다는 듯, 냐옹거리며 마당을 돌아다니고 있는 고양이를 부르고 있었어. 한 손에는 참치 캔을 들고 말이야.

한 번도 그렇게 부드러운 목소리로 날 부른 적이 없어. 더구나 뭘 먹이기 위해 애타게 날 찾은 적도 없지. 엄마에게 난 길 잃은 도둑고양이만큼도 안 되는 존재였던 거야.

머리에 피가 빠져나가서 그런지 의식이 몽롱했어. 누군가 내 팔을 당기는 것 같았어. 빗소리도 들리지 않았어. 반쯤 넋이 나간 것 같았어.

이상하게 내 입에서 노래가 흘러나왔어. 조금 전 고양이에게 집어던졌던 삽자루는 어느새 내 손에 들려 있었지. 내가 노래를 흥얼거리자 엄마가 깜짝 놀라더군. 그리고 내 손에 들린 삽자루를 발견했지.

그렇게 자신만만하던 엄마가 처음으로 굳은 얼굴이 되어 떨리는 목소리로 말했어.

—너, 너 뭐하는 짓이야. 그거 안 내려놔?

딱히 어떻게 할 생각은 없었는데, 그 말을 들으니까 갑자기 내 키가 엄마보다 훨씬 더 크다는 생각이 들었어. 이제는 힘도 더 세지. 그리고 더이상…… 도망 다니고 싶지 않았어. 나도 지쳤거든. 막다른 골목에서 벽을 등지고 돌아선 기분이었어.

삽자루를 더 바짝 움켜잡았지. 내 눈과 삽을 번갈아 쳐다보던 엄마의 표정은 정말 두고두고 잊지 못할 거야.

—엄마, 이 노래 기억나?

쾅쾅, 맥스웰의 은빛 망치, 그녀의 머리를 내려쳤네.

쨍그랑 쨍그랑, 그녀가 죽었다고 확신했지.

그래, 난 그 노래를 엄마에게 배웠어. 엄마가 늘 내게 불러주던 노래야, 기억나? 기억나겠지? 이젠 내가 불러줄게. 이만큼 나를 키워줬는데 나도 엄마에게 뭔가 해줘야 하지 않아? 걱정 마. 지난 십 수 년 동안 단 한 번도 내 머릿속을 떠난 적이 없는 노래니까 틀리거나 하지는 않을 거야.

얼마나 오래 노래를 불렀는지 몰라.

정신을 차려보니 난 더이상 노래를 부르지 않고 있었어.

난 마당 한가운데 서서 엄마의 얼굴 위로 비가 내리는 것을 쳐다보았어. 그렇게 차갑고 매섭게 노려보던 눈은 빗물에도 감기지 않더군. 잠시도 쉬지 않고 욕설을 퍼붓던 그 입도 너무 조용하고 말이야. 비로소 깨달았어. 내가 왜 이 집에 돌아왔는지.

그래, 난 기다린 거야. 내가 그 노래를 부르게 될 때까지. 꼭 엄마에게 들려주고 싶었거든. 다시 한번 마지막 후렴구를 흥얼거리며 생각했어.

이제 다시는 이 노래가 내 머릿속을 헤집고 다니지 않겠지?

7.

구치소 정문을 지나 주차장에 차를 세우고 민원실로 들어서자 기다리고 있던 교도관이 인사를 하며 다가왔다. 그의 안내에 따라 다시 간단한 신원 확인을 한 후 "방문"이라는 글씨가 큼직하게 새겨진 이름표를 건네받았다.

선경은 이름표를 목에 걸고 교도관의 뒤를 따라 죄수들이 수감되어 있는 건물로 향했다.

구치소에 있는 죄수들의 면회는 보통 민원실에서 이루어진다. 하지만 이병도와의 면담은 구치소에서 별도의 장소를 준비했다.

수감 시설이 있는 건물을 지나자 공터가 보였다. 재소자들이 운동을 하거나 산책을 하는 공간이지만 그들에게 허락된 짧은 시간이 끝났는지 공터는 비어 있었다. 공터 건너편에는 시야를 가리는 거대한 벽이 보였다. 누군가를 가두기 위한 곳인데, 엉뚱하게도 누구의 접근도 허락할 것 같지 않는 난공불락의 요새처럼 느껴졌다.

이미 몇 번 왔던 곳이고 한 달 전에도 학생들을 데리고 견학을 왔었지만 이렇게 깊은 곳까지 들어오는 것은 처음이다. 선경은 높은 벽을 바라보며 교도관에게 물었다.

"여긴……?"

"이곳은 사형수들만 수용하는 건물입니다."

사형수들이 있다는 그곳은 구치소 중에서도 가장 안쪽에 세워진 건물이었다. 저 높은 담 너머에 사형수들만을 위한 공간이 있다. 선경은 천천히 벽을 둘러보았다.

구치소가 세워진 것은 1987년이라고 들었다. 벌써 이십 년도 넘었으니 낡은 것은 당연하다. 하지만 세월만으로는 설명되지 않는 묘한 분위기가 있었다. 마치 오랜 세월로 색이 바랜 사진처럼 흑백도 아니고 그렇다고 색깔이 느껴지지도 않는 사진을 들여다보는 느낌이었다.

담 밖의 세상과는 전혀 다른, 시간도 공기도 갇혀 있는 세계.

이 미터는 족히 넘는 벽 위로 철조망과 중간중간 세워진 감시탑은 비바람에 흉물스럽게 녹슬거나 페인트칠이 벗어져 있었다. 선경은 회색의 낡고 거대한 벽에 압도되어 잠시 말을 잊었다.

선경의 시야를 가로막고 있는 높다란 벽에는 두 사람이 간신히 지날 만한 크기의 철문이 있었다. 경비대의 확인 후 교도관을 따라 철문을 열고 들어오는 순간 이제는 되돌아갈 길이 없는 지옥문에 들어선 느낌이었다.

선경이 안으로 들어서자 등뒤로 철문이 닫히는 소리가 들렸다.

녹이 슬었는지 끼익거리는 소리에 저절로 미간이 움찔거렸다. 칠판을 긁었을 때 나는 소리만큼이나 신경을 건드렸다. 그렇지 않아도 구치소 안으로 들어오는 동안 점점 더 긴장감을 느끼고 있던 선경은 팽팽하던 머릿속의 신경줄 하나가 툭 끊어지는 것 같았다.

설명하기 힘든 분위기가 선경을 압도하고 숨을 조여왔다. 무거운 돌 하나가 갑자기 가슴을 짓누르는 것 같았다. 크게 심호흡을 해보았지만 답답함은 쉽게 가시지 않았다.

문득 등을 돌리고 이대로 나가고 싶은 생각이 들었다.

'침착해. 긴장할 필요 없어.'

스스로에게 주문을 걸어보았지만 소용이 없었다. 학생들이 붙여준 별명이 생각났다.

클라리스 스탈링. 애송이 FBI 수사관.

선경은 영화 〈양들의 침묵〉에서 보았던 조디 포스터의 모습을 떠올렸다. 삼엄한 경비 속에 지하 감옥으로 한 걸음 한 걸음 걸어가면서 작은 소리에도 움찔하며 표정이 굳어지던 클라리스의 모습이 지금 자신과 비슷하다는 생각이 들었다. 한니발을 만나러 가는 것도 아닌데, 이병도를 만나기도 전에 심리적으로 그에게 너무 압도되어 있다는 것을 깨달았다.

사건 일지와 자료들, 형사들의 이야기, 삼 일간의 벼락치기 공부가 머릿속에서 과부하를 일으킨 것 같았다. 차분히 그에 대해 생각하고 준비할 시간이 없었다. 선경은 힘들지만 머릿속에 담았던 모든 것들을 지우고 그를 만나야겠다고 마음 먹었다.

서류들이나 형사들이 들려주는 이병도는 수사진들이 제시하는 하나의 퍼즐 조각에 불과하다. 선경은 이병도의 또 다른 면, 다른 조각을 찾아내야 한다. 그렇게 생각하니 한결 마음이 편해졌다. 막연한 두려움도 조금 가시는 것 같았다. 그래도 남아 있는 긴장을 감추기 위해 아랫배에 힘을 단단히 주었다. 비로소 주위를 둘러볼 여유가 생겼다.

선경은 앞서 걸어가는 교도관의 뒤를 따라 걸으며 주위로 시선을 돌렸다. 보이는 것이라곤 특징 없이 투박하게 지어진 건물 한 채뿐이다. 잠시 걸음을 멈추고 하늘을 쳐다보았다.

유월인데도 강렬한 태양이 세상을 지배하고 있다. 인덕원에서 폭우를 뿌리던 구름은 다른 곳으로 비켜 갔는지 보이지 않았다. 다시 한번 힘껏 숨을 들이켜보았다. 땅에서 올라오는 열기가 그대로 느껴졌다. 뜨거운 햇살을 받은 얼굴에서는 땀이 배어나고 있었지만 이상하게도 등줄기에 서늘한 기운이 느껴졌다. 고개를 돌려 건물 주위를 둘러보았지만 아무것도 보이지 않았다.

"안 가십니까?"

앞서가던 교도관이 건물 앞에서 걸음을 멈추고 돌아보고 있다. 교도관을 기다리게 했다는 것을 깨달은 선경은 그제야 서둘러 걸음을 옮겼다. 마음 같아서는 몸속을 흐르는 한기를 완전히 녹인 다음 걸음을 옮기고 싶었다. 하지만 곧 마음을 고쳐먹고 서둘러 교도관에게 다가갔다. 손바닥에서 땀이 배어 나오는 것을 느낄 수 있었다.

사형수들만 수감하는 독거실. 구치소에서도 가장 깊은 곳에 자리한 곳. 한여름에도 차가운 냉기를 품은 건물의 출입문 앞에 다가갔다.

"을씨년스럽죠?"

긴장을 풀어주려고 그랬는지 내가 다가오기를 기다리며 서 있던 교도관이 조심스럽게 말을 꺼냈다. 말을 걸어줘 다행이다 싶었다.

"이 안까지 오게 될 줄은 몰랐어요."

"보통 그렇죠. 일반범의 면회나 상담은 아까 보셨던 민원실이 있는 건물에서 끝내니까요."

그의 말은 대답이 되지 못했다. 선경이 왜 이 안까지 들어오게 되었는지 모르지 않을 텐데, 나서서 알려줄 생각은 없는 모양이다. 교도관은 보안 카드로 출입구의 문을 열며 말을 이었다.

"작년까지만 해도 여기에 서른여 명의 최고수들이 있었죠."

최고수는 사형수를 말한다. 법정에서 내릴 수 있는 최고 형량을 받은 죄수라는 뜻이다.

"지금은 전국 각 지역 교도소로 옮겨지고 열 명 조금 넘는 인원만 남았습니다."

그 얘기는 뉴스로 들었다.

사형이 집행되어야 비로소 형 집행이 이루어지는 사형수. 그래서 그들은 늘 미결수에 상응하는 처우를 받아왔다. 그러던 것이 지난해 법이 바뀌면서 사형수들도 기결수에 준해 처우하도록 지시가 떨어졌다고 한다. 결국 이곳에 있던 사형수들 중 상당수는 지방의 교도소로 옮겨지고 이 건물에는 그만큼 빈방이 생겼다는 얘기다.

건물 입구에 붙어 있는 경비실로 들어서자 한쪽 벽면에 설치되어 있는 모니터가 눈에 띄었다. 열 개는 넘어 보이는 화면에 각방의 모습들이 보였다.

독방에 있는 사형수들의 모습을 한눈에 볼 수 있도록 CCTV를 설치해둔 것이다.

담요에 누워 자는 사람이 있는가 하면 행동장애자처럼 끊임없이 방안을 서성거리며 잠시도 몸을 쉬지 못하는 사람도 있었다. 그들 모두 CCTV의 존재를 알고 있는 듯 이따금 불쾌한 표정으로 카메라 쪽을 쳐다보거나 카메라 가까이 다가와 손가락과 함께 욕설을 날리기도 했다.

그의 방은 어디인가. 자연스럽게 시선이 이병도를 찾고 있었다.

"지난번 사건 이후로 모든 독방은 스물네 시간 CCTV 감시 체제로 바뀌었습니다."

낯선 목소리가 들려 돌아보니 사십 대 중반 정도 되는 묵직한 체격의 남자가 서 있었다. 그는 자신을 서울구치소 보안과 과장이라고 소개했다. 그가 말한 '지난번 사건'이 무엇인지 금방 눈치챘다. 사형수 성기철의 자살 사건이다.

선경 역시 그 사건으로 경찰 전문지에 재소자들의 심리 상태에 대한 글을 쓴 적이 있어 비교적 사건을 소상히 알고 있다.

"반발이 심할 것 같은데요?"

선경은 모니터속의 재소자들을 보며 과장에게 말을 건넸다.

스물네 시간 감시당하고 있는 재소자들은 신경이 날카로워질 수밖에 없다. 또 다른 자살을 막으려는 노력인 것은 알겠지만 좋은 해결책으로 보이지는 않는다. 인권침해의 여지도 있고 더구나 언제 형이 집행될지 몰라 심리적으로 불안정한 사형수들에게는 절대적으로 부정적인 영향을 미칠 것이다. 반발이 생길 수밖에 없다.

선경이 우려하는 것들은 이미 다 알고 있다는 듯 보안과장은 심드렁하게 화면을 쳐다보았다.

"이렇게 스물네 시간 지키고 있다는 걸 알면 적어도 시도를 할 생각은 안 하겠죠."

선경은 과장에게 한마디하려다 입을 다물었다. 자신이 간

섭할 문제가 아니다. 지금은 그런 일로 온 것도 아니다. 중요한 건 이병도를 만나는 일이다.

"솔직히 성기철이 죽었으니까 그렇게 시끄러웠지, 다른 놈이면 신문에서 그렇게 떠들어대지도 않았을걸요?"

보안과장은 언론에 꽤나 시달렸는지 고개를 절레절레 흔들었다.

"이런 일이 없으면 이 담 안에서 무슨 일이 있는지 누가 관심이나 가집니까?"

성기철의 자살은 감방에 배급되는 쓰레기봉투가 이용되었다.

아무리 막아보려고 해도 하고자 마음먹는 사람은 어떤 방법이든 찾아낸다. 입고 있는 옷을 찢어 끈을 만들기도 하고 삼십 분의 짧은 운동 시간에도 나가서 날카로운 돌조각을 찾아온다.

지금의 인력으로 그 많은 재소자를 하루 스물네 시간 한시도 눈을 떼지 않고 지켜보기란 쉬운 일이 아니다. 아무 일도 발생하지 않으면 감옥의 시스템은 아무 문제가 없는 걸로 간주하지만 어떤 사건이든 일단 터지면 문제가 없던 것도 다 지적 대상이 된다.

이번 사건으로 얼마나 시달렸는지 보안과장은 재소자 관리 소홀로 문책을 당하느니 인권침해 논란으로 시끄러운 것이

났다고 판단한 것 같았다.

이야기를 하던 보안과장의 눈이 한 모니터에서 멈추었다. 그의 얼굴을 쳐다보던 선경도 그를 따라 모니터로 시선을 돌렸다. 모니터에는 한쪽 벽에 기대앉은 이병도의 모습이 보였다. 자세히 보니 그의 머리가 가볍게 흔들리고 있었다.

"정말 저놈을 만나실 겁니까?"

"네?"

모니터에서 시선을 돌린 보안과장이 진지한 표정으로 선경을 바라보았다.

"솔직히 말하면 전 이 면담을 안 하셨으면 좋겠습니다."

"보안상의 문제라면……."

"그런 건 걱정 없습니다. 어차피 이 안에서 이루어지는 일이라면 철저하게 우리 통제 안에 있을 테니까요."

"그럼……?"

"느낌이 안 좋아요. 일부러 선생을 지목한 게 아무래도 이상해서 제가 물어봤죠. 어떻게 아는 사이냐고."

"뭐라던가요?"

선경도 궁금한 일이다.

"대답도 안 하고 날 보더니 씨익 웃더군요. 웃음이 얼마나 소름 끼치던지. 뭔가 꿍꿍이속이 있는 겁니다."

조금 전 심드렁하던 태도와는 달리 이병도의 이야기를 하는 그의 눈은 진지했다.

"지금이라도 이 약속 취소하면 안 되겠습니까? 선생이 만나기를 거부한다면 놈도 방법이 없죠."

그는 정말로 선경의 신변이 걱정스러운 표정이었다. 선경은 그의 굳어 있는 눈을 쳐다보다가 여유 있게 미소를 지어 보였다.

"보안과장님께서 잘 지켜봐주시면 되겠죠?"

선경이 완곡하게 거절 의사를 밝히자 그의 눈썹이 잠시 올라갔다 다시 내려왔다. 더는 만류하기 어렵다고 생각했는지 곧 단념한 얼굴로 교도관에게 고개를 끄덕였다.

교도관은 사무실 한쪽의 문을 열어 선경을 안내했다.

사무실을 나서며 선경은 등뒤로 보안과장이 고개를 절레절레 흔드는 기색이 느껴졌다.

그의 생각을 모르는 것은 아니다.

그렇지 않아도 보안 문제로 시끄러운 마당에 또다시 문제가 발생한다면 난처한 입장에 처하는 것은 보안과장이다. 또 그런 고역을 겪느니 처음부터 문제의 여지를 없애는 것이 나을 것이다. 이병도가 어떤 인간인지, 어떤 이야기를 가지고 있는지 그것은 보안과장의 관심 밖이다. 그는 구치소 안에서 벌어지는 모든 일이 자신의 발아래 제대로 통제가 되기를 원할 뿐이다.

선경은 보안과장이 이번 일에 대해 민감하게 반응하는 것에 오히려 안도감을 느꼈다. 그가 까다롭게 구는 만큼 외부로부터의 보안은 보안과장의 철저한 통제 속에 이루어질 것이다. 그의 손아귀 안에 있는 이상 혹시 있을 불상사는 사전에 차단되겠지.

한결 마음이 가벼워진 선경은 어서 이병도의 얼굴을 보고 싶은 생각에 조바심이 일었다.

교도관의 뒤를 따라가는 선경의 발소리가 빨라졌다.

이병도와 만나게 될 면회실은 구치소에서 임시로 만든 것 같았다.

평소에 어떤 용도로 쓰이는 방인지 모르지만 비어 있던 방에 새로 탁자와 의자를 들여놓은 듯했다. 벽을 타고 녹아내린 빗물 자국과 벽 군데군데 피어 있는 검은 곰팡이로 보아 꽤 오래 사람의 발길이 닿지 않았던 곳임을 알 수 있었다. 습기와 곰팡이의 퀴퀴한 냄새가 코끝을 자극했다. 손을 대지 않아도 벽의 냉기가 전해졌다.

방안에 놓인 네모난 탁자와 의자는 새것으로 방과는 전혀 어울리지 않아 생뚱맞게 느껴졌다.

"잠시 기다리시죠."

선경은 자신을 데리고 온 교도관의 말에 고개를 끄덕이고 방안을 둘러보았다.

페인트가 벗어진 시멘트벽에는 당연히 있어야 할 창문이 없었다. 외부를 향한 출구라고는 자신이 들어온 문이 전부다. 바깥을 볼 수 있는 곳은 그 문에 나 있는, 사람 얼굴 크기의 창이 전부다. 고개를 들어 천장을 보니 긴 형광등이 켜져 있다. 이 방을 밝히는 유일한 빛이었다.

폐소공포증을 앓고 있는 사람이라면 방에 들어오는 순간부터 숨이 턱턱 막힐 공간, 공기나 소리조차 가둬버릴 것 같은 밀폐된 곳이다. 선경은 자신도 모르게 호흡이 얕고 빨라지는 기분이었다.

이병도를 데리러 간 교도관은 쉽사리 오지 않았다. 오 분이 지나고 십 분이 넘었다.

선경은 초조하게 시계를 바라보며 방안을 둘러보다 문이 마주보이는 의자에 앉았다. 테이블 너머 빈 의자를 바라보며 이병도가 앉아 있는 모습을 상상해보았다. 그러다 문득 자신이 방 안쪽에 있다는 사실을 깨달았다. 그가 일어나 문을 막아선다면 자신은 유일한 출구를 잃는다. 터무니없는 생각이라는 것을 알면서도 선경은 자리에서 일어나 문 앞에 놓여 있는 의자로 걸음을 옮겼다. 아무래도 문 가까이 앉는 쪽이 더 나을 것 같았다.

의자에 앉아 가방을 열고 면담 준비를 위해 노트를 꺼냈다. 디지털 녹음기를 꺼내 제대로 작동이 되는지 녹음 버튼을 누르는데 문이 열렸다.

선경은 자신도 모르게 의자에서 벌떡 일어나 고개를 돌렸다.

문 앞에 그가 서 있었다.

8.

수술실에서 나온 재성은 서둘러 옷을 갈아입고 곧 자신의 연구실로 향했다.

혹시라도 하영의 잠을 깨울까 싶어 조심스럽게 문을 열고 안으로 들어섰지만 방안은 비어 있었다. 수술실로 향하기 전 분명 소파에서 자고 있는 딸의 모습을 확인했다. 그런데 지금 소파에는 아무 흔적도 없다. 탁자 위에 놓인 우유팩만이 하영이 그 자리에 있었다는 것을 확인해주었다.

재성은 주위를 두리번거리다 복도로 나왔다.

수술실에 들어가기 전 혹시 아이가 깰지 몰라 미리 수간호사에게 얘기를 해두었다. 하영이 깨어나 복도를 서성거렸다면 코너 데스크에 있는 간호사들 눈에 가장 먼저 띄었을 것이다.

데스크에는 김 간호사만이 자리를 지키고 있었다.

발소리에 고개를 든 김 간호사는 재성을 알아보고 얼른 손으로 안을 가리켰다. 안쪽에는 비품을 넣어두는 공간과 함께 간호사들이 쉬는 간이 휴게실이 있다.

안을 들여다보니 하영이 수간호사와 함께 있었다. 수간호사가 건네주는 과자를 외면하고 계속 도리질을 하던 하영은 재성을 발견하자 발딱 일어나 그에게 달려왔다. 아빠의 모습이 보이지 않아 불안해하고 있었다는 게 느껴졌다.

품에 안긴 하영의 몸에서 얼핏 탄내가 느껴졌다. 재성은 어서 빨리 하영을 데리고 가 목욕을 시켜야겠다고 생각했다.

화재 현장에서 나올 때만 해도 집으로 갈 생각을 했다. 하지만 운전을 하며 생각을 바꿨다. 영문도 모르는 아내 앞에게 갑자기 아이를 데리고 갈 수는 없다는 생각이 들었다. 이 일을 어떻게 풀어나가야 할지 생각할 시간이 필요했다.

재성은 고심 끝에 하영을 데리고 병원으로 향했다. 응급실에서 안정제 주사를 놓고 외상이 없는지 확인하는 동안 긴장이 풀어졌는지 하영이 꾸벅꾸벅 졸기 시작했다. 그대로 재우는 게 낫겠다 싶었지만 발소리만 들리면 금세 눈을 뜨고 아빠를 찾았다. 혹시라도 아빠가 사라질까 봐 두려워하는 눈치였다. 결국 재성은 하영이 링거를 맞는 동안 손을 잡고 곁에 있어주었다. 아침 진료 시간이 가까워져서야 하영을 데리고 연구실로 올라왔다.

소파에 앉은 하영은 잔뜩 겁먹은 표정으로 재성을 바라보았다. 아무 말 없이 자신을 바라보는 재성의 시선을 제대로 쳐다보지 못하고 계속 안절부절못하는 눈치였다. 침묵이 길어지자 아이는 불안감을 감추지 못하고 있는 힘껏 곰 인형을 끌어안았다.

아이를 바라보는 재성의 머릿속은 혼란스러웠다. 언젠가 기회가 되면 아내에게 이야기하고 하영을 데리고 올 생각을 하고 있긴 했다. 하지만 이렇게 일이 갑작스럽게 벌어지자 무엇부터 어떻게 해야 할지 막막하기만 했다. 이른 새벽의 갑작스러운 소식도 충격이었지만 아내가 어떻게 나올지도 걱정스러웠다.

"아빠…… 화났어?"

하영이 조심스럽게 재성을 바라보며 물었다. 그제야 생각에서 깨어난 재성은 고개를 흔들었다. 재성의 침묵을 하영은 다르게 받아들인 모양이었다.

"아니, 왜 내가 화를 내?"

"아빠가…… 전화하지 말라고 했잖아."

"그건…… 그건 아빠가 일 때문에 바쁘니까 그런 거지."

대답을 마친 재성은 물끄러미 하영을 보다 두 팔을 벌렸다. 하지만 하영은 쉽게 재성에게 안기지 못했다. 주저하고 망설이고 있었다. 어느새 그만큼 멀어져버린 것인가 싶어 안타까운 생각이 들었다. 재성이 다시 팔을 열고 손짓을 하자 빤히 재성을 쳐다보던 하영이 그제야 곰 인형을 내려놓고 품에 안졌다.

하영이 몸을 파르르 떨었다. 누구보다 놀랐을 것이다. 어른도 추스르기 힘든 일을 겪었다. 마음속에 얼마나 큰 회오리가 일고 있을지 가늠도 할 수 없다. 제 생각만 하느라 아이가 괜찮은지 제대로 살펴주지도 못했다는 생각이 비로소 밀려왔다.

"무서웠지?"

대답 대신 울음이 터져 나왔다.

"괜찮아, 아빠가 있잖아. 이젠 걱정하지 마."

그 말을 들은 하영이 목놓아 울기 시작했다. 뜨거운 불길 속에서 얼마나 무서웠을 것이며 낯선 사람들 틈에서 얼마나 두려웠을까. 충격과 혼돈 속에서 간신히 참고 있던 감정들이 재성의 말 한마디에 터져 나오는 것 같았다. 그는 아이의 여린 몸을 꼭 껴안아주고 등을 쓰다듬어주었다. 할 수만 있다면 마음속에 있는 응어리를 그렇게 모두 쓸어내주고 싶었다.

하영은 온몸이 식은땀으로 흠뻑 젖을 만큼 실컷 운 뒤에야 재성의 품에서 떨어졌다.

"나, 아빠랑 같이 살면 안 돼?"

선뜻 대답이 나오지 않았다. 그것은 혼자 결정할 문제가 아니다.

짧은 순간의 망설임을 눈치챈 하영이 언제 울었느냐는 듯 손등으로 뺨에 남은 눈물을 닦아내고 소파로 돌아가 앉았다.

재성은 아무 말도 하지 못하고 하영을 쳐다보았다. 한참 고개를 숙이고 아빠의 대답을 기다리던 하영은 졸리다며 옆으로 누웠다.

재성은 얼른 책상 서랍에서 무릎담요를 꺼내 하영에게 덮어주었다. 인형의 목을 끌어안고 두 눈을 꼭 감은 하영을 물끄러미 바라보다 땀으로 목에 달라붙은 머리를 떼어주었다. 조금 전 재성의 품에 매달려 울던 아이의 모습은 어디 가고 하영은 등을 보인 채 숨소리도 내지 않았다.

노크 소리가 들렸다. 아침 일과를 시작할 시간이다.

재성은 등을 보이며 돌아누운 하영을 바라보다가 자리에서 일어났다.

“아빠, 수술이 있어서 가봐야 돼. 오래 안 걸릴 테니까 그동안 자고 있어. 알았지?”

아이의 등은 움직이지 않았다. 발걸음이 무거웠지만 일단 오전 일을 끝내고 생각하기로 했다.

두 시간의 수술 시간 동안 자꾸 눈앞에 등을 보이고 잠든 하영의 모습이 아른거렸다.

—아빠랑 같이 살면 안 돼?

아이의 목소리가 그의 머릿속을 헤집고 다녔다. 하지만 빈 항아리 속의 메아리처럼 하영의 질문은 허공을 맴돌 뿐이다. 그 질문에 대한 대답은 자신이 할 수 있는 것이 아니었다.

고작 몇 시간 떨어져 있었을 뿐인데 아이는 더이상 떨어지지 않겠다는 듯 힘껏 재성의 허리에 매달렸다. 하영을 쳐다보는 수간호사의 표정에는 안쓰러움이 가득 묻어 있었다.

"집에 불이 났다면서요? 많이 놀랐겠어요."

이른 아침 응급실에서 시작된 소문은 어느새 병원 전체로 퍼졌다. 수술실에 들어가서도 인턴들에게 걱정 어린 인사를 받았다. 하긴 연구실에 하영까지 와 있으니 그들도 모를 수가 없겠지. 하지만 그 이상 사생활을 드러내고 싶지는 않았다.

"수고했어요."

재성은 그 말로 수간호사의 관심을 끊어냈다. 그는 얼른 하영의 손을 잡고 복도로 나왔다. 어느새 복도에는 병실마다 식사를 나르는 카트가 지나다니고 있었다. 생각해보니 아침도 제대로 못 먹었다.

"밥 먹으러 갈까?"

재성의 질문에 하영이 말없이 고개를 끄덕였다.

"뭐 먹고 싶어? 짜장면? 돈가스?"

"……."

"하영아?"

"그냥…… 아빠 먹고 싶은 걸로."

같이 살고 싶다는 말에 선뜻 대답하지 못했던 아빠에게 아직도 서운한 감정이 남아 있는지, 하영은 재성의 시선을 외면

한 채 통명스럽게 말했다. 잡고 있는 손을 빼지 않는 것만으로도 감사해야 할 지경이었다.

재성은 하영을 데리고 병원을 나와 도로 건너편에 있는 파스타 전문점으로 들어갔다.

흰색 칠이 벗어진 나무의자들 위로 원색의 화려한 꽃무늬가 그려진 방석들이 놓여 있었다. 재성의 맞은편에 앉은 하영은 손가락으로 방석의 꽃잎을 따라 그리며 의식적으로 아빠의 시선을 피했다. 분홍색 커튼을 배경으로 앉아 있는 하영을 보자 그동안 느끼지 못했던 아이의 나이가 생각났다. 올해 열한 살. 떨어져 산 지는 벌써 삼 년이 넘었다. 몇 달 못 본 사이에 또 훌쩍 커 있었다.

"크림소스로 시킨다? 그거 좋아하지?"

대답을 기다렸지만 하영의 입은 열리지 않았다.

재성은 종업원을 불러 주문을 하고 앞에 놓인 잔에 물을 따라주었다.

"아빠하고 계속 아무 얘기도 안 할 거야?"

"……."

"그럼 아빠도 아무 말 안 한다."

탁자만 보고 있던 하영이 고개를 들었다. 또다시 불안하게 흔들리는 시선. 괜한 말을 했다 싶었다. 재성은 한결 부드러워진 목소리로 아이를 달랬다.

"오랜만에 아빠 만났는데 계속 그렇게 부은 얼굴로 있으면 안 되겠지?"

알았다며 고개를 끄덕였지만 억지로 참고 있다는 게 한눈에 보였다. 음식을 먹는 동안에도 하영은 재성의 질문에 아주 짧게 대답할 뿐이었다.

하영에게 미안한 일이지만 사실 재성은 지난 몇 달 동안 아이를 까맣게 잊고 지냈다. 그것은 함께 살 때도 마찬가지였다. 아이를 싫어하는 것은 아니다. 병원 일에 쫓기다 보니 집에 돌아가서도 아이의 얼굴을 들여다볼 여유도 없이 쓰러져 자기 일쑤였다. 한집에 살아도 아이를 보는 것은 며칠에 한 번, 함께 놀아주는 건 몇 주에 한 번 손에 꼽을 정도였다.

아이의 모습을 이렇게 찬찬히 들여다본 게 얼마 만인가? 재성은 앞에 앉아 스파게티를 먹고 있는 하영의 얼굴을 물끄러미 바라보았다.

크고 맑은 눈망울과 짙은 눈썹은 죽은 아내를 많이 닮았다. 아직 얼굴에 젖살이 남아 있지만 조금만 더 크고 이목구비가 뚜렷해지면 아마 제 엄마를 더 많이 닮게 되겠지. 문득 아이의 얼굴에 남아 있는 아내의 흔적에도 냉랭해지는 자신을 깨달았다.

죽은 아내에게 아직도 남아 있는 상처와 감정이 있다는 것을 인정하고 싶지 않았다. 재성은 얼른 아이에게서 시선을 거

두고 접시에 남아 있는 음식을 먹었다.

"그…… 여자 때문이지?"

"으응?"

묵묵히 먹는 일에 집중하던 하영이 문득 포크를 내려놓고 말했다.

"아줌마 말이야. 아빠랑 같이 사는……."

아이는 적절한 호칭을 찾지 못하자 말끝을 흐렸다.

예전부터 머리 회전이 빠르고 눈치가 빤한 아이였다. 재성이 쉽게 자신을 데려가지 못하는 이유를 너무나 분명히 알고 있었다.

"괜찮아……. 미국 할아버지네 집으로 갈게."

이미 체념하고 자신이 갈 집까지 생각해둔 모양이다. 하지만 하영이 가겠다고 말한 곳도 사정이 여의치 않다.

하영이 두 살 때 큰형과 작은형이 사는 시애틀로 아예 들어가버린 아버지는 작년부터 치매 증상으로 어머니의 간호를 받고 있는 처지다. 아버지 병간호만으로도 총총거리며 바쁘게 지내는 어머니에게 짐을 안겨드릴 수도 없고, 그렇다고 식당에 매달려 정신없는 형의 가족이 하영을 돌봐줄 상황도 아니다. 애당초 그런 건 부탁을 해볼 여지도 없는 사람들이다. 일년에 한 번도 만나기 힘든 가족, 몇 달에 한 번 그것도 일이 있어야 연락을 하는 게 전부인 가족은 남과 다를 바 없다.

엄연히 아빠가 있는데 그렇게 먼 곳으로 아이를 보낸다는 것 역시 내키지 않는다.

아무리 생각해봐도 답은 이미 나와 있다. 다만 그 답을 얻어내기 위해 어떻게 할까 고심하고 있을 뿐이다.

"아빠가 아까 뭐라고 했지?"

"……."

"걱정하지 말라고 했잖아. 아빠가 알아서 할게."

"그럼…… 아빠랑 같이 살 수 있는 거야?"

재성이 고개를 끄덕이자 아이는 비로소 입가에 미소를 지으며 안심하는 눈치였다. 하영의 표정을 보자 재성은 일단 부딪쳐보자고 생각했다.

아내와 함께 산 지 일 년, 그녀가 어떤 심성을 가진 여자라는 것은 어느 정도 파악하고 있다. 이런 상황에서 매몰차게 거절할 사람은 아니다. 아마도 잠시 망설이기는 하겠지만 결국 하영을 받아줄 것이다. 그렇게 생각하면서도 쉽게 아이를 집으로 데리고 가지 못하고 망설이는 데는 다른 이유가 있다.

가능하면 전처와 있었던 일을 알리고 싶지 않았다. 아내도 그다지 과거를 캐묻거나 하는 사람이 아니라서 지금까지 한 번도 지난 일을 입에 올린 적이 없다.

하영이 집에 와서 함께 살게 된다면 말하고 싶지 않았던, 아내가 몰랐으면 하는 많은 과거가 드러날 수밖에 없다. 앞으로 아이가 자신보다 아내와 더 많은 시간을 보내게 될 것이다. 자신이 없는 상태에서 둘만 남겨지면 과연 둘 사이에 무슨 일이 벌어질지, 하영이 무슨 말을 할지 그것은 아무도 모른다. 재성은 그 부분이 가장 마음에 걸렸다.

지금으로서는 다른 대안이 없다. 매일 지뢰밭을 걷는 기분으로 둘을 지켜보게 될지도 모르지만 일단 아이를 데리고 집으로 가기로 했다.

재성은 문득 하영이 그날 밤 일에 대해 얼마나 알고 있는지 궁금해졌다. 하지만 그것은 쉽게 입 밖으로 꺼내거나 물어볼 수 없는 일이다. 괜히 하영의 기억을 건드리고 싶은 생각도 없었다. 재성은 고개를 숙이고 식사에 열중하는 하영을 쳐다보다 물컵을 들어 남아 있는 물을 마셨다.

무언가 차갑고 단단한 것이 목에 걸려 넘어가지 않는 기분이었다.

9.

푸른 죄수복에 수갑을 차고 있었지만 그의 얼굴은 믿기지 않을 만큼 평온했다.

햇빛을 못 본 탓인지 사진에서 봤던 하얀 얼굴은 실핏줄이 보일 만큼 투명해 보였다. 균형 잡힌 눈썹과 부드러운 입술의 잘생긴 얼굴은 처진 눈매 덕분에 순해 보이기만 했다. 그에게 다비드라는 별명을 달아준 것도 이해가 갈 정도였다. 짧은 머리는 얼굴을 더욱 두드러져 보이게 했다.

그의 얼굴에서 끔찍한 범죄를 저지르던 냉혹한 살인자의 모습은 찾아보기 힘들었다.

이병도는 그 자리에 선 채 천천히 선경을 위아래로 훑어보았다. 그의 시선이 머리에서 가슴으로 흘러내리는 것을 느끼자 다시 심장이 빨리 뛰기 시작했다. 허공을 헤매던 그의 시선이 다시 선경의 얼굴로 돌아왔다. 선경과 눈이 마주치자 그의 눈가에 주름이 잡히더니 조용히 미소를 지었다. 그의 정체를 모르고 낯선 곳에서 우연히 만났다면 그 미소에 가슴이 설레었을 것이다.

뒤에 서 있던 교도관이 팔을 툭 치자 이병도는 정신이 돌아온 듯 걸음을 옮겼다.

천천히 방안으로 들어와 선경의 맞은편 의자에 앉은 이병도는 교도관이 손목과 의자에 수갑을 채우는 동안 물끄러미 선경을 쳐다보았다. 그의 눈빛은 아는 사람을 만난 듯한 반가운 기색이었다.

그의 옆에 수갑을 채운 교도관이 자리잡고 섰다. 병도는 시선을 돌려 교도관을 올려다보았다.

"계속…… 거기 서 있을 겁니까?"

"규칙입니다."

"난 우리 둘만 이야기했으면 하는데?"

그는 아무렇지도 않게 교도관에게 나가달라는 말을 하고 있었다. 떠도는 소문에 의하면 교도소에서 교도관까지 부려가며 제멋대로 지내고 있다더니, 그 말이 틀리지 않은 듯했다.

"이러면 내가 할 얘기도 못 하지. 안 그래요, 선생?"

이병도는 선경을 돌아보며 이 일에 끌어들였다. 선경의 입장에서도 최소한의 안전장치만 있다면 이병도가 솔직하게 이야기를 털어놓을 수 있는 환경이 낫다.

"교도관의 입회 없이는 절대 면담을 하실 수 없습니다."

교도관은 선경이 입을 열기도 전에 단호하게 못박았다.

조금 전 만났던 보안과장이나 교도관 모두 이 특별한 면회를 언짢게 생각하고 있다는 것을 느낄 수 있었다. 교도관인 그가 재소자의 말에 따라 규칙을 깬다는 건 있을 수 없는 일이겠지. 결국 선경이 절충안을 제시했다.

"교도관님 말씀대로 규칙은 지켜야죠. 괜찮으시면 저 문 쪽에 앉아 계시는 게 어떨까요? 면담을 하려면 시간이 오래 걸릴지도 모르니까요."

교도관은 이병도와 선경 두 사람을 번갈아 쳐다보다 하는 수 없다는 듯 한발 양보했다. 이 방에 어디에 있든 안에 있는 이상 두 사람의 대화는 들릴 수밖에 없다. 하지만 두 사람 모두 심리적인 거부감 없이 타협할 여지가 필요했다.

교도관이 바짝 붙어 있는 것은 그의 신경을 자극한다. 공간적 거리를 두는 게 이병도에게 마음의 여유를 줄 것이다. 규칙을 깨지 않으면서 서로가 원하는 것을 가진다. 결국 모두가 융통성을 발휘한 덕분에 각자 의자에 앉을 수 있게 되었다.

이병도는 교도관이 자리에 앉는 것을 확인하고 선경에게 시선을 돌렸다. 조금 전 일로 그의 기분도 좋아진 모양이다. 그는 부드러운 미소를 지은 채 선경을 바라보다 천천히 입을 열었다.

"궁금했죠?"

"……?"

"이 사람이 날 어떻게 알지, 왜 하필이면 나지? 그렇게 생각했죠?"

선경을 쳐다보는 그의 눈이 웃고 있다. 당혹스러웠다. 자신의 속마음을 들킨 것 같다. 하지만 그렇다고 아닌 척 태연함을 가장하고 싶은 맘은 없었다. 적어도 솔직하게 자신을 보여야 그와의 면담이 부드럽게 풀려나갈 거란 생각이 들었다. 가만히 들여다보니 선해 보이는 눈매에 묘한 서늘함이 담겨 있다. 그의 미소도 눈 속의 냉기는 감추지 못했다.

"네, 그래요. 며칠 동안 정말 궁금했어요. 알려주시겠어요?"

하지만 그는 쉽게 알려줄 생각이 없는 것 같았다. 선경을 빤히 쳐다보던 그는 느긋하게 의자에 등을 기댔다. 상황을 주도하고 있다는 만족감이 느껴졌다. 그는 곧 다른 질문을 던졌다.

"머릿속에 있는 기억 중에 가장 오래된 기억이 뭐죠?"

"……네?"

예상하지 못한 질문이다. 가장 오래된 기억이라니? 이 사람은 나의 어린시절부터 알고 있다는 얘기인가, 아니면 나를 알고 싶다는 건가? 갑자기 밤새워 실컷 시험공부를 했는데 엉뚱한 범위에서 시험문제가 나왔을 때처럼 황당한 기분이 들었다.

그의 오른쪽 입꼬리가 올라갔다. 그는 선경의 반응을 기다리며 눈을 빛냈다. 이번에도 그의 페이스에 말려들고 싶은 생각은 없었다.

선경은 피식 웃음을 짓고 태연하게 노트를 펼쳤다.

"다른 얘기로 넘어가죠."

선경은 그가 원하는 것을 무시하기로 했다. 그 역시 선경이 던진 첫 번째 질문에 대한 답을 하지 않았다. 굳이 그의 질문에 대답해야 할 이유는 없다. 보이지 않는 기 싸움이 둘 사이를 팽팽하게 만들고 있다. 아직도 주도권을 위한 탐색전이 계속되고 있다. 이번엔 그가 어떻게 나올까?

"왜 얘기를 피하죠? 좋지 않은 기억이라도 있나?"

"제 이야기를 하러 온 게 아니라, 이야기를 들으러 왔으니까요."

"그것뿐인가요? 왠지 기억하고 싶지 않은 게 있는 것 같은데?"

"……."

"당신이 내 얘기를 듣고 싶어 하는 만큼 나도 당신의 얘기가 듣고 싶은데? 여긴 끔찍하게 심심하고 지루하거든요."

데자뷔. 어디선가 본 기억이 있다. 퍼뜩 떠오르는 게 하나 있다. 망할 클라리스 스탈링. 〈양들의 침묵〉에서 한니발 박사가 스탈링 요원에게 하는 말이다.

이야기를 듣고 싶으면 당신도 이야기를 꺼내라.

"영화 흉내를 내고 싶은 건가요?"

그가 낄낄거리며 웃었다.

"무슨 얘기인지 모르지만 그건 어린아이도 아는 평범한 셈이거든요. 하나를 주면 하나를 받는 거지. 그래야 공평하지."

알려진 것만 해도 열세 명의 목숨을 빼앗은 사람이 공평함을 이야기한다. 그들의 생명 하나하나를 빼앗을 때마다 그는 무엇을 내놓았는가 묻고 싶어졌다.

"생각해보지 않아서 모르겠군요."

"생각해봐요. 시간은 많으니까."

선경은 볼펜을 내려놓고 그를 쳐다보았다. 역시 그는 지고 싶지 않은 것이다. 그의 입을 열게 하기 위해 조금 양보하기로 마음먹었다. 선경은 잠시 눈을 내리깔고 생각에 잠겨 있다 입을 열었다.

"빨간 구두요. 엄마가 사준 빨간 구두. 그게 저의 첫 기억이에요."

그는 눈을 가늘게 뜨고 선경을 쳐다보았다. 아마도 선경이 한 말의 진위를 가늠하고 있을 것이다. 곧 그는 고개를 절레절레 흔들었다.

"실망이군요. 참신한 이야기를 들을 거라 기대했는데."

선경은 어깨를 한번 으쓱하고는 다시 볼펜을 집고 이야기를 받아 적을 준비를 했다.

"당신의 첫 기억은 뭔가요?"

"나의 첫 기억? 엄마 뱃속에서 양수 속을 헤엄치던 일?"

그의 얼굴은 무표정했다. 하지만 두 눈이 반짝이며 선경의 반응을 기다리고 있었다. 노트에 메모를 하려던 선경은 이병도의 눈빛을 보고 그가 자신을 놀리고 있다는 것을 깨달았다.

"그래, 느낌이 어떻던가요?"

"숨이 막혔죠. 아주 더러운 물이었거든."

어머니에 대한 기억이 안 좋은 모양이다. 한순간 그의 얼굴에 혐오가 스쳐지나갔다.

그의 말을 듣던 선경은 문득 사람들이 가진 첫 기억이란 대부분 엄마와의 기억이리라는 생각이 들었다. 엄마의 뱃속에 대한 기억은 믿기 어려웠지만 어머니에 대한 그의 감정은 진하게 느껴졌다. 어젯밤 서재에서 읽었던 그의 가족 사항을 떠올렸다. 어머니와 단둘이 살았던 그는 어머니의 가출 후 열일곱 살부터 혼자 살아왔다고 기록되어 있었다.

"어머니에 대한 얘기부터 해볼까요?"

선경의 말에 이병도는 뒤로 물러났다. 의자 등받이에 몸을 기대고는 질문의 저의를 알아내야겠다는 듯 가늘게 눈을 뜨고 선경을 바라보았다. 선경은 아무렇지도 않은 듯 시선을 되받아치며 대답을 기다렸다.

잠시 선경을 빤히 쳐다보던 이병도는 의자에 기대고 있던 등을 곧추세웠다. 그는 상체를 앞으로 내밀어 선경의 얼굴에 가까이 다가갔다.

> 쾅쾅, 맥스웰의 은빛 망치, 그녀의 머리를 내려쳤네.
> 쨍그랑 쨍그랑, 그녀가 죽었다고 확신했지.

갑자기 그가 낮은 목소리로 팝송을 불렀다.

선경은 생각지 않은 그의 행동에 동작을 멈추고 고개를 들었다.

진심으로 웃고 있었다. 그의 눈에는 장난기가 가득했다.

그가 자신의 호기심을 자극하기 위해 계속 돌을 던지고 있다는 생각이 들었다. 문제는 '그 돌이 의미가 있는 것인가' 하는 것이다.

그가 부른 노래는 비틀스의 〈맥스웰의 은빛 망치〉다.

선경이 알기로 〈맥스웰의 은빛 망치〉는 60년대에 나온 노래다.

심리학 지도 교수였던 클렌이 아니었다면 선경도 그 노래를 몰랐을 것이다.

비틀스의 광팬인 클렌 교수는 자신의 집 뒷마당에서 학생들을 모아놓고 바비큐 파티를 하기 좋아했다. 그 파티의 배경음악은 당연히 늘 비틀스의 노래였다. 누가 노래 제목이라도 물어보면 그는 두 눈을 반짝이며 자신이 비틀스의 앨범을 처음 사던 날의 일화부터 시작해 비틀스의 온갖 노래와 뒷이야기를 쏟아냈다. 그의 이야기는 늘 존 레넌의 무덤을 다녀온 뒤 자신의 마음속에서 비틀스는 죽었다는 걸로 끝났다.

이병도가 이 노래를 알고 있다니 조금 의외였다. 선경이나 그는 이 노래를 많이 접할 수 있는 세대가 아니다. 그의 주위에도 클렌 교수 같은 비틀스의 광팬이 있었던 것일까? 갑자기 이 노래를 부른 이유가 궁금해졌다.

"비틀스 노래군요. 그 노래가 첫 기억이라고요?"

갑자기 그의 눈이 휘둥그레졌다. 빤히 선경을 쳐다보더니 웃음을 터뜨렸다.

"이 노래를 아는 사람을 만나다니 이거 반가운데?"

목소리가 커졌다. 기분이 좋아 보였다. 자신이 좋아하는 곡을 알고 있다는 게 즐거운 모양이다. 작은 소재라도 공통의 화제를 가지게 되면 이야기는 한결 쉽게 풀린다. 선경은 마음속으로 클렌 교수에게 감사 인사를 하며 그를 쳐다보았다.

"그 노래에 특별한 의미가 있나요?"

무심코 던진 질문에 그의 얼굴이 더 가깝게 다가왔다. 그는 선경의 눈을 빤히 들여다보며 나지막이 속삭였다. 귀를 기울인 선경에게도 간신히 들릴 정도로 낮은 목소리였다.

"이 노래를 불러준 여자들은 다…… 내 손에 죽었지."

"……!"

등줄기를 타고 차가운 얼음 한 조각이 미끄러져 내리는 기분이었다. 또다시 그의 눈에서 서늘한 기운이 느껴졌다. 순해 보이고 장난기 가득한 얼굴에 서늘하고 공허한 눈빛이 공존하고 있었다. 어느 것이 그의 진짜 얼굴일까?

선경은 자신을 빤히 바라보고 있는 그의 시선을 피할 수가 없었다. 그의 표정에서 그가 하는 말이 진실이라는 것을 느낄 수 있었다.

이 노래는 우연히 듣고 좋아해서 흥얼거리는 게 아니다. 여자들을 죽일 때마다 노래를 불렀다면 그것은 일종의 상징이다. 그만의 특별한 것을 의미한다. 선경은 그가 툭툭 던졌던 돌멩이들이 사실은 그를 이해하기 위한 퍼즐 조각 하나하나라는 것을 비로소 깨달았다.

그는 자신의 말이 선경에게 어떤 충격을 주는지 하나도 놓치고 싶지 않은 듯했다.

선경의 눈동자에 스미는 놀라움과 미간에 잡히는 주름을 만족스럽게 쳐다보았다. 호숫가에 돌멩이를 던져놓고 물결이 번져나가는 모습을 지켜보는 것 같았다.

그는 선경을 주시하며 천천히 혀로 자신의 입술을 핥았다. 축축한 물기에 입술이 번들거렸다. 선경은 최면에라도 걸린 듯 그가 하는 동작을 지켜보고 있었다. 그는 흡족한 미소를 지으며 천천히 선경에게서 시선을 떼어냈다.

그는 조금 전과 달리 커다란 목소리로 교도관을 불렀다.

"면담 끝났습니다."

십 분도 지나지 않은 시간이었다. 선경은 갑작스러운 이병도의 태도에 어리둥절해하며 엉거주춤 자리에서 일어났다.

교도관은 그의 변덕에 익숙한 듯했다. 문 앞에 앉아 있다가 얼른 일어나 이병도에게 다가가 이병도의 손목과 의자에 채워두었던 수갑을 풀었다. 교도관은 다시 그의 양손을 모아 수갑을 채우고 그를 일으켰다.

이병도가 천천히 걸음을 옮기며 문 쪽으로 걸어갔다. 그는 선경에게 시선도 주지 않았다.

선경은 허둥지둥 그의 앞을 가로막고 섰다.

"아니, 아직…… 아직 제대로 얘기도 안 했잖아요."

"첫인사치고는 괜찮았다고 생각하는데?"

말문이 막혔다.

그는 수시로 색이 변하는 카멜레온 같았다.

조금 전 선경을 바라보며 진심으로 반가운 표정을 지었던 이가 맞을까 의심스러울 만큼 어느새 그는 더이상 선경을 상대하고 싶지 않다는 차가운 기운을 내뿜으며 색깔을 바꿨다. 그는 선경의 앞을 지나 문 쪽에 섰다. 교도관은 선경을 힐끗 돌아보다 서둘러 면회실 문을 열고 이병도를 데리고 나갔다.

선경은 어이가 없어 멍하니 서 있다가 곧 그의 뒤를 따라 밖으로 나갔다.

서울에서 자그마치 한 시간을 달려왔다. 이렇게 허무하게 면담을 끝낼 수는 없다.

"이 면담을 할 생각이 없는 건가요?"

선경은 이미 한참 멀어진 이병도를 향해 소리쳤다. 그 말에 이병도는 걸음을 멈추었다. 잠시 서 있던 그가 고개를 돌려 선경을 바라보았다.

"오늘은 끝났어요. 이틀 후에 만납시다. 같은 시간에. 아, 그리고 앞으로는 날 만나러 올 때 사과를 하나씩 가져오세요.

크고 싱싱하고 한입 베어 물면 뼛속까지 시원해지는 놈으로."

그 말을 끝으로 이병도는 당황한 선경을 남겨놓고 돌아섰다. 그는 하인을 앞세운 상전처럼 위세당당하게 감방으로 돌아갔다.

기가 막혔다. 제대로 농락당했다는 기분이 들었다. 약이 올라 발을 구르고 있는데, 반대편 복도에서 보안과장이 다가왔다.

"얘기했죠? 저놈은 안 만나는 게 좋을 거라고."

방 어디엔가 CCTV가 설치되어 있었나 보다. 보안과장은 이미 알고 있었다.

"일전에도 어느 방송국 피디랑 인터뷰를 하기로 했었어요. 피디는 특종이다 싶었는지 신나서 약속일에 카메라를 대동하고 나타났죠. 어떻게 된 줄 아십니까?"

"……?"

"세 시간을 기다리게 하고 결국 면회 거절. 그 피디 아마 욕이라는 욕은 다 퍼부으며 돌아갔을걸요?"

그 피디에 비하면 자신은 나은 편이라고 위안이라도 해야 하는 걸까. 선경은 자신도 모르게 헛웃음이 새어 나왔다. 쉽지 않을 거라는 예감은 했다. 하지만 최소한의 면담 시간도 보장받지 못할 줄은 몰랐다. 준비했던 질문은 하나도 꺼내지 못했다.

"별로 얻는 것도 없을 겁니다. 독방에서 매일매일 똑같은 생활에 면회 오는 사람도 없으니 얼마나 심심하겠어요? 그래서 같이 좀 놀아달라는 겁니다. 여기서 그만두는 게 좋아요. 시간 낭비예요. 저놈 놀이 상대가 될 겁니까?"

보안과장의 비꼬는 말투가 오히려 선경의 기분을 풀어주었다.

그의 이야기를 듣는 동안 이병도와 만난 짧은 시간을 곰곰이 생각해보니 소득이 없는 것도 아니다.

그의 태도, 움직임, 선경을 바라보는 시선과 반응 그리고 그가 던진 질문과 어머니에 대한 감정, 비틀스 노래까지, 백과사전 세 권 분량의 자료를 몇 번이나 읽어도 절대 얻지 못할 정보다. 이 정도의 수확이라면 허탈감을 느낄 필요는 없다. 초조했던 마음이 한결 여유로워졌다. 선경은 보안과장에게 일부러 밝은 미소를 지으며 말했다.

"이틀 뒤에 뵙죠."

보안과장의 표정이 일그러지는 것을 느끼며 선경은 서류가방을 챙기러 다시 면담실로 향했다. 등뒤로 보안과장의 목소리가 들렸다. 혼잣말처럼 중얼거렸지만 선경의 귀에 다 들리는 큰 목소리였다.

"저런 놈과 엮여봐야 뭐가 좋다고……. 나중에 후회하지……."

10.

집 앞 주차장에 차를 대고 시동을 껐다.

온몸이 젖은 솜처럼 무거웠다. 입에서 한숨이 절로 나왔다. 참았던 피로가 한꺼번에 몰려와, 빨리 집으로 들어가 뜨거운 물에 몸을 담그고 싶었다. 이병도와의 만남으로 지친 신경들을 풀어놓고 싶었다. 몸과 마음을 녹인 뒤 차가운 물에 샤워를 하고 개운한 기분으로 그와 나누었던 대화들을 하나씩 되짚어보고 싶었다. 하지만 선경의 바람과 달리 생각지도 못한 일이 그녀를 기다리고 있었다.

현관문을 열고 집안으로 들어서자 남편의 구두 옆에 어린 아이의 운동화가 놓여 있었다.

누구의 신발일까 의아해하며 거실로 들어서는데 소파에 열 살 정도 되어 보이는 여자아이가 선경이 들어온 것도 모르고 멍하니 앉아 있었다.

선경은 조심스럽게 집안으로 들어서며 주위를 둘러보았다. 안방 문이 열려 있는 것을 보자 조금 전 현관에서 보았던 남편의 구두 생각이 났다.

'남편이 데리고 온 아이구나.'

남편에게 전부인 사이에서 낳은 아이가 있다는 것은 알고 있었다. 하지만 그 아이를 이렇게 만나게 될 거라고는 생각하지 못했다. 이혼 후 전부인이 남편과 아이를 만나지 못하게 한다고 했다. 그래서 이혼한 뒤로는 한 번도 아이를 본 적이 없다고 했다.

그런데 갑자기 왜 이 아이가 우리집 소파에 앉아 있는 것일까?

선경은 천천히 아이에게 다가갔다.

멍하니 앞을 바라보고 있던 아이는 그제야 사람의 시선을 눈치챘는지 고개를 돌려 선경을 쳐다보았다.

아이는 선경을 보고도 놀라지 않았다. 소녀의 얼굴에서는 어떤 감정도 읽어낼 수가 없었다.

하얀 피부에 커다란 눈은 사람을 빨아들일 것 같았다. 짙은 속눈썹이 길게 눈동자를 덮고 있었다. 속눈썹 그늘에 가려 소녀의 눈동자는 애잔함까지 느끼게 했다. 굳게 다문 입은 아이답지 않은 야무진 성격을 짐작케 했다.

아이는 가만히 선경을 쳐다보다가 관심이 없다는 듯 다시 거실 창 쪽으로 시선을 돌렸다. 거실 창 너머로 대문과 잔디가 깔린 마당이 보인다. 아이는 선경이 대문으로 들어올 때부터 지켜보고 있었을 것이다.

선경이 아이에게 뭐라고 말을 붙여보려는데, 뒤에서 인기척이 났다.

"어, 당신 왔어?"

남편의 목소리. 선경이 일찍 집에 오리라고 예상 못 했는지 그의 목소리는 평소와 달리 불안정했다.

"하영아, 인사해야지."

남편은 서둘러 소파로 오더니 아이를 일으켜 세웠다. 그제야 아이의 손에 들린 곰 인형이 눈에 들어왔다.

곰 인형은 낡고 때가 묻어 제 색깔을 분간하기 힘들 정도로 지저분했다. 남편의 손에 이끌려 일어나기는 했지만 아이는 여전히 선경을 말간 눈으로 쳐다볼 뿐이었다.

"안녕하세요 해야지."

남편이 다시 한번 인사를 시켰지만 아이는 굳게 입을 다물었다. 그는 아이의 머리에 손을 대고 억지로 고개를 숙이게 하려고 했다.

"그러지 말아요. 하고 싶지 않은데 억지로 시킬 필요 없어요."

남편은 아이의 태도에 당황한 듯 난감한 표정으로 머리를 흔들었다.

"어떻게 된 일이에요?"

"넌 여기 앉아 있어. 아빠 잠깐 아줌마랑 얘기 좀 하고 올게."

남편은 다시 아이를 소파에 앉게 하고 선경의 팔을 잡아끌고 안방으로 향했다. 남편의 손에 이끌려 가며 선경은 마음이 불편했다. 그렇지 않아도 피곤한데 평소답지 않은 남편의 두

서없는 행동에 신경이 날카로워졌다.

안방으로 들어선 그는 아이가 소파에 앉아 있는지 확인하고 조용히 문을 닫았다. 하지만 쉽게 말을 꺼내지 못하고 자꾸 선경의 시선을 피하며 방안을 서성거렸다. 무엇 때문인지 모르지만 좀처럼 입을 열지 못하고 주저하는 그를 보자 선경마저 불안해졌다.

"무슨 일이에요?"

선경이 참지 못하고 먼저 입을 열었다.

그 말을 기다렸다는 듯 남편이 침대 한쪽에 걸터앉더니 머리를 쓸어 올리며 선경을 바라보았다. 그의 눈가에 평소에는 없었던 깊은 주름이 잡혀 있었다.

"어디서부터 어떻게 설명해야 좋을지 모르겠군. 당신이 어떻게 받아들일지도 모르겠고……."

"무슨 일인지 얘기를 해야 어떻게 받아들일지 알죠. 얘기해봐요. 무슨 일이에요?"

"오늘 새벽에 전화가 왔었잖아."

"병원에서 급한 환자가 있다고……."

선경은 채 말을 끝내지 않고 남편의 얼굴을 빤히 쳐다보았다. 이른 새벽 전화를 받은 남편은 옷도 제대로 입지 못하고 출근했다. 급한 환자 때문이라고 했다. 그가 하는 말이라 어떤 의심도 하지 않았다.

"아이 때문이었군요."

"경찰에게 연락이 온 거야. 아이를, 하영이를 데려가라고……."

"그게…… 무슨 말이에요? 아이는 엄마와 있다고 하지 않았어요?"

"당신에게 얘기하지 않았지만 우리 결혼하고 얼마 되지 않아 아이 엄마가 죽었어. 그 뒤로 하영이는 처가에서 맡아왔고."

남편과 결혼한 지 일 년이 다 되어간다. 그동안 전부인이 죽었다는 얘기는 듣지 못했다. 가슴 한구석이 서늘해졌다.

"언제 안 거예요?"

"연락이 와서 장례식에 갔었어. 당신한테…… 얘기할 수가 없었어. 결혼한 지 얼마 되지도 않았는데, 그런 이야기를 할 수가 없었지."

머릿속에 오만 가지 생각과 감정들이 뒤섞여 무슨 말을 어떻게 해야 할지 몰랐다.

남편 말대로 얘기를 꺼내기 쉽지 않았을 것이다. 또 어떻게 생각해보면 굳이 선경이 알아야 할 문제도 아니다. 그걸로 끝이었다면 남편도 이런 이야기를 할 필요가 없었겠지. 그렇다고 해도 진작 얘기해줬으면 하는 생각이 들었다. 그렇게 남편의 가슴속에 묻어둔 이야기가 얼마나 더 있을까.

선경은 눈을 깜빡이며 생각을 정리했다. 부인과 이혼한 뒤 아이는 엄마에게로 호적을 옮겼다고 했다. 그 엄마가 죽었다면 아이는 다시 아버지에게 와야 하는 것이겠지. 하지만 그것도 일 년 전의 일이다. 이제 와서 갑자기 아이를 데리고 온 이유가 뭘까?

"그런데 갑자기 아이를 데려가라고 해요? 이제 외가에서 키울 수 없다고 한 건가요?"

"새벽에 불이 나서 집이 다 타버린 모양이야. 장인 장모…… 그러니까 하영이 외할아버지 외할머니도 그 화재로 돌아가시고."

"세상에……."

선경은 말을 잇지 못하고 남편을 바라보았다. 하루도 안 되어 그의 얼굴에 깊은 주름이 생긴 이유를 알 것 같았다.

선경은 자신도 모르게 거실 쪽으로 시선을 돌렸다. 엄마를 잃은 지 일 년도 안 돼 함께 살던 외조부모마저 화재로 잃다니. 상심한 듯 소파에 멍하니 앉아 있던 아이의 모습이 떠올랐다.

선경을 봐도 아무런 반응을 보이지 않던 아이.

지난밤 화재로 모든 것을 잃었다. 자기가 살던 집이 불타고 외할머니 외할아버지가 돌아가셨다. 지나치게 큰 소리를 듣게 되면 한동안 귀가 멀어버리듯 아이는 충격으로 세상의 어떤 움직임에도 반응할 수 없게 된 것이다. 아이의 마음속은 진공상태처럼 멍하겠지.

얼마나 끔찍했을까? 아이가 왜 그렇게 무표정하게, 마치 이 세상 사람이 아닌 것처럼 앉아 있는지 알게 되자 선경은 안쓰러움에 가슴이 먹먹해졌다.

"당신에게 이런 소리 하는 거 너무 갑작스럽고 염치없지만 저 아이…… 우리가 키우면 안 될까?"

"무슨 소리예요. 당연히 우리가 키워야죠."

남편은 뜻밖이라는 듯 눈을 커다랗게 뜨고 선경을 바라보았다. 그의 입술이 파르르 떨렸다. 남편이 얼마나 망설이고 주저하며 힘들게 이야기를 꺼냈는지 느낄 수 있었다. 남편은 너무나 순순히 승낙하는 선경의 대답이 믿기지 않는 눈치였다.

"저, 정말이야?"

"당신이 아버지잖아요. 같이 사는 게 당연한 거죠."

"여보, 정말…… 고맙고, 미안해."

남편의 눈시울이 붉어졌다. 그의 어깨가 안도의 한숨과 함께 긴장을 풀고 내려앉는 게 보였다. 선경은 가만히 남편에게 다가가 어깨를 안아주었다.

"그 얘기 하기가 그렇게 힘들었어요?"

사실 결혼 전에 남편에게 이혼을 했다는 사실과 아이가 있다는 얘기를 들었을 때 어쩌면 이런 일이 생길지도 모른다는 생각을 한 적이 있다. 전부인이 너무 완강해서 이혼 후 한 번도 아이를 만난 적이 없다고 했지만, 선경은 그것으로 남편과 아이의 끈이 끊어졌다고는 생각하지 않았다. 부모 자식 사이는 언제든 만나게 되는, 만날 수밖에 없는 관계다.

어쩌면 그때 조금은 마음의 준비를 하고 있었는지 모른다.

"당신이…… 이렇게 쉽게 승낙할 거라곤 생각 못 했어."

남편이 코 막힌 소리로 말했다. 선경은 말없이 남편의 등을 어루만져주었다.

'쉽지는 않아요. 하지만 방법이 없잖아요. 예상하고 있던 일이기도 하고요.'

마음속에 여러 생각들이 고개를 들었지만 선경은 애써 그것들을 눌러버렸다.

갈 곳도 없는 아이를, 더구나 버젓이 아버지가 있는데 다른 곳으로 보내자고 할 수는 없다. 적어도 선경은 그렇게 배우지 않았다. 예전에 이미 마음속에 그려본 일이고 그때 벌써 결론이 난 문제다. 어차피 감당해야 할 일이라면 피하지 말고 빨리 받아들여 적응하는 게 낫다. 앞으로 아이와 함께 사는 게 쉽지는 않겠지만 살다 보면 익숙해질 거라 생각했다. 그게 가족이니까.

막상 그렇게 마음먹으니 여러 가지 할 일이 생각나 마음이 분주해졌다.

"2층에 있는 방이 좋겠죠? 햇살이 잘 드는 방이니까 아이도 좋아할 거예요. 거기 있는 짐은 창고로 옮기고 침대랑 책상을 들여놓으면 아이가 쓰기에 충분할 거예요. 아, 커튼도 새로 달아야겠어요."

아이에게 필요한 것들을 생각하니 한두 가지가 아니었다.

당장 입어야 할 옷가지는 어떡하나, 비어 있던 방은 깨끗한가, 도배를 새로 해야 하나. 뭐부터 챙겨야 할지 생각하느라 정신이 없었다. 허둥거리는데, 남편이 선경의 손을 잡았다.

"우선 하영이랑 인사부터 제대로 하지."

남편의 말에 선경은 그제야 혼자 거실 소파에 앉아 있는 아이가 생각났다.

너무 오래 기다리게 하면 괜한 오해로 상처를 받을지도 모른다. 선경은 얼른 고개를 끄덕이고 남편을 따라 거실로 나갔다.

아이는 때가 잔뜩 묻은 곰 인형을 가슴에 꼭 끌어안은 채 여전히 그림처럼 소파에 앉아 있었다.

"하영아, 아줌마한테 인사해. 이제부터 셋이 함께 살 거야."

남편이 아이에게 다가가더니 한쪽 어깨를 안으며 말했다. 남편과 눈을 맞추던 아이가 천천히 선경에게 고개를 돌렸다. 아까와는 달리 찬찬히 선경을 바라보고 있었다.

아이는 두려움과 불안함이 뒤섞인 눈망울로 선경을 쳐다보았다.

선경은 몸을 숙여 아이와 눈높이를 맞췄다.

"이름이 하영이구나. 예쁘네? 아줌마는 이선경이야. 이제부터 여기가 네 집이야."

빤히 선경을 쳐다보던 하영은 고개를 들어 아빠를 바라보았다.

"아빠…… 나 졸려."

"어, 그래? 얼른 자리 펴줄게."

남편이 어떻게 해야 할지 난감한 듯 선경을 쳐다보았다.

"우선 우리 방에 재워요."

선경은 선뜻 침실에서 재우자고 말했다. 거기 말고 딱히 재울 곳도 없다. 그렇지 않아도 힘든 하루를 보냈을 텐데, 아직 치우지도 않은 방에서 재울 수도 없고, 그렇다고 소파에서 자게 할 수도 없다.

선경은 서둘러 방으로 가 침대 이불을 걷었다. 남편의 손을 잡고 방으로 들어온 아이는 말없이 이불 속으로 들어갔다. 아이는 금방이라도 부서질 것처럼 연약해 보였다.

"곰 인형은 아줌마 줄래?"

선경은 손을 내밀어 아이의 품에 있는 인형을 받으려 했다. 하지만 하영은 쉽게 인형을 내놓으려 하지 않았다. 오히려 인형의 목을 더 꽉 끌어안고 빼앗기지 않겠다는 듯 입술을 꼭 다물고 선경을 노려보았다.

"그냥 두지. 늘 가지고 있던 건데……."

남편의 말에 '하지만' 이라는 말이 목구멍까지 올라왔지만 숨을 크게 들이마시고 안으로 집어넣었다. 이불이 더러워질까 봐 신경이 쓰였지만 세탁을 하면 되는 일이다. 괜히 이런 사소한 일로 아이와 실랑이를 하고 싶지 않았다. 그렇지 않아도 지쳐 있는 아이인데 지금은 푹 쉬게 하는 게 우선이다.

"그래, 그럼 좋을 대로 해."

선경은 하영이 이불 안으로 들어가자 잠자리를 여며주며 아이에게 미소를 지어 보였다.

"아빠, 나 잠들 때까지 옆에 있어줘."

남편이 잠깐 선경과 눈을 맞추더니 하영을 바라보며 고개를 끄덕였다.

"걱정 마, 아빠가 옆에 있을게."

남편은 침대에 걸터앉아 하영의 머리를 쓰다듬어주었다. 그제야 안심이 되는지 아이가 스르르 눈을 감았다. 선경은 아이가 잠드는 데 방해가 될까 봐 두 사람을 남겨두고 거실로 나왔다.

메모지를 꺼내 들고 식탁에 앉아 아이에게 필요한 것들을 적기 시작했다. 당장 사야 할 것들은 따로 정리하고 방은 어떻게 꾸며야 하나 궁리하는 동안 남편이 안방 문을 열고 나와 조심스럽게 방문을 닫았다. 그새 아이가 잠든 모양이었다.

"벌써 잠들었어요?"

"응, 금방 잠드네."

"새벽에 데리러 갔으면 바로 여기로 오지 그랬어요?"

"어떻게 해야 할지 몰라서 우선 병원으로 데리고 갔지. 당신한테 얘기도 해야 했고."

"그럼 아이랑 다시 나갈 생각이었어요?"

"호텔이라도 데려갈 생각이었지. 당신이 허락해야 하는 문제니까."

남편은 큰 걱정을 덜어내자 금방 얼굴이 밝아졌다. 단순한 사람이라는 것은 진즉에 알았지만 금방 아무렇지 않은 얼굴을 하니 조금은 얄미운 생각이 들었다.

"허락하지 않으면 어쩌려고 했어요?"

"그건 그때 가서 생각해야지. 하지만 당신은 허락할 거라고 생각했어."

살짝 눈을 흘기며 남편을 쳐다보았다. 그는 탁자 위에 놓인 선경의 손에 가만히 손을 얹었다.

"누구보다 당신은 하영이의 기분을 잘 이해할 테니까."

"……."

선경은 자기도 모르게 고개를 끄덕였다. 그녀도 어린 나이에 엄마를 잃었다.

"배고프다고 알아서 깰 때까지 푹 재우자고. 많이 피곤할 거야."

"그래요, 힘들고 지칠 땐 자는 게 제일 좋죠."

선경도 엄마와 아버지를 차례로 잃을 때마다 장례를 치른 뒤 죽은 듯 몇 날 며칠을 계속 잠 속에서 보냈다. 깨어나 고통스러운 현실을 느끼느니 차라리 잠에 빠져 모든 것을 잊는 게 나았다.

열다섯 살 어린 나이에 엄마를 잃고 장례식에 다녀온 뒤 계속 잠에 빠져 있었을 때 그녀를 깨운 것은 아버지였다. 아버지는 엄마가 자주 해주던 카레를 만들어놓고 선경을 깨웠다. 아무것도 먹고 싶지 않았다. 엄마가 돌아가셨는데도 밥을 먹자고 자신을 깨우는 아버지가 미웠다. 그대로 계속 잠들고 싶었지만 결국 아버지의 손에 이끌려 식탁에 앉았다.

카레 향이 코끝을 자극했지만 먹고 싶지 않았다. 아버지의 재촉에 억지로 숟가락을 들어 한입 삼키는데 갑자기 참을 수 없는 허기가 밀려왔다. 순식간에 그릇을 비웠다. 아버지는 아무 말 없이 선경의 그릇에 밥을 더 담아주었다.

그렇게 엄마를 떠나보냈다.

이 년 전 아버지가 돌아가셨을 때 선경은 침대 속에 웅크리고 앉아 계속 그날 일을 생각했다. 자고 일어나면 아버지가 식탁에 카레를 해놓고 기다릴 것 같아 몇 번이나 잠이 들었다

깨어났다. 하지만 아무도 선경을 부르지 않았다.

아버지가 만들어주던 카레 냄새가 그리웠다. 이제는 자신의 손을 이끌어 식탁에 앉히고 다시 살아갈 힘을 줄 사람이 없었다. 비로소 자신이 혼자라는 사실을 절실히 느낄 수 있었다. 이대로 눈을 감고 엄마와 아버지를 따라 죽고 싶었다.

그때 선경을 일으켜 세운 게 남편 재성이었다.

남편을 만난 것은 병원 수술실 앞이었다.

뇌출혈로 아버지가 쓰러졌다는 연락을 받고 병원으로 달려가보니 이미 아버지는 의식불명이었다. CT 촬영을 끝낸 의사가 뇌동맥류 파열이라는 진단을 내리며 혈관 조영술과 함께 수술을 권했다. 한시가 급한 수술이라는 말에 수술 동의서를 내미는 의료진에게 서둘러 사인을 해주고 응급실 앞에서 꼬박 여섯 시간을 기다렸다.

수술만 하면 괜찮겠지, 아니 괜찮지 않아도 상관없다, 그저 살아만 계신다면 앞으론 절대 혼자 지내게 하지 않고 아버지 곁을 지키기라 그렇게 마음먹었다. 한 번도 불러본 적 없는 하나님을 애타게 찾으며 기도를 했지만 결국 시기를 놓친 수술은 아무 소용이 없었다.

뭐가 잘못됐는지 아버지는 수술중에 돌아가셨고 집도의는 선경의 시선을 피하며 애도의 말을 전했다.

어찌할 바 몰라 수술실 앞 의자에 넋을 놓고 앉아 있는데 누가 선경에게 물병을 내밀었다.

재성이었다.

그가 건네준 차가운 물을 마시고 선경은 겨우 정신을 차릴 수 있었다. 아버지가 수술을 하는 바로 그 시간 다른 방에서 수술을 마치고 나오던 그는 선경을 보고 그냥 지나칠 수 없었다고 했다.

제대로 정신을 추스르지 못하는 선경을 대신해 그가 모든 장례 절차를 도와주었다. 병원 지하에 있는 장례식장에도 찾아와 마음을 써주었다.

조금만 더 일찍 발견되어 병원으로 옮겼더라면, 이따금 머리가 깨질 것 같은 두통이 있다는 말을 귀담아 들었더라면, 아니 함께 살고 있었더라면……. 그렇게 수없이 자책하는 선경에게 재성은 진심 어린 위로를 해주었다. 상심에 빠져 있던 선경은 장례를 치르는 동안 그가 옆에 있는 것도 느끼지 못했었다.

그런데 그가 갑자기 전화를 한 것이다. 걱정이 되어 전화했다는 그에게 선경은 불쑥 밥을 사달라고 했다.

둘이 만나 간 곳은 카레 전문점이었다.

주문한 카레가 나오자 숟가락을 들다 말고 눈물을 쏟는 선경을 보고 그는 당황했다. 목놓아 우는 선경에게 휴지를 건네주기 바빴다.

겨우 진정한 선경이 눈물을 닦으며 아버지의 카레 이야기를 했다. 선경은 그와 카레를 먹으며 장례를 치르던 며칠 동안 그가 늘 곁에 있었다는 것을 기억해냈다. 병원에 있는 사람이라면 선경과 같은 환자 가족을 수도 없이 봤을 것이다. 아는 사람이 아니라면 그렇게 챙기고 돌봐줄 이유가 없다.

선경은 재성이 왜 그렇게 자신을 도와주었는지 궁금했다. 하지만 그는 자신도 모르겠다며 웃었다. 그 미소를 보자 왠지 그가 혼자 남겨질 딸이 안쓰러워 아버지가 보낸 사람 같았다.

선경은 그렇게 그의 손을 잡고 다시 세상으로 나왔고 일 년이 되지 않아 그와 결혼했다.

남편의 얼굴을 보자 문득 그때의 일이 생각났다. 선경은 하영이 깨어나면 카레를 해주기로 마음먹었다.

"어쩌지? 나 지금 다시 병원으로 가봐야 하는데……."

"그래요? 그럼 할 수 없죠. 다녀와요."

"얼른 다녀올게."

남편은 다시 한번 선경의 어깨를 감싸 안았다.

"고마워."

남편은 고맙다는 말을 하고 서둘러 집을 나갔다.

주방에 혼자 앉아 멍하니 거실을 보던 선경은 그제야 자신이 옷도 갈아입지 않았다는 것을 깨달았다. 이병도를 만나고 온 일이 꿈만 같았다. 갑자기 몸이 천근같았다. 아이가 자는 동안 따뜻한 물에 몸을 담그고 잠깐 졸고 싶어졌다.

선경은 조심스럽게 안방 문을 열고 들어갔다.

아이는 인형을 놓치기라도 할까 봐 두 손으로 꼭 끌어안고 잠들어 있었다.

더운지 이마에 땀방울이 맺혀 있었다. 선경은 얼른 이불장을 열어 홑이불을 꺼내 갈아주었다. 아이가 뒤척이며 몸을 돌리고 다시 깊은 잠에 빠져드는 것을 보고 옷장에서 갈아입을 옷을 꺼내 방을 나왔다.

11.

욕조에 물을 받는 동안 양치질을 했다.

무의식적으로 거울을 응시하며 한편으로 이병도를 생각했다. 그가 했던 말, 그의 눈빛이 쉽게 머리에서 떨어지지 않았다. 그가 불렀던 노래가 귀에서 맴돌았다.

선경은 얼른 양치를 끝내고 물이 다 채워지지 않은 욕조에 들어가 앉았다. 따뜻한 물이 기분 좋게 몸을 적셨다.

이병도를 만나고 오면 첫 번째 의문은 풀릴 거라고 생각했다. 하지만 그는 쉽게 선경의 의문을 풀어줄 생각이 없었다. 아니, 오히려 선경이 궁금해하는 것을 즐기는 것 같았다. 첫 번째 의문이 풀려야 그다음 문제가 해결이 된다.

그는 나를 어떻게 아는가? 왜 나를 만나고 싶어 하는가? 그리고 '나'라는 존재가 무엇 때문에 그의 관심을 끄는가?

선경은 그가 면회실을 들어오던 순간부터 천천히 되새겨보았다.

방으로 들어오던 모습, 그녀를 바라보던 시선, 만들어진 웃음과 서늘한 눈빛. 나지막한 목소리로 느리게 부르던 노래.

선경은 희생자들이 그에게 쉽게 호감을 보인 이유를 알 것 같았다.

섬세하게 바뀌는 그의 표정은 모성 본능을 자극하는 면이 있다. 어느 순간 눈을 마주치는 강렬함이 있는가 하면 금방 시선을 피하며 연약한 면을 드러낸다. 태연한 척하지만 상대의 반응에 조바심을 드러낸다. 한마디로 아이 같은 사람이라는 생각이 들었다.

지난 며칠간 자료를 읽으며 상상하던 그와는 많이 달랐다. 죄수복만 아니라면 그는 섬세하고 감수성 예민한 삼십 대 남자로 보였다. 그에게서 남다른 점을 발견한 것은 선경이 노래의 의미를 물었을 때와 다른 사람과 함께 있을 때였다.

교도관이 떨어져 있을 때 그는 선경에게만 집중했다. 그는 아마도 자신이 하고자 하는 일에는 놀라울 정도의 집중력을 발휘할 것이다. 현장검증에서 주위를 전혀 의식하지 않고 자신에게 몰입하더라는 형사들의 말이 떠올랐다. 자신이 원하는 것에 강한 집중력을 보이는 만큼 그 외의 일에는 놀랄 만큼 무관심하고 이기적이다.

교도관이 가까이 다가오자 그는 자신의 나약한 면을 드러내지 않기 위해 허세를 부리고 필요 이상으로 기 싸움을 하거나 상황을 주도하려고 했다. 교도관도 그런 그의 태도에 익숙한 듯 보였다.

어느새 어깨까지 잠긴 물이 온몸의 긴장을 풀어주자 절로 눈이 감겼다. 의식이 희미해지는 것을 느끼면서 선경은 좀더 욕조 깊숙이 몸을 뉘었다.

따뜻한 물속에 몸을 담그고 있자니 이병도가 했던 말이 떠올랐다. 선경은 무릎을 끌어당겨 몸을 웅크려보았다. 의식에는 없지만 만약 몸의 감각들이 아직도 엄마의 뱃속에 있던 때를 기억하고 있다면 지금처럼 편안하고 따뜻한 느낌이 아닐까 싶었다. 문득 엄마의 따뜻한 품에 안겨 잠들던 때의 기억들이 하나둘 떠올랐다. 가슴 한편에 아련한 그리움이 밀려들었다. 한동안 엄마 생각은 잊고 지냈다.

언제 잠이 들었는지 꿈결에 어깨가 서늘해졌다. 등과 목 뒤로 욕조에 기댄 감촉을 느낄 수 있었다.

누군가 문을 열고 욕실을 보고 있다. 눈을 감고도 느낄 수 있다. 눈을 떠서 누군지 확인하고 싶지만 눈꺼풀이 무겁다.

눈을 뜰 수가 없다.

시간이 얼마나 흘렀는지 물이 차갑다. 온몸을 따뜻하게 덥혀주던 물은 어느새 체온을 빼앗아가고 있다. 온몸이 떨려온다. 욕실 문을 열고 서 있던 사람이 천천히 안으로 들어온다. 발소리가 들린다. 점점 다가온다. 눈을 떠야 하는데 뜰 수가 없다. 손을 움직여 욕조 가장자리를 잡아보려고 하지만 움직일 수가 없다. 발도 감각이 없다.

욕조 옆으로 다가온 사람은 선경을 위에서 내려다보고 있다.

얼마나 얼굴을 가까이 들이댔는지 숨결이 이마에 느껴진다. 그러다 다시 멀어진다. 이번엔 손이다. 손이 머리를 누른다. 머리가 욕조 아래로 쑤욱 내려간다. 어깨까지 차 있던 물은 어느새 목까지 올라온다. 일어나려고 손을 뻗어본다. 아무리 손을 저어도 잡히는 것이 없다. 몸이 자꾸 미끄러진다. 머리를 누르던 손이 사라졌다. 하지만 일어설 수가 없다. 덜컥 무서운 생각이 든다. 이대로 빠져버리면 어떡하지?

갑자기 욕조가 실내 수영장만큼 크게 느껴진다. 허우적거리고 손을 내저어도, 최대한 발을 뻗어보아도 닿는 곳이 없다. 자꾸 몸이 물속으로 가라앉는다. 물이 턱까지 차오른다. 입이 잠기고 콧속으로 물이 들어오기 시작한다. 기침이 터져 나온다. 선경은 더이상 참지 못하고 필사적으로 눈을 떴다.

시체가, 눈앞에 긴 머리를 풀어헤친 여자들이 사방에 떠 있었다.

여자들 모두 창백한 얼굴로 선경에게 팔을 뻗고 있다. 들리지 않지만 도와달라고 외치고 있다는 것을 느낀다. 선경은 나오지 않는 비명을 질러대며 그녀들의 손을 피해 몸을 비틀었다. 미친듯 팔다리를 휘저어 가까스로 여자들의 손을 뿌리친다. 겨우 방향을 잡아 물 위로 올라가려 하는데 여자들이 선경의 발목을 붙잡는다. 차갑고 미끈한 손들이 선경을 잡아당긴다.

비명을 지르며 발버둥을 치다 정신을 차려보니 욕조 속에 누워 있다.

졸다가 다리에 마비가 온 것 같았다. 차갑게 식은 몸은 소름이 돋아 있었다. 덜덜 턱이 떨렸다. 꿈에 본 여자들 때문인지, 아니면 차가워진 몸 때문인지 온몸이 부들부들 떨린다.

선경은 얼른 일어나 욕조 마개를 빼고 샤워기를 틀었다. 욕조의 물은 빠르게 빠져나가고 선경의 몸 위로 따스한 물이 흘러내렸다. 식은 몸이 다시 따뜻해지도록 한동안 쏟아지는 물 아래 서 있었다.

샤워기를 잠그고 욕조에서 나와 수납장을 열었다. 커다란 수건을 꺼내 몸의 물기를 닦아냈다. 뽀송뽀송한 면의 감촉이 악몽으로 굳어졌던 마음을 풀어준다. 고개를 숙여 머리의 물기를 털어내고 일어나는데 눈앞에 아이가 서 있다.

하마터면 놀라 넘어질 뻔했다. 간신히 세면대를 붙들어 중심을 잡았다.

"하영아, 언제 일어났어?"

선경은 얼른 수건으로 몸을 가리며 하영을 쳐다보았다.

아이는 아직 잠이 덜 깬 듯 잔뜩 졸린 눈으로 중얼거렸다.

"뭐라고?"

"……화장실."

자다가 소변 때문에 깬 모양이다.

"안방에도 화장실 있는데……. 그래, 알았어. 얼른 나갈게."

선경은 수건으로 몸을 가리고 얼른 욕실을 나왔다.

미처 물기를 털어내지 못한 머리카락에서는 물방울이 툭툭 떨어졌다. 선경은 안방으로 가 갈아입을 옷을 꺼내다 욕실에 옷을 두고 왔다는 것을 깨달았다. 옷을 입고 대충 머리를 말리고 있는데 하영이 문을 열고 쳐다본다. 어느새 잠이 깼는지 말간 눈으로 쳐다본다.

"왜? 뭐 필요한 거 있어? 배고파?"

"아빠는?"

"아, 아빤 다시 병원으로 가셨어."

아이의 얼굴에 실망한 기운이 스치다 금방 사라졌다.

"더 잘래? 아님 그만 일어날까?"

하영은 선경을 쳐다보다 자신의 손이 비었다는 것을 깨닫고 얼른 침대 위의 곰 인형을 집어 들더니 밖으로 나갔다.

"어디 가?"

선경이 뒤따라가며 하영을 불렀지만 대답이 없었다. 거실로 나가보니 하영이 현관에서 신발을 신고 있었다.

"하영아?"

선경은 아이를 잡기 위해 팔을 내밀었다. 하지만 하영은 거칠게 선경의 손을 뿌리치고는 두 손으로 힘껏 선경을 밀쳤다. 선경은 그대로 뒤로 넘어졌다. 중심을 잡아보려고 했지만 머리에서 떨어진 물기 때문인지 바닥이 미끄러웠다. 선경은 바닥에 주저앉은 채 놀란 눈으로 아이를 바라보았다.

아이는 바닥에 떨어진 곰 인형을 얼른 주워 들더니 선경을 째려보며 낮게 중얼거렸다.

"우리 엄마가 누구 때문에 죽었는데."

선경을 바라보는 하영의 눈에는 차가운 살기와 원망이 가득했다.

"뭐?"

아이의 말을 들은 선경은 정신이 멍해졌다. 왜 그런 말을 하는지 선뜻 이해되지 않았다. 아이 엄마의 죽음을 안 것도 불과 몇 시간 전이다. 그런데 아이는 그걸 선경 때문이라고 말한다. 이해하기 힘든 말보다도 아이의 눈빛 때문에 가슴이 비수에 찔린 기분이었다. 서늘한 기운이 마음 한쪽을 베고 지나갔다. 이빨을 드러내며 으르렁거리는 아이의 적개심이 당혹스러웠다. 오래전에 만들어진 적개심인 듯했다.

하영은 선경을 째려보다가 현관문을 열고 나가버렸다. 선경은 생각지도 않았던 일격에 할말을 잊었다.

하영이 왜 그런 말을 했을까?

갑자기 아이 엄마가 어떻게 죽었는지 궁금해졌다. 생각해보면 마흔도 안 된 젊은 나이다. 남편은 그녀가 어떻게 죽었는지에 대해 얘기해주지 않았다. 병이든 사고든 그녀의 죽음은 아이에게 받아들이고 싶지 않은 일이었을 것이다.

엄마는 죽고 아버지는 곁에 없다. 누군가 원망하고 싶고, 누군가에게 책임을 묻고 싶었을 수도 있다. 그렇게 주위를 둘러보다 하영이 찾아낸 상대가 선경일 수 있다. 하지만 방금 전 하영이 보인 적개심은 그런 막연한 분노나 원망이 아니었다.

선경은 처음으로 하영과 함께 사는 일이 쉽지 않을 것이라고 느꼈다.

바닥을 짚고 일어나려는데 손목이 시큰거렸다. 넘어질 때 손을 잘못 짚은 듯했다. 선경은 손목을 주무르며 마당으로 나갔다. 대문이 열려 있다.

선경은 걱정스러운 마음에 얼른 대문 밖으로 달려나갔다.

골목 어느 방향에도 아이의 모습은 보이지 않았다. 선경이 사는 골목길은 단독주택이 길게 늘어선 곳이라 평소에도 사람이 많이 다니지 않는다. 선경은 큰길로 향하는 골목으로 달려갔다. 마침 슈퍼 주인 여자가 파라솔 아래 앉아 부채질을 하고 있었다.

"여기 이 정도 되는 여자아이 지나가는 거 못 보셨어요?"

선경은 하영의 키 정도 되는 높이를 손으로 가리키며 주인 여자에게 물었다.

"여자아이? 혹시 더러운 인형 들고 있는 애 말이여?"

"네."

다행히 주인 여자는 하영이 뛰어가는 모습을 본 모양이다. 도로변 쪽을 가리키며 방금 지나갔다고 알려주었다. 선경은 서둘러 주인 여자가 가리킨 곳으로 달려갔다.

자동차들이 지나다니는 도로변에서 하영이 어디로 가야 할지 몰라 서성이고 있었다. 선경은 얼른 하영에게 달려가 팔을 잡았다. 하영이 거칠게 선경의 손을 뿌리치려 했지만 이번엔 만만치 않았다. 선경이 있는 힘을 다해 하영의 팔을 잡아끌었다.

"가자, 집에 가서 얘기해."

"싫어, 안 가. 아빠한테 갈 거야."

"아빠 금방 오실 거야. 병원 일 보고 오신다고 했어."

"놔, 놓으란 말이야!"

하영은 비명에 가까운 소리로 말했다.

선경은 자신도 모르게 아이의 손을 놓고 말았다. 힘으로 데려가기도 만만찮고, 설령 완력으로 데리고 간다고 해도 결코 좋은 시작이 아니다.

"맘대로 해. 하지만 이런 모습을 보면 아빠가 뭐라고 하실까? 과연 아빠가 좋아할까?"

선경의 말에 하영의 표정이 굳어졌다. 거기까지는 미처 생각하지 못한 눈치였다. 하지만 이대로 지기에는 약이 오르는지 양 볼이 실룩거렸다.

"오늘 병원에 따라가봤으면 아빠가 얼마나 바쁜지 봤겠네?"

"……."

"아줌마는 지금 집으로 들어갈 거야."

"……."

"병원으로 가든, 집으로 오든 결정은 네가 해."

말을 마친 선경은 몸을 돌려 집으로 향했다. 모든 신경이 뒤로 향해 있었지만 짐짓 시치미를 떼고 집으로 향했다. 천천히 걸음을 옮기고 있는데 질질 끄는 발 소리가 뒤를 따라왔다.

집 앞에 도착해 고개를 돌려보자 하영이 인형을 안고 고개를 숙인 채 뒤에 서 있었다.

선경은 대문을 열고 한쪽으로 비켜섰다.

잠시 망설이던 하영은 선경에게 옷자락이라도 닿을까 거리를 두고 안으로 들어갔다.

마당으로 들어서는 하영의 뒷모습을 바라보며 선경은 자신도 모르게 한숨을 내쉬었다. 선경은 하영의 뒤를 따라 집안으로 들어가며 함께 살기로 한 자신의 결정을 후회하는 일이 없기를 간절히 빌었다.

2장

이 노래를 불러준
여자들은 다……
내 손에 죽었지.”

12.

남편은 생각보다 늦게 돌아왔다. 게다가 몸에서는 술냄새가 났다.

"술…… 마셨어요?"

"하영이는?"

현관으로 들어선 남편은 인사도 없이 하영부터 찾았다.

"2층 방에 있어요."

낮에 한바탕 난리를 치른 뒤 선경은 서둘러 2층 방을 치우고 급한 대로 가까운 동네 가구점에서 침대와 책상을 들여놓고 방을 만들어주었다.

"저녁은?"

선경은 고개를 흔들었다. 카레를 만들어 함께 저녁을 먹으려던 선경의 계획이 어떻게 망가졌는지 말하고 싶지 않았다. 아이는 카레를 싫어한다며 한 숟갈도 입도 대려 하지 않았다. 결국 아이는 자기 방으로 올라가버리고 선경 혼자 저녁을 먹었다.

선경은 하영의 방으로 올라가려는 남편을 불렀다.

"잠깐 얘기 좀 해요."

"하영이부터 보고……."

남편은 그대로 2층으로 올라갔다. 아이를 부르며 방문을 여는 소리가 들려왔다. 멀리서 그 소리를 듣고 있자니 기분이 묘했다.

한참이 지난 뒤 남편이 방으로 들어왔다. 세수를 하고 화장대 앞에 앉아 있던 선경은 방으로 들어오는 남편을 보며 돌아앉았다.

"하영인 뭐하고 있어요?"

"팔은 왜 그래?"

대답 대신 남편은 선경의 팔목에 붙인 파스를 보고 물었다.

낮에 있었던 이야기를 사실대로 말할 수는 없었다. 선경은 팔목을 주무르며 아무것도 아니라는 듯 무심하게 말했다.

"별일 아니에요. 그냥 손을 잘못 짚어서……."

"첫날부터 하영이와 싸우다니 좀 심한 거 아냐?"

"……?"

선경은 남편의 말이 믿어지지 않았다. 어이가 없어 입을 벌리고 그의 얼굴을 쳐다보니 조금 전과 달리 언짢은 기색이 가득했다. 하영에게 무슨 이야기를 듣고 왔는지 몰라도 단단히 오해를 하고 있는 게 분명했다.

"뭐라고 해요?"

"아이 팔이 벌겋게 부어 있더군. 무슨 일로 싸운 거야?"

선경은 자신에게 제대로 상황도 묻지 않고 속단하는 남편의 말에 기분이 상했다.

"싸우다니, 내가 어린애예요?"

"……."

"자다가 일어나서 아빠에게 가겠다고 떼를 쓰길래 집안으로 데리고 들어온 것뿐이에요. 그게 다라고요."

"하지만 하영인……."

뭔가 더 말을 하려던 남편은 입을 다물었다. 아무래도 하영이 다른 말을 한 것 같았다.

"하영이가 뭐라고 했는데요?"

"아니야, 그만두지."

"그만두다니요? 얘기해봐요. 뭐라고 했어요? 왜 사람을 이상하게 만들어?"

"여보, 하영이가 얼마나 힘들었는지 알잖아, 좀 이해해주고 넘어가주면 안 돼? 자다 일어나니 아빠가 안 보이면 그럴 수도 있잖아."

남편은 거침없이 하고 싶은 말을 쏟아냈다. 이렇게 언성을 높이는 건 처음이었다.

"하영이가 아빠를 찾으면 나한테 전화하면 됐잖아."

"그럴 시간도 없었다고요. 갑자기 밖으로 뛰쳐나가는 애를 어떡해요?"

"……."

"적어도 내 얘기까지 들어보고 화를 내야 하는 거 아니에요? 그렇게 아이를 걱정하는 사람이 회식까지 참석하고 와서는…… 지금 나한테 뭐라고 하는 거예요?"

"알았어. 내가 잘못했으니 그 얘긴 그만하지."

이야기를 계속했다간 서로 기분만 상할 것 같아 선경도 입을 다물었다. 그에게 물어볼 이야기가 몇 가지 있었지만 지금 기분으로 이야기하고 싶지 않다. 선경은 화장대 거울을 보며 거칠게 빗질을 하고는 서둘러 일어났다.

"어디 가?"

선경은 말을 붙이려고 하는 남편을 내버려둔 채 안방 문을 닫았다.

서재에 가서도 마음이 편치 않았다. 그동안 말다툼이 아주 없지는 않았다. 하지만 이렇게 기분이 상한 채 자리를 피한 적은 처음이었다. 서운한 것이 있으면 그 자리에서 풀고 넘어갔다.

결혼한 뒤, 둘 다 바빠 저녁때나 얼굴을 마주할 수 있었다. 그 짧은 시간이 아까워서 최대한 상대방을 배려하면서 기분 좋게 대했다. 말다툼이라고 해봐야 왜 양말과 속옷을 세탁기에 같이 넣었는지, 저녁 식사를 하고 들어오면서 왜 전화를 미리 안 해주는지 같은 사소한 것들이었다. 이렇게 진심으로 화가 나고 서운했던 적은 없었다.

하영에게 마음이 쓰이는 것은 충분히 이해하지만 그렇다고 자신의 이야기도 안 들어보고 일방적으로 몰아붙이는 건 견디기 힘들었다.

마음이 시끄러우니 책을 읽어도 눈에 들어오지 않았다. 같은 문장을 반복해서 읽어도 머릿속에 들어오지 않아 결국 읽는 것을 포기하고 책을 덮었다.

선경은 가방에서 디지털 녹음기와 노트를 꺼냈다.

낮에 면담했던 이병도의 녹음이나 들어봐야겠다 싶었다. 이어폰을 끼고 재생 버튼을 눌렀다. 감도가 좋아 그런지 면회실로 들어오던 발소리와 수갑을 채우던 소리까지 들렸다.

낮은 노랫소리가 들렸다. 그가 불렀던 노래. 선경은 볼륨을 최대한 높였다.

문득 이 노래에 담긴 다른 의미가 있을까 싶어 클렌 교수에게 안부 인사 겸 메일을 보냈다. 아마도 그는 비틀스에 대한 관심에 기뻐하며 장황하게 노래에 대해 알려줄 것이다. 노래 가사만 신경쓰지 않는다면 누구나 쉽게 따라 부를 수 있는 멜로디의 노래다. 비틀스의 히트곡 대부분이 그렇듯 이 노래도 무척 감미로웠던 걸로 기억한다.

이병도가 부르는 노래는 비틀스의 경쾌함이 사라지고 암울하고 음침했다. 아마도 원곡의 리듬보다 훨씬 느리게 부른 탓도 있겠지만 그 뒤 그가 했던 말 때문일 것이다.

—이 노래를 불러준 여자들은 다…… 내 손에 죽었지.

유영철 사건 때도 한동안 음악이 화제가 된 적이 있었다.

욕실에서 자신이 죽인 여자들의 시체를 처리하는 동안 그는 영화 〈1492, 콜럼버스〉의 주제곡을 틀어놓았다고 했다. 곡이 유영철에게 영감을 준 것인지, 아니면 단순히 그 음악이 좋아서 들었는지는 알려지지 않았다.

이병도에게 이 음악은 어떤 의미가 있는 것일까?

목소리를 낮춰 후렴구를 따라 불러보았다. 면담실에서 자신을 빤히 바라보던 그의 시선이 생각났다. 얼굴이 아니라 그 안, 영혼이라도 들여다보는 듯한 시선이었다.

그때 누군가 선경을 뒤에서 껴안는 바람에 하마터면 비명을 지를 뻔했다.

선경은 놀라서 얼른 몸을 빼고 뒤를 돌아보았다. 남편이 미안한 표정으로 서 있었다. 얼른 이어폰을 빼고 녹음기를 껐다.

"놀랐잖아요."

"미안해. 몰랐어."

"뭘요?"

아직도 선경의 목소리에는 날이 서 있다. 쉽게 그를 용서하고 싶지 않았다.

남편이 선경의 손을 잡았다. 그는 선경의 손등을 어루만지며 부드러운 목소리로 말했다.

"많이 화났지. 내가 경솔했어. 하루 종일 하영이 생각이 머리에서 떠나질 않았거든. 내 얼굴을 보자마자 울먹이는 녀석을 보니까 나도 모르게…… 당신이 어떤 사람이라는 거 아는데 말이야."

선경의 손등을 만지던 손이 어느새 얼굴로 옮겨왔다.

"당신은 내가 얼마나 당신에게 고마워하는지 모를 거야. 정말…… 고마워."

남편의 진심 어린 말에 서운하던 감정이 조금 수그러들었다. 하지만 아직 마음 한 켠에 개운치 않은 것들이 있다. 선경은 남편의 손을 잡고 의자에 마주 앉았다.

"나, 당신에게 물어보고 싶은 게 있어요."

"얘기해."

"오늘 하영이가…… 나 때문에 엄마가 죽었다는 말을 했어요."

갑자기 남편의 얼굴이 창백해졌다. 남편의 흔들리는 시선을 보자 더 물어야 하는지 자신이 없었다. 그렇다고 이대로 묻어 둘 수도 없다는 생각에 마음속에 담아둔 이야기를 꺼냈다.

"혹시…… 아이가 그렇게 생각할 만한 무슨 일이 있었던 거예요?"

그는 잡고 있던 선경의 손을 내려놓고 두 손으로 얼굴을 쓸어내렸다. 말하기 난감해하는 표정이었다.

"괜찮아요, 어떤 이야기든 다 괜찮으니까 무슨 일이 있었는지 얘기해봐요."

선경의 설득에 남편은 결국 입을 열었다.

"우리 신혼여행 다녀오고 얼마 안 돼서 갑자기 아이가 다쳤다는 연락이 왔어. 위급하다는 메모를 보고 미친듯 아이한테 달려갔지. 그런데 위급하다는 아이는 팔꿈치와 무릎이 까진 정도였어. 어디서 넘어진 것 같았어. 애 엄마한테 화를 냈지. 이제 이런 일로 그만 불러내라, 난 이미 다른 사람과 결혼했다. 아이 앞세워 이렇게 불러내는 거 지긋지긋하다, 다시는 오지 않겠다고 그렇게 소리를 질러대고 나왔지."

그동안 한 번도 그런 말을 한 적은 없었다. 이미 완전히 끝난 사이라고, 아이도 만나지 못하게 한다고 해서 그렇게만 알고 있었다. 남편의 말을 듣자니, 하영 엄마는 남편을 만나기 위해 자주 아이가 아프다는 거짓말을 한 것 같았다. 하지만 그런 일이라면 선경에게 화살이 돌아갈 일이 아니다.

"나 때문에 아이 엄마가 죽었다는 건 무슨 뜻이에요?"

남편이 더이상 말을 못 하고 시선을 피했다. 선경이 그의 팔을 잡고 흔들며 재촉했다.

"하영이 그렇게 생각하는 이유가 있을 거 아니에요?"

"……그날 밤에 약을 먹었어. 아이를 2층에서 밀어서 다리를 부러뜨려놓고 나에게 전화를 했지. 내가 가지 않겠다고 하자 자기 방에 들어가서……."

더 듣지 않아도 알 것 같았다.

이혼을 했어도 전부인은 남편과 헤어진 게 아니었다.

심정적으로 여전히 남편을 놓아줄 수 없었던 여자는 자신을 멀리하는 남편을 붙잡기 위해 아이까지 끌어들인다. 하지만 남편은 다른 사람과 결혼한다. 비로소 남편과 이혼했다는 현실을 실감하지만 여전히 남편이 자신을 떠났다는 사실을 인정할 수 없다. 늘 내세우던 아이라는 무기가 더이상 통하지 않는다는 것을 알게 되자 절망감에 충동적으로 약을 먹은 것은 아닐까.

"그날 밤 하영이와 애 엄마 사이에 무슨 일이 있었는지 모르지만 그 뒤로 아이가 날 보려고 하지 않더군. 아마 아이에게 모진 소리를 해댔겠지."

딸은 엄마가 느끼는 절망감과 고통을 고스란히 가슴에 담는다. 설령 자신을 밀어서 다리를 부러뜨린다고 해도 아이는 약자인 엄마의 편에서 상황을 받아들인다. 그렇다면 하영에게 제일 미운 사람은 자신과 엄마에게서 아빠를 빼앗아 간 사람일 것이다.

"무슨 얘긴지 알았어요."

기운이 빠졌다. 아무런 선입견 없이 시작해도 쉽지 않은 관계인데, 하영은 자신에게 원망과 미움이 가득하다. 아무리 자신이 노력한다고 해도 결코 만만한 상황이 아니다.

남편이 고개를 들고 쳐다보았다. 선경은 마음속에 일기 시작하는 불안과 초조함을 감추고 그를 안심시키기 위해 미소를 머금으며 말했다.

"걱정 말아요. 함께 살다 보면 오해도 풀고, 그러다 보면 마음도 열겠죠."

"고마워, 여보."

"한 가지 약속해줘요."

"……?"

"어떤 일이 생겨도 날 믿겠다고."

남편은 가만히 선경을 바라보다 고개를 끄덕였다. 그는 선경을 끌어당겨 품에 안았다. 선경은 가슴속에 하고 싶은 말이 많았지만 앞으로 천천히 해나가자고 마음먹었다.

"일…… 더 해야 하나?"

남편은 귓가에 대고 속삭였다. 선경은 고개를 저으며 남편의 손을 잡고 의자에서 일어났다. 낮에 인터뷰한 파일과 녹음기를 서랍에 넣고 서재의 불을 껐다.

남편과 안방으로 들어서려는데 2층에서 비명소리가 들렸다.

남편은 재빨리 선경의 손을 놓고 2층으로 뛰어 올라갔다. 선경도 서둘러 뒤를 따라갔다. 무슨 일인가 싶었다.

하영은 침대에서 일어나 앉아 울먹이다가 남편이 들어가자 팔을 내밀어 그의 목에 매달렸다. 남편은 얼른 하영을 끌어안고 등을 쓸어주었다.

"왜 그래? 무서운 꿈이라도 꾼 거야?"

"아빠, 무서워. 가지 마. 가지 마."

"알았어. 아빠 어디 안 가. 걱정 말고 얼른 자."

남편이 계속 아이를 토닥거리자 칭얼거림도 잦아들었다.

아이를 사이에 두고 선경과 남편의 시선이 마주쳤다. 남편이 얼마나 난처해하는지 느낄 수 있었다. 선경은 가볍게 한숨을 쉬고 억지로 미소를 지어 보였다.

"나 먼저 내려갈게요. 하영이 재우고 와요."

"알았어."

방을 나온 선경은 왠지 허전한 기분이 들었다.

계단으로 걸음을 옮기려 하는데 아이와 남편이 뭐라고 소곤거리는 소리가 들려왔다. 아이가 완전히 잠에서 깬 것 같았다. 둘이 무슨 이야기를 나누는지 궁금했지만 모처럼 부녀가 같이 있는 시간을 방해하고 싶지 않아 조용히 1층으로 내려왔다.

새삼 책을 보고 싶은 기분도 아니어서 그대로 안방으로 들어갔다. 작은 스탠드만 남겨놓고 불을 끈 뒤 잠자리에 들었다. 언제쯤 남편이 내려올까 싶어 잠결에도 귀를 기울이며 꽤 오래 잠을 설쳤지만 끝내 남편의 발소리는 들리지 않았다.

그러다 어느 순간 자기도 모르게 잠이 들었고 눈을 떠보니 아침이었다.

옆자리는 비어 있었다.

전날 남편에게 무슨 이야기를 들었는지 몰라도 하영의 태도가 훨씬 부드러워져 있었다. 아침 메뉴는 전날 저녁에 만들어두었던 카레였다. 하영에게는 공기에 밥을 담아주었다.

하영은 수저를 들 생각은 안 하고 빤히 자기 앞에 놓인 밥그릇만 쳐다보고 있었다.

"왜? 너무 많아?"

"나도…… 카레 먹을래요."

하영이 겨우 들리는 소리로 말했다. 하영의 말을 들은 선경은 남편을 쳐다보았다. 남편은 슬쩍 눈을 찡긋해 보였다. 아마도 하영에게 카레에 대한 이야기를 해준 것 같았다.

선경은 하영의 공깃밥을 가져가 접시에 밥을 옮겨 담고 카레를 부어 앞에 놓아주었다. 하영이 조심스럽게 카레를 먹는 모습을 바라보며 기분이 묘했다.

"어때, 맛있지?"

아빠의 질문에 하영이 부끄러운 듯 선경의 시선을 피하며 고개를 끄덕였다.

"물어보니 카레를 먹어본 적이 없다고 하더라고."

선경은 그제야 하영이 어제 저녁 카레라이스를 앞에 놓고 머뭇거린 이유를 알 것 같았다. 그런 걸 가지고 괜한 오해를 한 것 같아 미안해졌다. 한편으로 지금까지 카레라이스도 못 먹어봤다는 사실이 조금 의아했다. 하영의 엄마는 아이에게 어떤 음식을 해준 것일까?

식탁에 모여 앉아 함께 아침을 먹는, 극히 평범한 일상의 모습도 남편에게는 감격스러운 일인 것 같았다. 몇 번이나 하영이 밥 먹는 것을 물끄러미 쳐다보며 입을 벌리고 있다가 선경과 눈이 마주쳤고, 그때마다 겸연쩍은 미소로 시선을 돌렸다. 이것저것 반찬 그릇을 하영의 앞으로 밀어놓으며 좀더 먹으라고 채근도 했다.

"이것 좀 먹어봐. 야채를 많이 먹어야 건강해지는 거야."

아이는 그럴수록 불편해했지만 남편의 눈에는 보이지 않는 것 같았다.

"그만해요. 어련히 알아서 먹을까, 얼른 먹고 출근 준비해요. 늦겠어요."

"어? 어…… 아빠가 귀찮게 했니?"

남편이 아이에게 물어보자, 하영은 고개를 저으면서도 시선을 내리깔고 밥 먹는 일에만 집중했다.

"거봐, 아니라잖아. 당신은 괜히……."

갑자기 남편이 어린애가 된 것 같았다. 괜히 더 말을 꺼냈다가는 잔소리가 될까 봐 아예 입을 다물었다. 계속 하영을 챙기던 남편은 시계를 보더니 서둘러 자리에서 일어났다.

"하영아, 혼자서도 잘할 수 있지?"

하영이 겨우 고개를 끄덕였다.

"이제 학교도 옮겨야 하고, 당신이 해줘야 할 일이 많을 거야. 부탁해."

"알았어요. 다녀와요."

남편을 배웅하고 다시 주방으로 돌아왔다.

하영이 남은 음식을 먹고 그릇을 치우기 위해 자리에서 일어났다.

"괜찮아, 그냥 둬. 아줌마 밥 먹은 다음에 치우자."

그 말에 하영은 다시 자리에 앉아 선경이 식사를 마치기를 기다렸다. 잠시 침묵 속에서 그릇들과 부딪히는 수저 소리만 들렸다. 식사를 하던 선경은 하영이 자신을 빤히 쳐다보고 있는 것을 발견했다.

"왜?"

"아빠한테 얘기 들었어요."

"무슨 얘기?"

"아줌마도 엄마가 없다면서요?"

벌써 엄마가 돌아가신지 이십 년 가까이 된다. 하지만 지금까지 단 한 번도 엄마가 '없다'란 생각은 해보지 않았다.

"지금 같이 있지 못할 뿐이지, 엄마가 없는 건 아니야."

"아줌마 엄만 어떻게 죽었어요?"

"어른은 죽었다고 하는 게 아니야, 돌아가셨다고 하는 거지. ……교통사고였어."

"아줌마도 엄마가 꿈에 찾아와요?"

이따금 꿈에서 엄마를 보는 모양이다. 문득 아이가 부러웠다. 이상하게 선경은 엄마를 여의고 나서 한 번도 엄마 꿈을 꾼 적이 없다. 너무 보고 싶어서 꿈에라도 나타나달라고 빌었지만 엄마는 보이지 않았다.

"하영인 꿈에서 엄마를 만나는구나."

"네. 그래서 무서워요."

아이는 정말 소름이 끼치는지 부르르 몸을 떨었다. 선경은 하영의 표정을 보고 깜짝 놀랐다. 지난밤 남편이 해준 이야기가 생각났다.

자살하던 날 아이를 2층에서 밀어 다리를 부러뜨렸다고 했던가?

갑자기 어떤 사람인지 궁금해졌다. 아무리 절망감이 깊다 해도 어떻게 아이를 그 지경으로 만들어놓고 스스로 목숨을 끊었을까?

"엄마가…… 무서워?"

조심스럽게 물었다. 갑자기 하영이 입을 다물었다. 어제처럼 표정이 굳어지며 선경을 차가운 눈으로 바라보았다.

"엄마 얘기…… 하고 싶지 않아요."

"그래? 미안하다. 아줌마가 괜한 걸 물어봤네."

선경은 물끄러미 하영을 쳐다보며 생각에 잠겼다.

어제 자신을 몰아붙이던 생각을 하면 엄마에 대한 그리움이 가득한 것 같았는데, 지금은 또 엄마를 무서워하고 있다. 엄마에 대한 이야기를 하다가도 막상 질문을 받으면 입을 다문다. 엄마에 대한 하영의 마음은 복잡해 보였다.

밉기도 하고 그립기도 한 존재.

하영을 대하던 친엄마의 태도가 어땠는지 짐작할 수 있었다. 이혼 후 헤어진 남편의 마음을 되돌리기 위해 아이를 내세웠다면 심리적으로 꽤나 불안정한 상태였던 것 같다. 그런 엄마와 함께 있으면서 하영은 늘 엄마의 눈치를 살피고 기분이 어떤지 불안에 떨며 긴장한 채 지냈을 것이다. 언제 폭발

할지 모르는 엄마와 함께 사는 일은 어린 하영에게 감당하기 힘든 일이었으리라.

"그래도 꿈이니까 괜찮아요. ……죽었으니까."

먼 곳을 응시하는 하영이의 눈빛이 서늘했다. 아이의 눈빛이라고 하기에는 너무 냉담했다. 목덜미에 한기가 느껴졌다.

엄마라는 사람이 얼마나 아이를 괴롭혔으면 아이의 입에서 이런 소리가 나올까? 비록 하루밖에 되지 않았지만 선경은 하영이 살아온 지난날들이 얼마나 힘든 시간인지 느낄 수 있었다. 이제 아이에게 필요한 것은 그런 시간들을 지우고 안정을 되찾는 것이겠지. 아빠와 함께 새롭게 살면서 고통스러운 시간도, 엄마에 대한 미움도 씻어내야지.

"자, 오늘은 뭘 할까? 우선 쇼핑부터 할까?"

선경은 하영의 기분을 바꾸기 위해 일부러 활기찬 소리로 물었다. 그 말에 하영이 고개를 돌리고 선경을 보더니 처음으로 웃음을 보이며 고개를 끄덕였다. 차갑던 하영의 표정이 금방 아이다운 표정으로 바뀌어 있었다.

13.

이병도와 두 번째 면담을 하기 전 한 회장에게 전화가 왔다.

구치소에 다녀온 뒤 전화를 한다는 게 하영의 일로 정신이 없어 깜빡했다.

그는 이병도와의 면담에 대해 물었고, 선경은 터무니없이 짧은 면담 시간과 그의 태도에 대해 이야기했다. 한 회장은 범죄자를 면담하면 누구나 처음에 기 싸움을 하게 되어 있다며 그의 페이스에 말려들지 말라고 했다. 다른 불편한 점은 없는지 묻기에 구치소 보안과의 탐탁지 않아 하는 분위기도 전했다.

선경의 말을 들은 한 회장은 자신이 자문 기구를 통해 경찰청과 검찰에 협조를 요청할 테니, 필요한 게 있으면 언제든 얘기하라고 했다.

한 회장의 전화를 받고 나서 선경은 이 면담이 정말 많은 사람들의 주목을 받고 있다는 사실을 다시 한번 깨달았다. 한 회장은 물론이고 경찰 쪽에서도 미제 사건을 해결할 실마리를 던져주길 바라는 눈치다. 그들은 면담이 끝날 때마다 선경에게 질문을 해댈 것이다. 그런 생각을 하니 머리가 지끈거렸다.

당연히 사흘 만에 다시 그를 만나러 가는 길은 마음이 편하지만은 않았다.

얼굴에 그런 기분이 보였는지 이병도는 전날에 비해 협조적이었다. 일단 선경은 밀린 숙제를 해치우는 심정으로 학회에서 건네준 설문지를 내밀었다. 하지만 그는 손가락 하나도 까딱하지 않고 선경을 쳐다보았다. 한 회장의 말대로 기 싸움에서 밀리면 면담 내내 힘들어질 거라는 생각에 정면 돌파를 하기로 했다.

"오늘도 이렇게 피곤한 신경전을 벌일 건가요?"

선경은 한 손으로 이마를 짚으며 불쾌한 표정을 감추지 않고 불만을 터뜨렸다. 이병도는 아무 말 없이 선경에게 손을 내밀었다.

"……?"

"내가 얘기하지 않았던가? 아주 크고 잘 익은 사과를 가져오라고. 선생에게 이야기를 들려주는 대신 그 정도는 요구할 수 있다고 생각하는데?"

그는 진심인 것 같았다. 혹시 몰라 구치소에 오기 전 시장에 들른 선경은 가방에서 사과를 꺼내 그에게 내밀었다. 그는 수갑이 채워진 두 손을 내밀어 선경이 내민 사과를 받았다.

그는 사과를 들어올려 두 눈으로 잠시 음미했다. 소믈리에가 와인잔을 들어 와인의 색을 보듯 그런 눈으로 사과를 쳐다보았다. 그가 원하던 대로 한 손에 가득찰 정도로 큰 사과였다.

"저장 부사로군. 하긴 아직 햇사과가 나오긴 이른 철이지."

그는 선경이 건네준 사과를 거침없이 베어 물었다. 오랜만에 먹는 것인지 그는 두 눈을 감고 맛을 음미하며 천천히 턱을 움직였다. 고개를 뒤로 젖히고 사과 맛을 느끼다가 갑자기 와작와작 사과를 씹기 시작했다. 오래 굶주린 사람처럼 순식간에 큰 사과 하나를 먹어치웠다. 껍질도 씨도 모두 먹어버려 그의 손에는 사과에서 흘러내린 과즙만이 남았다. 그의 입가는 온통 과즙으로 흥건하게 젖어 있었다. 순간 형사들이 한 이야기가 떠올랐다.

몰입. 사과 한 알을 먹는 일에도 그는 온 신경을 집중했다. 살인하던 순간의 그가 어떤 모습일지 눈에 보이는 듯했다. 그는 만족스럽게 선경을 바라보며 웃었다.

"사과를 고른 걸 보니 당신이 어떤 사람인지 알겠군."

소매로 입가를 닦아내며 선경을 바라보는 그의 눈에 장난기가 스쳤다. 보안과장의 말대로 그는 이 시간을 즐기고 있다. 그의 말에 대꾸하는 순간 분위기는 그가 원하는 대로 흘러가겠지.

선경이 대답을 망설이는 사이 그의 말이 이어졌다.

"선생, 그거 알아요? 사과는 크면 싱거워. 적당한 크기가 맛있지……."

"앞으론 작은 걸로 사 오죠."

"아니, 난 큰 사과가 좋아요. 큰 것만 먹었거든."

이병도의 시선이 선경의 어깨 너머 어딘가를 헤매고 있었다. 그에게 사과는 단순히 과일만의 의미는 아닌 듯했다. 사과를 먹고 난 뒤의 만족감이 아니라, 기억 속의 사과를 떠올리는 듯 아련한 표정이었다.

선경은 얼른 그에게 설문지를 내밀었다. 사과 덕분에 기분이 좋아졌는지 이병도는 말 잘 듣는 학생처럼 선경이 건네주는 설문지를 차분히 채워나갔다.

설문지는 범죄자들에 대한 통계 등 자료에 쓰일 기초적인 질문들이 적혀 있다. 나이와 출신도 학력, 직업, 주소, 초범 당시의 나이 등, 생각할 필요도 없이 바로 써 내려가면 되는 것들이었다. 그렇다고 해서 중요하지 않은 것은 아니다. 그런 기초적인 사실에서부터 그와의 인터뷰가 시작되는 것이다.

거침없이 답을 달고 난 이병도는 설문지를 돌려주었다. 선경은 설문지를 앞에 놓고 본격적인 질문을 시작했다.

"지난번에 첫 기억에 대해 이야기를 했죠?"

"빨간 구두."

이병도는 선경이 했던 대답을 되뇌었다.

"네, 엄마가 사주셨던 거죠. 엄마에 대한 이야기부터 다시 해볼까요?"

"그 빨간 구두가 마음에 들었어요?"

"지금도 기억하는 걸 보면 꽤나 마음에 들었던 거겠죠?"

"아니면 엄마가 좋아하지도 않는 색을 사준 게 싫어서 기억에 남은 걸 수도 있지.”

선경은 이병도를 쳐다보며 그가 하는 말의 저의를 가늠해 보았다.

“물론 엄마에 대해서는 좋은 기억도 있고 나쁜 기억도 있죠. 하지만 다행히 나쁜 기억보다 좋은 기억이 더 많네요. 이병도 씨는 어떤가요? 엄마에 대한 기억들, 어떤 게 있죠?”

조금 전까지 콧노래라도 부를 것 같던 이병도의 얼굴이 잠시 굳어졌다. 하지만 이내 입가에 미소를 그리며 말을 꺼내기 시작했다.

“엄마라…… 정말 오랜만에 듣는군요. 사실 잘 기억이 나지 않아요. 내가 열일곱인가 열여덟 때 집을 나간 뒤로 본 적이 없어서…….”

“가출을 한 건가요?”

“…….”

“무슨 일 때문인지 기억나요?”

“무슨 일? 아 가출…… 글쎄, 왜 집을 나갔는지 한 번도 생각해보지 않았는데…….”

이병도의 눈빛이 기억들을 더듬어가자 선경은 입을 다물고 그가 이야기를 계속하도록 조용히 기다렸다.

“엄마가 집을 나간 건…… 고양이 때문일지도 몰라. 우리 집에 찾아오던 고양이. 검은 털에 노란 눈동자를 가진 고양이. 엄마가 정말 예뻐했죠. 고양이가 오면 먹이려고 통조림도 몇 개씩 사둘 정도였으니까. 어느 날 엄마가 집을 나가버리자 그 뒤로 고양이도 안 오더군요. 아마도 엄마가 가버렸다는 걸 알았겠지."

"어머니의 가출과 고양이가 무슨 관련이 있죠?"

"그러니까…… 그 뒤로 고양이가 안 온다구요."

그의 말은 앞뒤가 맞지 않는다. 고양이를 좋아하는 엄마가 고양이 때문에 가출을 했다니, 논리적으로 말이 되지 않는 이야기를 하는 이유는 무엇일까. 유심히 이병도의 얼굴을 보던 선경은 한 가지 흥미로운 것을 발견했다.

고양이라는 단어를 이야기할 때마다 그의 눈이 가늘어졌다. 엄마보다 고양이라는 단어가 그의 기억을 더 자극하는 게 분명했다. 엄마와 고양이가 어떤 연관성이 있는지 몰라도 엄마의 가출에 대해 이야기하고 싶지 않은 것은 분명했다.

"엄마에 대한 다른 기억들도 있나요?"

그는 고개를 들어 선경을 보다 시선을 돌렸다. 미간을 찡그리며 기억을 뒤적이던 병도는 말하기를 주저하듯 입술을 깨물다 이야기를 시작했다.

"오래전이라 잘 생각나진 않지만 몇 가지 기억나는 일은 있어요. 욕조에서 미끄러져 물을 먹고 놀랐을 때 나를 건져내서 인공호흡을 해주었던 적도 있었고, 기분이 좋을 땐 노래를 불러줬죠. 노래를 아주 잘했어요. 듣고 있으면 나도 모르게 눈을 감고 잠들게 되는 노래였죠."

노래, 문득 지난번 들려준 노래가 생각났다.

가장 최초의 기억.

그렇다면 당연히 엄마가 불러준 노래였을 것이다. 어둠 속에서 아주 작은 불빛이 새어 나오고 있었다. 선경은 그 작은 불빛을 따라가보자 마음먹었다.

"지난번 불러준 노랜가요?"

흠칫 놀란 이병도가 선경을 빤히 쳐다보다 고개를 끄덕였다.

"엄마의 얼굴은 기억이 안 나는데 그 노래는…… 가끔 기억나요."

열일곱 살에 가출한 엄마. 얼굴이 기억나지 않을 리 없다.

거짓말을 하고 있다. 굳이 거짓말을 할 이유가 없는데도 그는 엄마의 얼굴이 기억나지 않는다고 말한다. 엄마의 얼굴은 떠올리지 못하지만 엄마가 이따금 챙기던 고양이의 털과 눈 색깔은 기억하고 있다.

아니, 어쩌면 거짓말이 아닐지도 모른다. 정말로 엄마의 얼굴이 떠오르지 않을 수도 있다. 그렇다면 그의 뇌는 왜 엄마의 얼굴을 지우려고 하는 것일까? 기억을 왜곡시키고 있는 것은 그 기억에 열쇠가 있다는 것을 의미한다.

선경은 엄마, 노래, 가출, 고양이 같은 단어들을 적으며 그에게 또 다른 질문을 던졌다.

"보고 싶지 않나요? 찾아보지 않았어요?"

"보고 싶지도, 찾고 싶지도 않아요."

"……?"

"엄마도 그랬어. 날 찾지도 보고 싶어 하지도 않았어."

눈앞에 엄마가 서 있는 양 그는 허공을 바라보며 중얼거렸다. 눈과 입은 애써 미소를 짓고 있지만 그것은 자신의 분노를 감추기 위한 가면일 뿐이다. 그 가면의 끈이 너무 위태로워서 금방이라도 가면이 벗겨질 것 같았다. 아니, 이미 한쪽이 끊어져 그의 진짜 얼굴이 보이기 시작했다.

"넌 더러운 놈이야. 이 세상에 태어나지 말았어야 할 놈이지. 저주받은 인간……. 태어나는 순간부터 우리 엄마가 했던 말들이지. 선생은 그런 얘기 들어본 적도 없을걸?"

그는 진지하게 선경을 바라보며 물었다. 선경은 그의 눈빛을 빤히 들여다보다 고개를 저었다.

"난 그런 이야기만 듣고 자랐어. 엄마에게 난…… 당신도 그렇게 생각해? 내가 그렇게 끔찍한 존재인가?"

"내가 어떻게 생각하는가는 중요하지 않아요."

"아니, 내겐 중요해. 아주…… 중요하죠!"

"왜 그렇죠? 왜, 내 생각이 중요하죠?"

"그건…… 당신이 날 달라지게 할 수도 있으니까."

"……."

그의 말은 무명천에 스며드는 물감처럼 선경의 가슴을 아픔으로 물들였다. 이상하게 그가 하는 말이 거짓말처럼 느껴지지 않았다. 잘 알지도 못하는 사람인데 그의 눈을 마주보며 그의 목소리를 듣고 있자니 오래전부터 알던 사람 같았다.

"엄마에 대해 말해보라고? 어린시절 이야기가 듣고 싶다고?"

선경은 그의 얼굴을 쳐다보다 펜을 내려놓고 수첩을 닫았다. 그의 떨리는 목소리에 집중하고 싶었다. 그가 어떤 이야기를 하는지 귀기울이고 싶었다. 이상한 느낌이었다. 그의 영혼에 집중하고 있는 자신을 느낄 수 있었다.

"내 어린시절은……."

말을 멈춘 그는 고개를 숙인 채 뭔가 골똘히 생각하는 표정이었다. 한동안 미동도 없이 앉아 있던 두 손으로 자신의 죄수복을 들어 몸을 보여주었다. 아주 오래된 상처들이 희미하게 남아 있었다. 상처들은 몸 구석구석에 빼곡히 들어차 있었다.

"이게 나의 어린시절입니다."

열일곱 살에 어머니가 가출했다면 벌써 십오 년도 넘은 일이다. 그렇게 시간이 흘러도 그의 몸에는 여전히 어머니가 그에게 했던 끔찍한 일들이 새겨져 있다. 그의 기억이라고 다를 리 없다. 어쩌면 육체에 남겨진 폭력의 흔적보다 정신에 새겨진 상처들이 더 깊은 흉터를 남겼을지 모른다.

조금 전 그가 자신의 기억 속에 있는 어머니에 대해 이야기할 때도 그에게 좋은 추억들이 아니라는 것을 금방 눈치챘다. 그는 엄마와 함께 했던 행복하고 따뜻했던 날을 기억하는 게 아니라, 욕조에 빠져 고통스러워하던 날을 먼저 떠올렸다. 엄마가 들려주던 노래가 범행의 주제가가 되었다는 것도 이해되기 시작했다.

순간적으로 그에게 집중하고 몰입하게 된 이유를 깨달았다. 그는 모든 것을 벗어 던지고 알몸 그대로의 자신을 내보였다. 그의 진심이 선경에게 그대로 전해진 것이다.

선경은 아무 말도 못 하고 그의 얼굴을 바라보기만 했다. 변화무쌍한 그의 표정은 그가 어떤 생각들을 하고 있는지 느끼게 해주었다. 갑자기 그의 얼굴에 깊은 고통이 느껴졌다.

"망할, 이따위 얘기하고 싶지 않다구! 엄마 같은 거 기억하고 싶지 않다구!"

그의 묶인 손이 몇 번이나 탁자를 내려쳤다. 온몸으로 발버둥을 치며 머리를 감싸 안았다. 문 쪽에 앉아 있던 교도관이 놀라 자리에서 일어났다. 선경은 한 손을 들어 교도관이 다가오지 못하게 했다. 지금 이대로 그의 감정을 드러내는 시간이 필요하다. 선경과 기 싸움을 하거나 계산된 행동이 아니라, 감정에서 우러나오는 그의 본모습은 그를 이해하는 데 많은 정보를 줄 것이다.

"그렇게 키울 바에는 차라리 내 목을 조르거나 날 버리는 게 나았어. 왜 그렇게 날 괴롭힌 거야, 왜……? 엄마는…… 날 낳지 말았어야 했어."

그는 떨리는 목소리로 중얼거리며 고개를 흔들다 곧 두 손으로 얼굴을 감싸쥐었다. 고개를 숙인 채 꼼짝하지 않았다. 붉어진 눈시울을 보이고 싶지 않은 듯했다.

태어나는 순간부터 어머니에게조차 환영받지 못하는 존재였던 모양이다. 아이는 끊임없이 자신을 저주하고 학대하는 어머니 밑에서 성장했다. 좋은 기억이 하나도 없다고, 정말로 끔찍해서 기억하고 싶은 게 없다고 절규하는 그의 모습은 선경의 마음을 흔들었다. 이유는 모르겠지만 그의 어머니는 자신의 문제를 모두 아이에게 떠넘기고 자신의 분노와 고통을 아이의 몸에 상처로 새겨놓았다. 곁에 다른 가족이라도 있었다면 조금은 달라질 수도 있었을 텐데.

그의 엄마는 왜 그를 더러운 놈, 태어나지 말았어야 할 놈이라고 불렀을까?

"엄마가 왜 그랬을까요?"

다시 그가 이야기를 시작하길 기다렸지만 오래도록 그는 머리를 감싼 채 움직이지 않았다. 침묵이 길어졌다.

"이병도 씨?"

"……."

그는 고개도 들지 않았다. 어쩌면 상처를 들춰내고 그 상처를 되새기게 하는 선경에게 화가 났는지도 모른다.

한참 동안 말이 없던 이병도가 고개를 들었다.

"살인 공소시효가 어떻게 되죠?"

갑작스러운 질문이라 잠시 당황했다. 하지만 그보다 선경은 다른 것 때문에 더 놀랐다. 감정이 격해져서 눈시울이라도 붉힐 줄 알았던 그의 얼굴이 너무나 평온했다. 목소리도 낮게 가라앉아 있었다. 그의 감정 변화는 여름날 소나기 같았다. 조금 전 흥분하던 모습은 간데없이 사라지고 그의 표정은 다시 옅은 미소를 머금고 있었다. 가면이 다시 그의 얼굴을 덮고 있다. 왠지 기운이 빠져 한숨이 새어 나왔다.

"살인에 관한 공소시효는 없어졌어요."

"그렇군요. ……만약에 말입니다."

이병도는 이야기를 하다 말고 교도관을 쳐다보더니 목소리를 낮추고 손나팔을 만들어 선경에게 이야기했다. 그의 목소리가 작아 선경은 몸을 앞으로 기울여야 했다.

"내가 어머니를 죽였다면, 그건 사형감일까요? 아니면 무기징역감일까요?"

"……!"

선경은 놀란 눈으로 이병도의 얼굴을 쳐다보았다. 그의 눈을 들여다보며 말의 의중을 파악하려고 애썼다. 그는 선경을 향해 씨익 웃어 보이고는 자리에서 일어나더니 교도관을 향해 감방으로 돌아가고 싶다고 소리를 질렀다.

선경은 자리에서 일어날 수도, 그를 불러 세울 수도 없었다.

어머니라는 말에 그는 상처투성이의 몸을 보여주었다. 자신의 어린시절을 지옥이라고 말했다. 열일곱 살에 어머니가 가출했노라고 했지만 그게 아니라는 것을 직감했다. 그는 그때 어머니를 죽인 게 아닐까?

그렇다면 그의 첫 살인은 오래전으로 거슬러 올라간다.

그는 방을 나가면서 선경에게 아무 말도 하지 않았다. 선경 역시 그에게 시선도 돌리지 않았다. 그는 무표정을 가장하고 있지만 가면을 벗고 자신의 진짜 모습을 선경에게 내보였다. 그 충격은 한동안 선경을 움직이지도 못하게 만들었다.

태어나는 순간부터 유일한 가족인 어머니에게 끊임없이 학대와 잔인한 말을 들어야 한다는 게 어떤 것인지 선경은 짐작도 할 수 없다. 그런 환경이 그의 영혼을 얼마나 파괴했을지, 생각만으로도 가슴이 먹먹했다.

묵묵히 노트와 녹음기를 챙기던 선경은 문득 머릿속에 하영의 얼굴이 떠올랐다.

이병도를 처음 면담한 날 하영이 집으로 들어왔다. 그때는 의식하지 못했지만 묘하게 하영의 눈빛은 이병도와 닮아 있었다. 강한 척하지만 한없이 여리고, 날카롭고 차가운 눈빛 뒤에는 외로움이 보였다.

이병도의 서늘한 눈빛은 때로는 보듬고 안아주며 상처를 닦아주고 싶은 기분이 들게 했다. 그의 안에는 서른네 살이 아닌, 성장하지 못한 어린아이가 들어 있다. 그의 눈빛에서 상처받은 아이의 모습을 읽었기 때문에 하영을 떠올렸는지도 모른다.

어린 하영도 엄마로 인해 많은 상처를 받았다.

그 기억들이 하영에게 어떤 영향을 주었을까, 앞으로 어떤 모습으로 성장하게 될까? 그런 생각을 하다 선경은 깜짝 놀라 머리를 흔들었다. 이병도와 하영을 함께 떠올리다니, 남편에게 미안한 생각이 들었다.

하영은 이병도와 다르다. 아이의 곁에는 자신을 보호해주는 아빠가 있고, 비록 화재로 돌아가셨지만 사랑으로 챙겨주던 외조부모도 있었다. 그리고 이제 지난 충격과 아픔을 치유할 새로운 환경이 기다리고 있다. 하영은 얼마든지 아픈 상처를 치료할 시간이 있다. 곪은 상처를 도려내고 새살이 돋을 수 있도록 옆에서 지켜봐준다면 제대로 성장할 것이다.

하영은 이병도와 다르다.

14.

하영의 전학을 위해 아침부터 바쁘게 움식였다.

하영이 온 날부터 하영을 위한 크고 작은 일은 선경의 차지가 되었다.

직장에 매여 있는 남편에 비해 선경은 비교적 시간이 자유로운데다 학교도 종강을 해서 외출할 일이 거의 없었다. 그러다 보니 자연히 하영의 일은 선경이 떠맡게 되었다. 하영의 방을 꾸미는 일도, 아이에게 필요한 옷가지며 필수품들을 사는 것도 선경의 몫이었다. 예상하지 못한 것은 아니었지만 막상 혼자서 일을 처리하려니 남편의 무심함이 서운하기도 했다. 하지만 하영의 실망에 비하면 선경의 서운함은 아무것도 아니었다.

하영은 남편이 출근하기 전까지 따라다니며 재잘거리고 어리광을 부리며 매달렸다. 출근 준비에 바쁜 남편은 처음 며칠은 응석도 받아주고 맞장구도 쳐주었지만 곧 하영이 뭐라고 물어도 건성으로 대답하거나 못 듣고 넘어갔다. 오래전부터 매달린 연구 논문 때문에 더더욱 아이에게 신경을 못 썼지만 하영에게 그런 변명은 통하지 않았다.

눈치가 빤한 하영은 그런 아빠의 반응에 차츰 말을 잃어갔고 아빠에게 매달리는 일도 줄었다. 오늘 아침에는 아예 2층에서 내려와보지도 않았다.

선경은 전학 접수를 하러 학교에 갈 준비를 하다가 2층으로 올라갔다.

노크를 하고 문을 열자 하영이 침대에 누워 있는 모습이 보였다. 출근 전 남편이 달래주러 올 줄 알았던 하영은 남편이 나가고 난 뒤 아침 식사 내내 골이 나 있었다. 여전히 기분이 좋지 않은 것 같았다.

"나 지금 하영이가 다니게 될 학교에 갈 건데 같이 가보지 않을래?"

낯선 집에 혼자 남겨두는 것도 마음에 걸리고, 앞으로 다니게 될 학교를 미리 가보는 것도 나쁘지 않을 것 같아 같이 나가자고 했다.

한참을 기다려도 대답이 없었다.

"어떤 학교인지 궁금하지 않아?"

"……."

반응이 없자 선경은 더 말을 붙이지 않고 방을 나왔다. 가지 않겠다는 아이를 억지로 데리고 갈 수는 없다.

외출 준비를 하고 방을 나서는데 어느새 옷을 갈아입은 하영이 현관 앞에 서 있었다. 아무래도 텅 빈 집에 혼자 있기는 싫은 모양이었다.

선경은 하영을 데리고 우선 주민센터에 들러 전입 확인서를 받았다. 전입 확인서를 아이가 다닐 학교에 가져다주면 전학 절차는 끝난다. 집에서 불과 십 분도 안 되는 거리라 혼자 등하교하는 것도 무리가 없어 보였다.

학교에 가는 동안 선경은 하영의 기분을 풀어주기 위해 계속 말을 걸었다.

예전 학교에서는 어땠는지, 그곳에 연락할 친구는 없는지 물었지만 하영은 아무런 대답도 하지 않았다. 그렇다고 자신이 살게 된 동네에 대한 호기심으로 주변을 둘러보는 것도 아니었다. 뭐랄까, 어디에 있든지 자신과 상관없다는 듯 외부의 일에는 무관심했다. 거북이처럼 딱딱한 껍질 안에 들어가 있는 것 같았다. 외부의 자극에 움츠러드는 미모사처럼 하영은 모든 것에 마음을 닫고 있는 것 같았다.

선경에게도 마음의 문을 열지 않고 있다. 서로에 대해 잘 알지도 못하고 그럴 마음도 없어 보인다. 그저 아빠와 함께 사는 사람이니까 같이 있을 뿐이다. 조금이라도 둘이 서로를 알아가고 이해하려면 시간과 기회가 필요한데 그 역할을 해주어야 할 사람은 일 때문에 제대로 신경도 못 써주고 있다.

간신히 자신을 따라다니며 참고 있지만 하영이 점점 더 안으로 움츠러들고 있다는 것을 느낄 수 있다. 선경도 더이상 질문을 하지 않았다. 남편이 돌아오면 조금 더 아이에게 신경을 쓰라고 해야지 하고 생각하는 동안 어느새 초등학교가 눈앞에 보였다.

하영과 함께 학교 운동장에 들어선 선경은 아기자기한 교사를 보자 왠지 아련한 그리움 같은 것을 느꼈다.

초등학교를 찾은 것은 졸업하고 처음이다. 선경이 다니던 학교는 아니지만 그 모습은 낯설지 않다. 사 층짜리 작은 건물들은 색색깔로 칠해져 있고 운동장도 아담했다. 운동장에서 달리기를 하며 체육 수업을 받고 있는 아이들의 재잘거리는 소리도 들렸다. 분명 선경에게도 저런 시절이 있었는데, 백 년도 더 된 일처럼 까마득하니 기억도 나지 않았다.

하영이 집에 온 지 일주일, 갑작스럽게 학부형이 된 느낌은 뭐라 설명할 수 없이 복잡했다. 일찍 결혼을 한 친구들은 이미 학부형이 되었지만 결혼 생활조차 익숙하지 않은 선경으로서는 갑자기 학부형 노릇을 한다는 게 남의 옷을 입은 것처럼 낯설고 어색하기만 했다. 마음의 준비도 없이 어느 날 시작된 학부모 역할을 하자니 모든 게 어설프고 서툴 수밖에 없다.

학교 전학 문제만 해도 그랬다. 누구에게 물어봐야 할지 감도 오지 않았다. 결국 인터넷을 검색해 서류 준비를 했다. 생각보다 어렵지는 않았지만 부모가 된다는 것은 자신이 알지 못하는 많은 지식을 필요로 하는 일이라는 것을 실감했다.

선경은 마치 자신이 전학을 오는 것 같은 기분으로 운동장에 발을 들여놓으며 긴장과 두려움을 느꼈다. 지금 이 순간은 하영에게도 선경에게도 새로운 시작이다. 선경은 자신도 모르게 심호흡을 하고 옆에 서 있는 하영의 손을 찾았다.

아이의 손을 잡으려는 순간 하영이 손을 뿌리쳤다. 선경의 기분과는 상관없이 아이는 야무지게 입을 다물고 학교를 노려보고 있었다. 아침의 일 때문인지, 아니면 낯선 학교에 다니게 된 긴장감 때문인지 알 수 없지만 여전히 기분이 좋아 보이지 않았다.

선경이 교무과장을 만나 전학 절차를 밟는 동안 하영은 교무실 한 켠에 조용히 앉아 있었다. 전학 수속은 생각보다 간단했다. 전입 확인서와 함께 바로 반 배정이 되었다.

교무과장이 하영이 다니게 될 반의 담임을 만나게 해주겠다며 자리에서 일어났다.

"곧 담임 해주실 선생님이 오신대. 이리 와서 인사드리자."

하지만 하영은 고개를 흔들고 그대로 밖으로 나가버렸다. 얼른 아이의 뒤를 따라 복도로 나가보니 하영이 저만큼 뛰어가는 게 보였다. 하영이 지나간 복도 한편의 계단에서 교무과장과 삼십 대 중반의 여자 선생님이 내려왔다.

"이분이 담임 되시는 임은실 선생님입니다. 이번에 전학 오는 윤하영 학생 학부형이시고요."

"네, 안녕하세요. 그런데 어쩌죠, 아이가 저쪽으로 뛰어나갔는데."

"괜찮습니다. 학교 구경이라도 하고 싶었던 모양이죠."

교무과장은 태평하게 얘기하며 선경을 데리고 교무실로 향했다.

담임은 앞으로 하영에게 필요한 것들을 메모해서 건네주었다. 교과서는 학교에서 준비하기로 했다. 인상도 좋은데다 차분하게 이야기하는 게 딱 초등학교 선생님 같은 모습이었다. 밖으로 나가버린 아이가 신경쓰여 제대로 인사도 할 여유가 없었다.

선경은 잘 부탁드린다는 인사와 함께 명함을 건넸다. 전학해서 새 학교에 적응하는 동안은 선생님과 긴밀하게 연락해야 할 것 같았다. 관심을 가지고 지켜볼 테니 너무 걱정하지 말라는 담임의 말을 듣자 조금 안심이 되었다. 담임에게 하영의 상황에 대해 미리 언질을 할까도 생각했지만 괜한 선입견을 심어줄 것 같아 그만두었다. 등교는 다음날부터 하기로 하고 서둘러 담임과 인사를 마치고 나왔다.

교사에서 나온 선경은 주위를 두리번거리며 하영을 찾았다. 운동장에도 보이지 않았다. 두 개의 학교 건물 주변을 돌고 창고까지 둘러본 뒤에야 아이를 찾을 수 있었다.

하영은 교사 뒤편 산기슭 아래 지어놓은 자연학습 체험장에 있었다. 창고 뒤편 한쪽에 울타리를 만들어 채소밭을 가꾸고 있었다. 상추와 고추, 토마토 같은 것들이 자라고 있었고 반마다 맡은 구역이 있는지 학년과 반을 적은 작은 팻말이 띄엄띄엄 채소밭 사이에 세워져 있었다. 채소밭 옆에는 철망 울타리로 만든 동물 농장이 눈에 보였다.

하영은 철망 울타리 앞에 앉아 토끼를 쳐다보고 있었다. 선경은 그제야 안심이 되었다.

"여기 있었구나. 토끼 보는 거야?"

하영의 옆에 서서 울타리 안을 들여다보니 채소밭과 마찬가지로 갖가지 동물들이 어울려 있었다. 토끼와 닭 오리 같은 동물들이 각자 구역에 들어가 있고 다른 곳에는 새장도 여러 개 보였다.

조용히 토끼를 쳐다보고 있던 하영은 곧 흥미를 잃었는지 자리를 털고 일어났다. 하지만 쉽게 자리를 뜨지 못하고 이번에는 새장 쪽으로 다가갔다. 먹이로 줄 만한 것을 찾아 주위를 둘러보다 채소밭에서 상추를 한 장 뜯어 새장에 넣어주었다.

아이들의 손을 타서 그런지 새는 두려워하는 기색도 없이 하영이 넣어준 상추 곁으로 다가왔다. 한두 마리가 먹기 시작하더니 다른 새들도 내려앉아 쪼아대기 시작했다. 한동안 그 모습을 지켜보던 하영이 갑자기 새장 문을 열고 새를 움켜잡으려고 했다. 하영의 손을 피해 달아난 새들은 열린 문을 비집고 밖으로 날아올랐다.

선경이 얼른 달려가 하영의 손을 빼내고 새장 문을 닫았다.

이미 몇 마리는 날아가서 흔적도 보이지 않았다.

"뭐하는 거니? 새가 다 날아가잖아."

아이는 말간 눈으로 선경을 쳐다보다 흥미를 잃은 듯 고개를 돌리고 학교 운동장 쪽으로 걸음을 옮겼다. 아이를 불러 화를 낼 수도 잔소리를 할 수도 없었다. 자기도 모르게 한숨이 나왔다.

집으로 돌아가는 길에 시장에 들러 하영이 입을 옷과 속옷, 양말 등을 샀다. 문구점에서 필요한 학용품도 샀다. 화재로 무엇 하나 남은 게 없으니 사야 할 게 태산 같았다. 하영이 처음 온 날부터 생각날 때마다 계속 물건을 사들였지만 그래도 필요한 것들이 계속 눈에 보였다. 커튼 가게에 가서 새 커튼을 맞추고 여분의 이불도 샀다. 양손 가득 짐을 들고 돌아오면서도 머릿속에는 아직도 사야 할 것들이 떠올랐다.

함께 물건을 고르고 사는 동안 하영도 말없이 선경이 원하는 대로 따라왔다. 자기가 입어야 할 옷이라 그런지 선경이 옷을 들고 보여주면 조금씩 반응을 보였다. 싫다는 말은 하지 않았지만 표정만으로 알 수 있었다. 맘에 드는 옷이 있는지 선뜻 쇼핑백을 받아들더니 자꾸 안을 들여다보기도 했다.

아이의 기분에 따라 자신의 기분도 변했다. 지나치게 신경을 쓰는 게 아닌가 싶었지만 지금은 그렇게 관심을 가져줘야 할 시기라는 생각이 들었다. 새 환경에 적응을 하고 자리를 잡고 나면 이렇게 일일이 신경을 쓰지 않아도 되리라 생각했다. 길지 않은 외출이었지만 집으로 돌아온 선경은 완전히 지쳐 있었다. 아이를 키우는 일은 생각만큼 호락호락하지 않았다.

다음날 하영이 학교에 간 사이, 해야 할 일이 너무 많았다.

전날 미처 못 산 옷을 몇 가지 더 사고 아이 방에 들여놓을 책들과 서랍장도 주문했다. 마트에 가서 장도 봐야 했다. 가구점과 마트에 약속한 배달 시간에 맞춰 집에 도착하니 벌써 대문 앞에 트럭이 서서 선경을 기다리고 있었다.

서둘러 대문을 열어주고 2층 하영의 방으로 안내했다. 미리 방을 치우고 나갔던 덕분에 가구들은 금방 제자리를 잡았다. 가구들이 자리를 잡고 앉으니 그 뒤는 일사천리였다.

전날 쇼핑한 물건을 올려 보내며 자기 짐은 알아서 정리하라고 했는데 옷장을 열어보니 포장도 뜯지 않은 채 들어 있었다. 선경은 침대보와 이불의 포장을 뜯어 바로 침대에 씌우고 아이의 옷도 옷걸이에 걸어 옷장에 넣었다. 속옷과 양말은 새로 들여놓은 서랍장에 개어 넣었다. 책상 위에 가방과 문구들을 내려놓고 나니 점심때가 지나 있었다.

1층으로 내려와 주방 냉장고에서 물을 꺼내 마시며 혹시 빠뜨린 것이 없나 생각했다. 우선 생각나는 것은 컴퓨터였다. 노트북을 한 대 사주는 게 좋겠다 싶었다. 초등학교 아이들도 인터넷을 하니 필요할 것 같았다. 그 일은 남편에게 맡겨야겠다는 생각이 들었다. 돌아오는 휴일에 함께 나가서 사면 아빠에게 서운했던 아이의 감정도 풀어지겠지 싶었다.

겨우 한숨 돌리고 거실로 나오는데 문득 하영의 방에 있던 곰 인형이 생각났다.

그렇지 않아도 더러운 인형 때문에 하영이 덮었던 이불은 빨려고 내놓은 상태다. 이참에 곰 인형도 빨자. 선경은 곧장 2층으로 올라가 인형을 가지고 내려왔다.

욕조에 물을 받았다. 세제를 풀어 거품을 낸 뒤 그 안에 인형을 담그고 손으로 조물거렸더니 시커먼 땟물이 빠지기 시작했다. 그동안 얼마나 안 빨았는지 몇 번을 헹궈도 계속 탁한 물이 빠졌다. 한 시간이나 인형과 씨름한 끝에 겨우 하얀색을 찾았다.

선경은 인형을 세탁기에 넣고 탈수하는 동안 녹초가 되어 소파에 주저앉았다. 몸은 피곤하지만 기분은 좋았다.

새 가구에 새 이불, 깨끗해진 곰 인형을 안고 기뻐할 하영을 생각하자 기분이 좋아졌다. 시계를 보니 어느새 2시가 다 되어간다. 선경은 서둘러 일어나 하영이 돌아오면 먹을 간식을 준비하기 시작했다. 그제야 자신이 점심을 먹는 것도 잊고 있었다는 것을 깨달았다. 아이를 가진 친구들이 하루 종일 얼마나 바삐 사는지 알 것 같았다.

시간은 너무 빨리 흐르고 해야 할 일은 끝이 없다.

세탁기에서 탈수가 끝났다는 알림이 울렸다. 탈수를 마친 인형은 새것처럼 털이 살아나고 좋은 향기가 났다. 빨래를 널고 거실로 들어오는데 남편에게 전화가 왔다.

모처럼 일찍 병원을 나갈 수 있게 되었다며 하영이 돌아오는 대로 외출 준비를 하고 기다리라고 했다. 전날 밤 아이가 서운해하니 신경 좀 쓰라고 했더니 그게 마음에 걸린 모양이다.

하영은 2시 30분 가까이 되어 돌아왔다. 첫 등교라 물어보고 싶은 게 많았다.

"학교는 어땠어? 친구는 사귀었어?"

아이는 지쳤는지 아무런 대꾸도 하지 않고 2층으로 올라갔다.

"아빠 곧 오신다고 했어. 잠깐 쉬고 옷 갈아입고 내려와."

하굣길에 더위에 지친 것 같아 선경은 얼른 주방으로 가 냉장고를 열었다. 남편이 오는 대로 외출을 하면 금방 식사를 하게 될 것 같아, 준비했던 간식은 꺼내지 않았다. 선경은 차가운 주스를 꺼내 잔에 따랐다. 냉장고에 주스병을 넣고 돌아서는데 하영이 쿵쾅거리며 내려와 금방이라도 싸울 것 같은 표정으로 선경에게 다가왔다.

"내 방에 들어왔어요?"

"……어?"

왜 그러나 싶었다. 가구를 새로 들여놓고 옷가지와 짐들을 정리해 넣으려면 방에 들어가는 것은 당연한 일이다. 무엇 때문에 그러는지 어리둥절할 수밖에 없다.

"어디 있어요?"

"뭐가 어디 있어?"

"내 곰 인형."

긴장해 있던 선경은 그제야 웃으며 대답했다.

"그거 빨았어. 때가 많이 타서……."

"어디 있냐구요!"

선경의 말이 미처 끝나기도 전에 하영이 소리를 질렀다. 잔뜩 노려보는 하영의 표정은 생각 이상으로 날카로웠다. 어이가 없어 말문이 막혔다.

선경을 노려보던 하영은 밖으로 뛰쳐나갔다. 선경은 갑자기 머릿속이 하얗게 비었다. 눈앞에서 소리를 질러대던 하영의 얼굴이 아른거렸다.

어느새 베란다에 다녀온 하영의 손에는 곰 인형이 들려 있었다. 아이는 선경은 쳐다보지도 않은 채 쿵쾅거리며 계단을 올라갔다. 기가 막혔다. 온종일 하영을 위해 총총거리고 다니면서 즐겁고 뿌듯했던 기분이 한꺼번에 날아갔다. 그렇다고 똑같이 아이에게 화를 낼 수는 없었다. 선경은 숨을 깊게 들이마시며 마음을 가라앉히고 평소와 다름없는 목소리로 하영을 불렀다.

"하영아, 그거 아직 안 말랐어, 가지고 내려와."

인형 속까지 뽀송뽀송하게 말리려면 적어도 삼 일은 말려야 한다. 하지만 아이는 다시 내려오지도, 대답도 하지 않았다. 귀를 기울였지만 2층에서는 아무 소리도 들리지 않았다. 다시 한번 하영을 불러봤지만 역시 반응이 없었다. 하는 수 없이 2층으로 올라갔다.

방문을 열고 들어가던 선경은 그 자리에 멈춰 섰다. 생각지도 못한 방안 풍경은 말 그대로 아수라장이었다. 온 방안에 뜯긴 천과 속에 들어 있던 솜, 스티로폼 알갱이들이 어지럽게 널려 있었다.

"너…… 너 지금 뭐하는 거야?"

하영은 곰 인형을 붙잡고 가위로 배를 가르고 있었다. 생각만큼 잘 찢어지지 않자, 가위를 집어던지고 천을 찢어 속을 마구 파헤쳤다. 인형의 배를 비워낸 하영이 이번에는 머리에 가위를 댔다. 가위는 거침없이 천을 찌르고 깊숙이 들어갔다. 선경은 안중에도 없었다.

"뭐하는 거야? 그만두지 못해!"

선경이 얼른 달려가 하영의 팔을 잡았다. 아이는 거칠게 선경의 손을 뿌리쳤다.

"그만하라고."

다시 선경이 손을 내밀자 아이는 가위를 높이 치켜들며 선경을 노려보았다. 금방이라도 가위로 허공을 가르며 달려들 것 같았다. 하영의 눈에 불꽃이 튀었다. 누구의 얼굴에서도 그렇게 매서운 표정은 본 적이 없다. 지금 자신의 눈앞에 가위를 들고 노려보고 있는 하영이 정말 열한 살짜리 아이가 맞나 싶었다.

선경은 그대로 얼어붙은 채 아무 말도 못 하고 하영을 쳐다보았다.

하영의 손에 들린 가위가 햇빛을 받아 반짝거렸다. 반짝이던 빛은 빠르게 선경을 향해 날아들었다. 눈을 질끈 감고 재빨리 몸을 튼 덕에 간신히 얼굴로 날아드는 가위 날은 피할 수 있었다. 하지만 팔이 베였는지 아릿한 통증이 느껴졌다. 고개를 돌려보니 붉게 줄이 하나 그어져 있었다. 베인 상처에서 조금씩 피가 새어 나왔다.

"너, 이게 무슨 짓이야?"

"나가!"

선경이 한마디했지만 하영은 눈 하나 까딱하지 않았다. 오히려 표정 하나 바꾸지 않고 선경을 서늘하게 노려보며 소리쳤다.

"내 방에서 나가! 나가란 말이야!"

아이의 입에서는 한 번도 들어보지 못한 욕들이 튀어나왔다. 선경은 코앞에서 악다구니를 퍼붓는 아이를 보자 자신도 모르게 손이 올라갔다. 분노가 이성을 마비시켰다. 눈앞에 아무것도 보이지 않았다.

선경에게 뺨을 맞은 하영은 그대로 얼어버렸다. 놀라기는 선경도 마찬가지였다. 그제야 정신이 돌아왔다. 얼떨결에 손을 올린 자신이 믿기지 않았다. 첫날부터 아이와 신경전이 있긴 했지만 이렇게 흥분한 것은 처음이다. 선경은 하얗게 질려 있는 하영의 모습을 쳐다보았다.

하영이 들고 있던 가위를 떨어뜨렸다.

"하…… 하영아, 괜찮니?"

놀란 선경이 하영에게 다가가 뺨을 만져보려고 하자 굳어 있던 하영의 표정이 갑자기 어린아이의 얼굴로 돌아와 울음을 터뜨렸다. 하영의 두 눈에 금세 물기가 고이더니 굵은 눈물이 뚝뚝 떨어졌다. 한순간에 하영의 표정이 바뀌는 것을 본 선경은 어안이 벙벙했다.

아이는 두 손을 내밀고 선경을 지나 방문 쪽으로 걸어가며 소리쳤다.

"아빠—."

그 말에 놀라 돌아보니 문 앞에 남편이 서 있었다.

언제 왔는지 모르지만 그의 표정을 보니 선경이 아이를 때리는 모습을 본 것 같았다. 그는 하영을 품에 안고 다독이며 냉랭한 얼굴로 선경을 쳐다보았다. 차가운 눈에는 선경에 대한 실망이 담겨 있었다.

하영의 표정이 왜 순식간에 바뀌었는지 알 것 같았다. 온몸에 소름이 돋았다. 아이의 영악한 연기에 입을 다물지 못할 정도였다. 가슴이 답답했다.

남편의 반응은 문제가 아니다. 나중에라도 이야기를 해서 풀면 된다. 선경의 머리가 혼란스러운 것은 변검처럼 순식간에 얼굴 표정을 바꾼 하영 때문이다. 그것은 뺨을 맞아 놀란 아이가 아빠를 보고 참았던 설움이 터져 응석을 부리는 모습이 아니다. 그 순간의 변화는 감정이 아니라 이성의 변화였다. 짧은 순간 선경을 쳐다보다 아빠에게 달려가는 아이의 시선에서 아이의 속셈이 보였다. 계산된 행동이다.

자신의 행동이 상대방에게 어떤 감정을 불러오는지 알고, 그것을 유도하기 위해 한 행동이다. 어떻게 하영은 그 찰나의 순간에 저런 대처를 터득하게 된 걸까? 그 영악함에 놀라고, 한편으로 그동안 하영이 어떤 환경에서 자랐는지 새삼 깨달았다.

아빠의 품에서 서럽게 우는 하영을 쳐다보다 선경은 말없이 방을 나섰다. 이 문제는 남편과 신중하게 의논해야 할 일이다. 우선은 남편이 하영의 마음을 달래줄 시간이 필요하다.

선경은 서재로 들어와 마음을 진정시켰다. 앞으로 하영을 어떻게 대해야 할지 난감했다. 당장 눈앞에서 딸이 맞는 모습을 본 남편의 반응도 걱정스러웠다. 아무리 변명해도 그것은 자신 역시 용납이 안 되는 행동이었다.

생각대로 남편은 선경에게 많이 화가 나 있었다. 잠시 후 서재에 들어온 그는 말도 하지 않고 한참 창밖을 바라보고 서 있다 의자를 가져오더니 선경과 마주 앉았다.

"무슨 일인지 설명해주겠어?"

생각보다 그의 목소리는 차분했다.

하지만 차분한 목소리가 오히려 선경을 불안하게 만들었다. 화가 나면 오히려 조용해지는 게 남편의 성격이다.

"아이를 때린 건…… 그래요, 제 잘못이에요. 순간 어떻게 됐나 봐요. 나에게 소리지르고 욕하는 아이를…… 참을 수가 없었어요."

"하영이가 왜 당신한테 욕을 하고 소리를 질렀지?"

"모르겠어요. 왜 그렇게 화를 냈는지……."

"무슨 일이 있었을 거 아냐?"

"그냥 곰 인형이, 당신도 봤잖아요, 얼마나 더러운지…… 그걸 빨았을 뿐이라고요."

"그것뿐이라고?"

“그것 말고는 없어요. 학교에서 돌아오자마자 인형을 찾길래 빨았다고 했더니…… 마르지도 않은 인형을 가지고 올라가서 저렇게…….”

선경은 그렇게 아끼던 자신의 인형을 갈기갈기 찢어대던 하영의 모습을 떠올리자 자신도 모르게 소름이 돋았다. 아이의 어디에 그런 분노가 숨어 있었을까? 자신을 노려보며 가위를 휘두르던 하영의 얼굴은 선경의 심장을 멎게 만들었다. 인정하고 싶지는 않지만 솔직히 무서웠다. 하영이 두려웠다. 그 두려움 때문에 아이의 뺨을 때린 것이다.

남편은 모를 것이다. 어떻게 아이가 무섭다는 말을 남편에게 할 수 있을까?

이대로는 안 된다. 뭔가 대책을 세워야겠다는 생각이 들었다.

15.

아빠가 방에서 나간 뒤 긴장이 풀어진 하영은 그대로 방바닥에 주저앉았다.

때맞춰 아빠가 들어오지 않았다면 정말로 무슨 일이 벌어졌을지 모른다. 하영은 바닥에 떨어져 있는 가위를 보며 아줌마의 얼굴을 떠올렸다. 정말로 찔러버리고 싶었다. 아무리 생각해도 이해할 수 없다. 어떻게 남의 물건에 손을 댈 수 있는지. 아줌마를 생각하자 다시 화가 났다.

하영은 손에 잡히는 대로 물건들을 집어던지며 소리를 질렀다. 그러다 문득 이렇게 소리를 지르면 다시 아빠가 올라올지도 모른다는 생각이 들었다. 또다시 아빠의 잔소리를 듣고 싶지는 않다. 조용히 하는 수밖에 없다.

이 집에 처음 온 날 아빠는 하영을 안아주며 속삭였다.

—여기서 아빠랑 같이 살려면 아줌마 말 잘 들어야 돼.

아빠의 그 말 때문에 아무리 마음에 들지 않는 일이 있어도 꾹 참았다.

촌스러운 옷을 골라줘도 불평하지 않았다. 요즘 아이들은 아무도 이런 옷을 입지 않는다. 아줌마는 인형놀이를 하듯 하영을 데리고 가 이 옷도 입혀보고 저 옷도 입혀보며 혼자 신났다. 다리도 아프고 배도 고팠지만 아빠가 했던 말 때문에 꾹 참았다.

침대 위에는 분홍색 이불이 덮여 있다. 학교에서 돌아와 이불을 처음 보는 순간 하영은 속으로 우웩 하고 토했다. 아줌마가 옆에 있어 싫은 표정을 짓지는 않았지만 앞으로 분홍색 이불을 덮고 잘 생각을 하니 온몸에 소름이 돋았다. 거기다 작정이나 한 듯 연두색에 분홍색 체크로 커튼을 만들어줬다. 방안에 들어오면 알록달록 정신없는 색깔들 때문에 속이 울렁거릴 지경이다. 하영이 세상에서 제일 싫어하는 색이 분홍색이다. 하지만 아줌마에게는 한마디도 하지 않았다.

아빠가 했던 말 때문이기도 하지만 어차피 어른들은 아이들의 말에 귀를 기울이지 않는다. 그저 자기가 원하는 대로 움직이게 할 뿐이다. 어쩌다 마음속에 담아둔 말을 하면 건방지다는 소리를 하거나 되바라진 아이라며 혼을 낸다. 할아버지 할머니와 살면서 하영은 말을 하지 않는 게 차라리 낫다는 걸 배웠다. 하긴 엄마와 살 때도 별반 다르지 않았다. 심지어 엄마는 '엄마'라는 말도 못 하게 했다.

엄마는 하영의 팔이 부러져 병원에 입원했을 때도 아빠나 의사 선생님이 묻는 말에 아무 대답도 못 하게 했다. 혹시라도 입을 열려고 하면 옆에 서 있던 엄마는 잡고 있던 하영의 팔을 꾹 눌렀다. 아파서 눈물이 찔끔 날 정도였다. 그리고 엄마가 옆에서 대신 이야기를 했다. 엄마 생각을 하니 기분이 나빠졌다. 하영이는 얼른 머리를 흔들어 엄마의 얼굴을 지워버렸다.

이 집이 마음에 드는 것은 아니지만 그래도 응암동 할머니네 집에 있는 것보다는 백배 낫다.

할머니는 아침 눈 뜰 때부터 잠자리에 들 때까지, 아니 하영이 자고 있는 옆에 와서도 끊임없이 잔소리를 늘어놓았다. 양말을 신고 들어오면 먼지를 안 털고 들어온다고 잔소리를 하고, 맨발로 들어오면 마룻바닥에 자국을 남긴다고 야단이었다. 밥을 빨리 먹어도, 늦게 먹어도 잔소리를 했다.

할머니는 하영의 모든 게 마음에 들지 않는 듯 따라다니며 등짝을 때리고 야단을 쳤다. 한번은 단단히 결심을 하고 울며불며 아빠에게 가겠다고 졸랐다. 아빠와 살겠다는 하영의 말에 할머니는 콧방귀를 뀌었다. 새 부인을 얻어 너 같은 건 안중에도 없다며 두 번 다시 그런 말은 꺼내지 말라고 매를 들었다.

하영은 진즉에 할머니의 거짓말을 알고 있었다. 아빠는 자신과 함께 살고 싶어 했다. 하지만 할머니가 놓아주지 않았다. 다달이 아빠에게 받는 양육비가 할머니와 할아버지의 생활비였던 것이다. 어느 날 할머니와 할아버지가 다투는 소리를 들은 뒤 하영은 왜 할머니가 자기를 그렇게 미워하면서도 아빠에게 보내지 않는지 알게 되었다.

할머니 때문에 아빠와 전화하는 것도 점점 힘들어졌다. 이러다 영영 아빠와 만나지 못하게 될까 봐 걱정되었다. 만약 화재가 아니었다면 하영은 여전히 할머니의 잔소리를 들어가며 등짝을 맞고 있었을 것이다.

이 집에 와서 제일 좋은 점은 조용하다는 것이다. 방에 혼자 누워 있으면 아무 소리도 들리지 않는다. 기분 나쁜 분홍색도 눈을 감으면 보이지 않는다. 아줌마는 집에 있어도 서재에서 잘 나오지 않는다. 덕분에 하영은 혼자서 여러 가지 생각할 시간이 많다.

아빠 말대로 이 집에서 아빠와 함께 살기 위해서는 아줌마 말을 들어야 한다. 아빠는 아줌마 말을 너무 잘 듣는다. 뭐든 아줌마가 하자고 하면 아무 말 없이 따른다. 가끔 자기 말보다 아줌마 말을 더 믿는 것 같아 화가 나기도 하지만 모른 척 하기로 했다.

시간이 지날수록 아빠를 볼 수 있는 시간이 줄었지만 그래도 괜찮았다. 이제 아빠와 한집에 살게 된 것만으로도 하영이 꿈꾸던 것은 이루어진 것이다. 그래서 아줌마가 시키는 것도 고분고분하게 했다. 분홍색도 참아냈다.

곰 인형만 건드리지 않았다면 무슨 일을 하든 상관하지 않았을 것이다.

학교에서 돌아와 방으로 들어왔을 때 침대 위에 있어야 할 곰 인형이 보이지 않아 미치는 줄 알았다. 방안을 다 뒤져도 보이지 않았다. 아줌마가 방에 들어와 멋대로 손을 댄 흔적이 보였다. 아줌마 짓이라는 것을 알고 미친듯이 1층으로 내려갔다. 혹시 버렸을까 봐 겁이 났다. 다행히 인형은 집에 있었다.

이렇게 울고 앉아 있을 때가 아니다. 하영은 얼굴에 남아 있는 눈물을 손등으로 닦아내고 바닥에 흩어져 있는 인형 헝겊과 솜을 모으기 시작했다. 서랍장 한편에 이불을 넣었던 비닐봉지가 보였다. 봉지를 꺼내 찢어진 인형 헝겊과 솜, 스티로폼을 쓸어 담았다. 곰 인형의 뱃속에 든 솜을 다 꺼냈는데도 하영이 찾는 물건은 없었다.

'분명히 안에 들어 있을 텐데.'

혹시나 싶어 이미 확인한 솜뭉치도 다시 만져보았다. 점점 마음이 초조해졌다. 잃어버리면 안 된다. 그건 아빠가 준 선물이고 엄마와의 기억이 담겨 있는 유일한 물건이다.

바닥에 있는 솜들은 거의 다 담았다. 아직도 남아 있는 것이 있나 싶어 주위를 두리번거렸다. 책상 밑에 곰 머리가 보였다. 인형의 귀를 잡아당겨 꺼냈다. 하영은 곰의 머릿속으로 손을 집어넣고 안을 헤집어보았다. 손에 뭔가 딱딱한 게 잡혔다. 있다!

인형 머리에서 손을 꺼내 펴보았다. 찾던 게 맞다.

하영은 그제야 안심이 되어 자신도 모르게 한숨을 내쉬었다. 얼른 남은 쓰레기를 비닐봉지에 담아 밖에 내놓았다. 방문을 잠그고 침대에 걸터앉아 손에 든 물건을 가만히 바라보았다. 갈색 병이 햇살을 받아 반짝거렸다.

하영은 누구도 건드리지 못하게 잘 숨겨야겠다고 생각했다. 두 번 다시 누구의 손도 닿게 하고 싶지 않았다. 방안을 이리저리 둘러보던 하영의 입가에 미소가 떠올랐다.

아무에게도 들키지 않을 장소를 찾았다.

16.

다시 밤이 길어졌다. 오래전에 지워버린 악몽이 다시 찾아오기 시작했다.

선경에게 사과를 가져다 달라고 하는 게 아니었다. 사과의 향을 맡는 게 아니었다. 다시 사과를 먹는 게 아니었다. 그 순간 모든 게 틀어졌다.

사과를 집어 한입 베어 무는 순간, 오래 참아왔던 허기가 한꺼번에 몰려들었다. 선경과의 면담에 그렇게 흔들린 것도 사과 때문이다. 식도를 타고 들어간 사과는 위장을 지나 그의 온몸으로 퍼지면서 십 수 년도 더 된 기억을 하나씩 되살려놓았다.

다시는 돌아갈 수 없는 곳, 스스로 봉인해버린 그곳의 기억들이 그의 잠을 야금야금 잠식해 들어왔다.

서늘한 마룻바닥에 누워 눈을 감고 있으면 사과 창고의 서늘한 공기가 느껴졌다.

수백 개의 사과 상자에 가득 들어 있던 사과는 겨우내 팔려나가고 미처 팔지 못한 사과는 날이 풀리면 단내를 풍기면서 썩기 시작한다. 햇살이 따스해지기 시작하면 아줌마와 누이들은 썩은 사과를 골라내고 그는 골라낸 썩은 사과를 상자에 담아 과수원 앞 강가에 버렸다.

강물을 따라 흘러가거나 중간에 걸린 채 미처 떠내려가지 못한 사과를 바라보며 그는 자신이 썩은 사과 같다는 생각을 했다. 아직 아무도 눈치채지 못하고 있지만 다시 엄마의 노래를 들은 그의 머릿속은 조금씩 다시 썩어들었다. 그는 불안에 떨며 잠이 들었고 바람소리나 나뭇가지 흔들리는 소리에도 놀라 잠에서 깨어났다.

—잘 봐야 돼. 썩은 사과 하나가 상자 안의 다른 사과를 다 상하게 하거든.

아줌마는 아직 멀쩡해 보이는 사과도 골라냈다. 그의 눈에는 보이지 않았지만 아줌마의 눈은 속일 수 없었다. 그가 전과 같지 않다는 것을 눈치챈 것도 아주머니였다.

—무슨 일이니?

전과 다름없이 행동했지만 아줌마는 그의 변화를 알고 있었다. 말수가 줄어든 것도 아니고 밥맛을 잃은 것도 아니다. 그런데도 아줌마는 그의 마음속에 휘몰아치고 있는 차가운 공기를 느꼈다. 아무 대답도 할 수가 없었다. 아무 일도 아니라고 고개를 저었지만 아줌마는 애써 안타까운 눈빛을 감추며 미소를 지어 보였다.

—하고 싶은 이야기가 있으면 언제든 얘기해.

도려내고 싶었다. 조금씩 썩어드는 자신의 머릿속을 도려내고 아줌마에게 대답한 대로 아무 일도 아닌 것처럼 살고 싶었다. 하지만 그럴 수 없었다. 이미 온몸으로 퍼져버린 엄마에 대한 기억은 그의 피와 살, 뼈를 오염시켰다. 그는 빠른 속도로 썩어가는 자신을 느끼며 강물에 몸을 던졌다.

그날 뼛속을 시리게 하는 강물 속에서 그는 깨달았다. 떠나야 한다. 그도 강물에 버려진 썩은 사과와 다를 바 없다. 남아있어봐야 아줌마와 누이들에게 썩은 내를 풍기며 피해를 줄 뿐이다.

그곳을 떠나온 뒤 다시는 돌아가지 않았다.

엄마를 땅에 묻던 날 과수원집을 떠올렸다. 자신이 늘 따먹던 크고 튼튼한 사과나무가 생각났다. 그곳에는 여전히 그의 허기를 달래줄 사과가 열려 있을 것이다. 하지만 곧 고개를 저었다. 강물로 한번 떠내려간 시간은 되돌릴 수 없다. 스스로 버리고 온 땅이다. 다시 돌아갈 수는 없다. 그렇게 꿈같았던 과수원에서의 몇 년은 모두 뇌리에서 지워버리고 살았다.

선경을 만나지 않았다면 그는 그 기억들을 영원히 잠근 채 사형대를 향해 가고 있었을 것이다.

구치소에서 그는 느리게 흘러가는 시간을 바라보면서 자신이 저지른 수십 건의 살인을 되새기며 지냈다. 경찰에게 말하지 않은 십여 건의 살인이 더 있다. 그것은 그의 기억 속에만 간직하고 꺼내보는 것들이었다. 향기 나는 사과는 없었지만 그를 방해하는 것들도 없었다. 엄마의 노래도 더이상 들려오지 않았다. 그렇게 죽음을 기다리는 것도 나쁘지 않다고 생각했다. 선경을 보기 전까지.

그날은 기분이 좋지 않았다.

사람도 건물도 보이지 않는 허허벌판에서 고양이 한 마리를 쫓고 있었다. 어디서 온 고양이인지 모르지만 잿빛 털에 노란 눈을 한 고양이는 아기 울음소리 같은 가는 소리를 내며 그의 주위를 맴돌았다. 처음엔 무시하고 제 갈 길을 걷고 있었다. 그러나 고양이는 그의 신경을 건드리며 바라보더니 눈이 마주치면 걸음을 멈추었다 쫓아가면 달아나기를 반복했다. 이미 폐가가 된 허름한 집으로 쫓아 들어간 뒤에야 고양이는 걸음을 멈추었다.

그곳은 엄마를 묻었던 옛집이었다. 고양이는 간데없고 마당에는 사람의 손길이 닿지 않은 풀들이 무성하게 자라고 있었다. 버려진 삽은 녹이 슬어 금방이라도 부서질 듯했고 한쪽 담은 허물어져 흉하기만 했다. 그곳이 어디인지 깨닫는 순간 그의 발끝에서부터 소름이 돋기 시작했다. 그는 서둘러 대문으로 뛰어나가려 했다. 하지만 손만 뻗으면 닿을 듯한 대문이 점점 멀어지고 단단하던 땅은 어느새 늪지처럼 그의 발을 끌어당겼다. 발버둥칠수록 그는 점점 수렁으로 빠져들었다.

손을 휘저으며 주위에 잡을 만한 것을 찾았다. 마당에 무성하게 자란 풀들을 한 움큼 쥐고 간신히 빠져나려고 할 때 그의 발목을 잡는 것이 있었다. 고개를 돌려보니 앙상한 뼈만 남은 손이 그의 발목을 움켜쥐고 있었다. 있는 힘껏 발을 차보았지만 소용이 없었다. 다시 몸은 마당의 흙속으로 빠져들기 시작했다. 개미지옥 같았다. 주위에 있는 풀을 다시 잡아보았지만 마당에 있는 모든 것들이 그의 몸과 함께 늪으로 잠기기 시작했다.

"야~옹."

그를 이끌었던 고양이가 어느새 마루 위에 앉아 서서히 땅속으로 가라앉는 그를 바라보고 있었다. 고양이를 향해 비명을 지르다 잠에서 깨었다.

하필이면 그런 꿈을 꾸고 난 뒤라 기분이 좋지 않았다. 한 달에 한 번 찾아오는 국선변호사의 면담이 있는 날이었다. 그와의 면담을 거절하려고 했지만 알 수 없는 예감이 그를 말렸다. 결국 불쾌한 기분을 참고 그를 만나기 위해 면회실로 향하던 길이었다.

면회실이 있는 건물로 들어서려는데 현관문 유리 너머로 한 무리의 학생들이 보였다. 견학이라는 명찰을 목에 걸고 지나가는 학생들의 얼굴에는 긴장과 설렘이 가득해 보였다.

교도관이 그를 막아섰다. 학생들이 지나가면 현관으로 들여보낼 생각인 것 같았다. 그렇게 잠시 기다리고 서 있는데

무리 끄트머리쯤 한 여자의 모습이 보였다. 여자의 얼굴을 본 순간 그는 번개에 맞은 것 같은 충격을 받았다.

한순간 그의 시야에 모든 것이 사라졌다. 구치소의 건물도, 교도관도 눈에 들어오지 않았다. 그에게는 오직 여자와 자신만이 존재했다.

그럴 리가 없다. 그는 자신의 눈을 의심했다.

여자는 너무 오래되어 화석이 되어버린 기억 속에서 걸어나와 그의 곁을 지나고 있었다. 반듯한 이마에 흘러내리는 앞머리를 손으로 쓸어 올리는 모습이 닮아 있었다.

한쪽 어깨에 사과 바구니를 둘러메고 사과를 따며 아줌마는 흘러내리는 앞머리를 손등으로 쓸어 넘기곤 했다. 코끝에 맺힌 땀방울도 손등으로 쓱 닦아내며 그를 돌아보며 웃곤 했다. 웃을 때면 콧잔등에 잔주름이 생겼다.

여자는 맨 처음 병원에서 봤던 아줌마의 모습과 닮아 있었다. 그는 얼른 여자의 목에 걸린 명찰을 쳐다보았다.

견학 이선경

왠지 모르지만 지난밤의 꿈이 계시처럼 느껴졌다. 속이 뒤집어질 것 같은 기분을 참고 면회실을 나온 것도 다 이 여자를 만나기 위한 것 같았다. 여자는 그대로 그를 지나쳐 학생들이 있는 곳으로 걸어갔다. 그가 자신을 쳐다보고 있다는 것은 전혀 눈치채지 못했다.

면회실을 향하면서 교도관에게 말을 걸어 견학 온 학생과 여자에 대한 정보를 캐냈다. 그가 아는 것이라곤 어느 대학의 범죄학과 학생들이 견학을 왔다는 것뿐이었지만 그것으로 충분했다.

악몽으로 깨어나는 시간이 길어지면서 그는 그날을 자꾸 떠올려보았다. 그날 불쾌한 기분을 참고 면회실을 가는 게 아니었다. 그랬다면 선경과 만나지 않았으리라. 평온한 날을 깨뜨린 것은 자신이다.

과수원 앞을 흐르던 강물 위에 수백수천 개의 썩은 사과들이 떠내려갔다. 사과를 주렁주렁 매달고 있던 나무들은 앙상한 가지만 남긴 채 부러지거나 죽어가고 있었다. 그의 욕심 때문이었다. 다시 돌아가고 싶다는, 한 번이라도 아줌마를 만나고 싶다는 그의 욕심이 결국 순결하던 그곳까지 오염시키고 만 것이다. 이제 되돌릴 수도 없다.

그는 잠에서 깨어 어둠 속에 눈을 반짝이며 생각했다. 나는 무엇을 원하는가, 무엇을 더 확인하고 싶어 이렇게 선경을 기다리는 것인가. 선경은 아줌마가 아니다. 몇 번이나 그 사실을 스스로에게 일렀지만 그때뿐이었다.

차츰 불안해지기 시작했다. 멀리서 아주 멀리서 조금씩 엄마의 노랫소리가 다가오는 것이 느껴졌기 때문이다.

또다시 봉인되어 있던 기억의 방을 여는 순간 그곳은 더이상 천국이 아니었다.

17.

병원에 가기 전 선경은 아동심리상담소를 하는 희주에게 전화를 걸었다.

희주는 대학에서 함께 심리학을 전공한 친구다. 선경이 유학을 가는 바람에 한동안 연락이 끊겨 소식을 모르다 작년 결혼식에 나타나 선경을 놀라게 했다. 그때 희주는 다른 친구들과 함께 신부 대기실에서 한바탕 사진을 찍고 난 뒤 혼자 있는 선경에게 말했다.

—솔직히 말하면 별로 맘에 안 든다.

희주는 늘 '솔직히 말하면'이라는 토를 달고 이야기를 시작하는 버릇이 있다. 그 말대로 다른 사람은 차마 이야기하지 못하는 것도 희주는 언제나 솔직하게 이야기했다. 때로는 지나친 솔직함이 불편하거나 서운하기도 했지만 결국은 그 덕분에 둘은 속 깊은 이야기까지 나누는 사이가 되었다.

희주는 식장 밖에서 인사를 하고 있는 신랑을 봤다고 했다.

—어떤 점이 마음에 안 드는데?

—네 신랑이라는 점.

전화를 받은 상담소 직원이 곧 희주에게 연결해주었다.

"열한 살 먹은 아이라고? 네가 키운다고?"

하영의 이야기를 듣자 희주의 목소리가 올라갔다. 예상 못한 것은 아니지만 상담을 받기도 전에 이런 반응을 접하자 온몸에 기운이 빠졌다. 그런 분위기를 느꼈는지 희주가 2절은 생략했다.

"그래, 그런 얘기 해봐야 이제 뭔 소용이 있니? 어떤 일이 맘에 걸려서 나한테까지 전화를 했는지 얘기해봐."

막상 멍석을 깔아주니 말을 꺼내기가 쉽지 않았다.

잠시 고심을 하던 선경은 하영이 처음 집으로 오게 된 날부터 이야기를 시작했다. 선경이 이야기를 하는 동안 희주는 아무 말도 하지 않고 기다렸다. 그러다 인형 때문에 생긴 일을 듣자 불쑥 말을 자르고 끼어들었다.

"가만 가만, 그러니까 넌 화재로 모든 걸 잃은 아이한테 인형까지 빼앗았다는 얘기야?"

"무슨 소리야? 난 그냥 깨끗이 빨아준 것뿐이야."

"너 심리학 전공했다는 애가 그런 소리가 나오니?"

할말이 없었다.

"그 인형이 아이에게 어떤 의미가 있는지 생각해봤어? 화재로 정신없는 와중에도 인형을 끌어안고 나왔다면 그게 어떤 물건인지는 짐작해야지. 엄마의 체취가 묻어 있는 거라면? 그럼 넌 엄마와의 추억을 모두 지워버린 게 되는 거야."

선경은 그제야 희주가 하는 말을 깨달았다.

선경도 그런 경험이 있다.

엄마가 돌아가시고 장례식을 치르고 난 뒤, 집으로 돌아와 엄마의 옷장을 열었다가 그 안에 들어가 옷걸이에 걸린 옷들을 몽땅 내려놓고 냄새를 맡았던 기억. 엄마의 냄새는 어디에도 남아 있지 않았지만 그럴수록 어딘가에 남겨져 있을 것 같아서 더 옷에 얼굴을 파묻었다. 몇 시간이 지나 선경을 찾다가 초주검이 된 아빠가 옷장 문을 열었을 때, 선경은 아빠에게 엄마의 스카프를 내밀며 말했었다.

"아빠, 여기서 엄마 냄새가 나."

그때 아빠의 표정이 어땠는지 기억나지 않는다. 아빠의 표정을 보기도 전에 아빠가 와락 선경을 끌어안고 어깨를 들썩이며 울어대는 바람에 당황스러웠다.

그러고 얼마 되지 않아 엄마의 물건을 정리하고 태워야 한다는 말에 한동안 선경은 아빠와 말도 하지 않았다. 아빠가 그렇게 빨리 엄마를 마음속에서 지우려고 하는 것에 화가 났다.

선경은 하영의 입장이 되어 생각해보았다.

엄마를 밀어내고 아빠를 차지한 사람. 그런데 이제는 하나 남은 엄마의 흔적까지 지우려 한다. 아이는 필사적으로 저항하겠지. 그런데 뺨까지 때린다. 아이로서는 억울할 수밖에 없다.

선경은 아침에 본 하영의 모습을 떠올렸다.

선경에게 눈길도 주지 않고 남편이 물어도 대답도 하지 않았다. 아침도 먹지 않겠다고 하는 걸 남편이 간신히 앉혀놓았지만 강제로 먹게 할 수는 없었다. 아이는 앞에 놓인 밥그릇을 손으로 쳐버렸다. 남편이 야단을 쳤지만 아이는 눈 하나 깜빡하지 않았다. 차가운 침묵이 식탁을 짓눌렀다.

"내 얘기 듣고 있어?"

"어……? 응, 얘기해."

"한 가지만 얘기할게. 그 나이라면 아이는 네가 생각하는 만큼 어리지 않아. 상황 판단, 인과관계, 집안에서 누가 주도권을 쥐고 있는지쯤은 한순간에 파악하지. 네가 아이를 관찰하는 동안 아이 역시 너를 가늠하고 있어."

그것은 생각해보지 못했다. 어제의 일로 아이는 자신과 얼마나 멀어진 것일까.

"너무 걱정하지는 마. 지금은 어렵겠지만 아이가 정서적으로 안정을 찾고 널 신뢰할 수 있는 사람이라고 판단하면 어제 일은 아이도 잊을 거야."

"……."

잠시 어제 일을 생각하는 동안 전화 너머로 희주가 누군가와 이야기하는 소리가 들렸다.

"어쩌니? 나 다음 상담 들어가야 하는데……."

"어, 그래. 고마워."

"혹시라도 궁금한 점이 있거나 문제가 생기면 언제든 전화해."

잠깐의 통화였지만 전문가인 희주는 선경이 미처 보지 못한 핵심을 짚어주었다.

아이에게 인형이 어떤 의미가 있는지 생각해보지 못했다. 자신의 기준에서 판단했다. 낡고 더러워진 인형이지만 그래서 의미가 있다는 사실을 간과했다. 유일하게 남아 있는 엄마의 기억을 세탁기에 넣고 세제와 거품으로 싹 지워내버린 것이다. 자신이 얼마나 큰 실수를 저질렀는지 비로소 깨달았다. 지난밤 하영이 보인 분노를 이제야 이해했다.

더 큰 실수를 저지르기 전에 하영에 대해 더 많은 것을 들어야 한다. 아이를 이해하기 위해서는 남편에게 물어볼 것들이 많았다. 선경은 서둘러 집을 나섰다.

"갑자기 그건 왜 묻지?"

전처와 아이 사이에 있었던 일을 묻자, 조금 전까지 부드럽던 남편의 목소리가 딱딱해졌다. 남편은 휴게실 자판기에서 뽑은 커피를 한입에 털어 넣고 거칠게 종이컵을 구겼다.

연락도 없이 병원을 찾은 선경을 보고 의아해하던 남편은 아이의 일로 이야기하고 싶다는 말에 선뜻 시간을 냈다. 마침 진료도 끝나서 점심시간까지 같이 있을 수 있다고 했다. 그 역시 하영의 문제로 이야기를 하고 싶었던 눈치였다. 하지만 하영의 문제와 함께 전처에 대한 질문을 던지자 그 태도는 조금 달라졌다. 전처와 무슨 일이 있었는지 어렴풋이 듣기는 했지만 그 일은 하영뿐 아니라 남편에게도 깊은 상처를 남긴 듯했다.

"지난번에 얘기한 걸로 이미 짐작하잖아?"

"지금 하영이 마음이 어떤지 이해하려면 엄마와 어떤 관계였는지, 둘 사이에 무슨 일이 있었는지 알아야 해요."

"……."

시선을 창밖으로 돌리고 아무 말 없이 하늘을 쳐다보던 남편은 결국 결심이 섰는지 탁해진 목소리로 전처와 있었던 일에 대해 말하기 시작했다.

"그 사람은 늘 목마른 사람 같았어. 하나를 주면 둘을 원하고 둘을 주면 셋, 열을 요구했지. 늘 내가 곁에 있기를 바라고 나만 쳐다봤어. 그만큼 나도 자기를 바라봐주길 요구하고. 조금이라도 자기에게 집중하지 않으면 못 견디는 사람이었어. 사랑이라기보다 집착이었어. 숨이 막혔지. 아내가 내게 매달릴수록 나는 점점 도망쳤어. 이혼을 하고 아내의 손에서 벗어날 거라고 생각했지만 오히려 더 심해졌지."

부부 사이가 멀어지기 시작하면서 점점 자신에게 무관심해지는 남편을 붙잡기 위해 그녀가 선택한 방법은 아이를 앞세우는 것이었다고 한다. 하영의 엄마는 자신의 전화나 문자메시지를 무시하는 남편이 하영의 일에는 바로 연락을 한다는 것을 깨달았다. 그때부터 하영이 아프거나 다치는 일이 빈번해졌다.

"당신…… 혹시 MBP라고 들어봤어?"

남편의 말에 고개를 끄덕였다. 그렇지 않아도 하영의 이야기를 듣고 얼핏 머릿속을 스쳐간 것도 그 생각이었다.

"처음엔 그런 생각을 못 했어. 하지만 아이가 자주 병원에 입원하거나 다치는 것을 깨닫고 나중에 하영이에게 물어봤지. 아이는 자신에게 무슨 일이 벌어지는지 모르더군. 당연하지, 설마 엄마가 자신을 다치게 한다고 생각이나 하겠어? 하지만 자꾸 엄마가 준 음식을 먹고 아프기도 하고 엄마와 함께 있을 때마다 사고가 생기니 나중에는 어렴풋이 눈치를 챈 거 같아."

MBP는 '대리인에 의한 뮌하우젠증후군'을 말한다. 아이나 키우는 애완동물을 학대하고 다치게 해서 사람들의 관심을 받으려고 하는 사람들을 가리키는 말이다. 하영의 엄마는 남편의 관심을 받기 위해 딸을 위험에 빠뜨린 것이다.

심리학 강의를 들으면서 관심이 생겨 따로 자료를 챙겨둔 적이 있다.

뮌하우젠증후군은 일부러 아픈 척을 하며 주변 사람들의 관심을 끌려고 하는 정신질환이다. 거짓말과 꾀병을 일삼아 주변의 동정과 관심을 받고 그 관심이 줄어든다 싶으면 다시 다른 병명을 만들어낸다.

'대리인에 의한 뮌하우젠증후군'은 그보다 더 심각한 질환이다. 본인이 아프다고 하는 게 아니라, 자신이 선택한 대상에 일부러 위해를 가한 뒤 옆에서 간호를 하며 병간호를 하고 있는 '보호자'로서 관심과 시선을 받는 것을 의미한다.

"그럼 부인이 죽었다는 그날도?"

"그랬을 거야. 아이가 다쳤다는 말에도 가지 않겠다고 했거든. 정말 지긋지긋했으니까. 하영이를 내세워도 통하지 않는다는 것을 알았으니 절망했겠지."

부인이 자살하던 날 하영의 다리가 부러졌다고 했다. 하영이 엄마에 대한 꿈을 꾸며 무섭다는 이야기를 했던 것도 설명이 된다.

하영은 엄마를 어떻게 기억하고 있을까? 꿈에 나타나는 엄마를 무섭다고 말하는 걸 보면 여전히 그때의 기억으로 힘들어한다는 것을 알 수 있다. MBP의 희생자였던 사람들은 모두 자신이 의지하고 사랑하는 대상으로부터 위협을 받았다. 아이는 어느 쪽이 진짜 엄마의 모습인지 혼란스러웠을 것이다.

"아이 엄마가 죽고 난 뒤 몇 번 아이를 만나러 갔었지."

하영의 외가에서는 남편이 오는 것을 말렸다고 한다. 다른 여자와 결혼해서 살고 있는 사위에게 손주를 보내는 것보다 당신들이 키우는 게 낫겠다는 판단이었다고 한다. 새 가정을 꾸린 남편에게 그들의 충고는 타당해 보였을 것이다.

하영의 입장에서는 어땠을까? 그렇지 않아도 엄마의 죽음으로 충격을 받은 아이에게 어른들의 결정은 또 다른 상처가 되었을지 모른다. 한동안 아빠를 만나고 싶어 하지 않았다는 걸 보면 아빠가 자기를 버렸다고 생각했던 것 같다.

선경은 남편의 선택이 이기적이었다고 말하고 싶었지만 그럴 수 없었다. 말하지 않아도 그런 결정을 받아들인 데는 자신도 한몫했으리라 짐작할 수 있었다. 만약 아이의 외조부모에게 그런 불행이 없었다면 선경은 하영의 존재를 모른 채 살았을 것이다.

남편을 만나고 집으로 돌아가는 차 안에서 선경은 계속 하영과 아이의 엄마에 대해 생각했다.

하영은 열 살에 엄마를 잃었다. 비록 자신을 학대하고 상처를 입히던 존재라고 해도 아이에게 엄마는 절대적일 수밖에 없다. 열 살의 나이에 알 수 있을까? 누군가의 관심과 사랑을 받고 싶어서 자식까지 희생물로 삼는 엄마를 이해할 수 있을까? 그런 엄마인데도 아이는 엄마를 그리워하고 있다. 인형에 남아 있는 엄마의 체취가 사라지자 소리를 지르고 화를 냈다.

인형을 생각하자 한숨부터 나왔다. 자신이 얼마나 일방적이었는지 새삼 깨달았다. 아이가 돌아오기를 기다렸다가 물어볼 생각은 하지도 못했다. 인형만이 아니다. 하영의 방을 꾸미는 일도, 아이의 옷을 사는 일도 모두 선경의 눈으로 판단하고 결정했다. 아이가 어떤 색을 좋아하는지도 모르면서 커튼을 고르고 이불을 샀다. 옷을 사면서 하영에게 몇 번 물어보기도 했지만 대답을 듣기도 전에 결정을 내리고 있었다. 함께 지낸 며칠을 돌아보니 늘 자신이 원하는 대로 아이를 먹이고 입히고 재웠다.

자신이 아이를 몰아붙이고 있었다는 것을 깨달았다.

불쑥 희주의 말이 떠올랐다. 자신이 아이를 관찰하고 있는 것처럼, 아이 역시 자신을 가늠하고 있다고 했다. 아이 눈에 비친 자신의 모습이 어떨지 상상조차 하고 싶지 않았다. 단순하고 무심했다. 성급하고 배려도 없었다. 자신은 아이를 키울 준비가 되어 있지 않다는 사실을 인정해야 했다.

선경은 몇 번이나 스스로를 자책했다. 그렇지 않아도 너무 많은 상처를 안고 있는 아이에게 또 다른 상처를 준 것 같아 마음이 무거웠다. 아이에 대한 미안함에 가슴이 먹먹해졌다.

이대로는 안 된다. 선경은 우선 희주에게 도움을 청하고 아이에게 다가가는 방법을 찾아야겠다고 생각했다. 엄마에게 받은 상처도 잊게 해주고 싶었다. 하루아침에 해결할 수 있는 일이 아니다. 매일 조금씩, 일상의 작은 감정들로 쌓아가야 하는 일이다.

집으로 향하는 길에 하영에 대한 생각에 빠져 운전을 하다 문득 정신을 차려보니 하영의 학교로 들어가는 이정표가 보였다. 갑자기 눈에 들어온 이정표가 어떤 계시처럼 느껴졌다.

선경은 충동적으로 핸들을 돌려 학교로 향했다.

18.

시간을 보니 곧 하교 시간인 것 같아 학교 앞에서 기다리기로 했다.

종이 울리고 얼마 되지 않아 교사와 운동장에서 아이들의 재잘거리는 소리가 커지며 하나씩 아이들이 교문을 나오기 시작했다. 자동차에 앉아 있던 선경은 혹시나 아이를 놓칠까 봐 아예 차에서 내려 기다리고 있었다.

순식간에 쏟아지는 아이들을 보며 열심히 눈으로 하영을 찾았다. 걱정과 달리 하영은 한눈에 들어왔다. 친구인 듯 또래 여자아이가 옆에서 재잘거리며 계속 말을 걸었고 하영은 묵묵히 이야기를 들으며 걷고 있었다.

"하영아."

선경이 손을 흔들며 부르자 하영이 고개를 들고 주위를 두리번거리다 선경을 발견했다. 뜻밖이라 놀랐는지 눈이 커졌다. 선경은 얼른 하영에게 다가갔다.

"누구? 친구야?"

"짝이에요. 최가은이에요."

"그래, 반갑다. 우리 하영이 짝꿍이구나. 전학 온 지 얼마 안 돼 친구도 없을 텐데 잘 부탁한다."

"네. 제 친구는 다 하영이 친구예요. 저 자동차 아줌마 차예요? 우와 멋있다……."

가은이 재잘거리는 동안에도 하영은 선경을 외면한 채 말이 없었다. 선경은 얼른 하영의 가방을 받아들었다.

"배고프지? 우리 맛있는 거 먹으러 갈까? 친구도 같이 갈래?"

"아, 정말요?"

하영은 못마땅하다는 듯 가은을 쳐다보았다.

"너 먼저 가."

"하지만……."

"나도 그냥 집으로 갈 거야, 알았어?"

가은은 갑자기 쏘아붙이는 하영을 어리둥절해서 쳐다보다 선경에게 시선을 돌렸다.

"어쩌지? 하영이가 그냥 집에 가고 싶은가 보다. 가은아, 아줌마가 다음에 맛있는 거 사줄게. 오늘은 여기서 헤어지자."

"네, 그럼 안녕히 가세요. 하영아, 잘 가."

가은은 손을 흔들며 도로 쪽으로 걸어갔다. 붙임성이 좋은 아이 같았다. 가은처럼 밝은 아이들은 주변을 기분 좋게 한다. 하영 옆에 저런 아이가 있다는 게 다행이라는 생각이 들었다.

선경은 짐짓 아무 일도 없었다는 듯 하영의 어깨를 툭 치며 말을 걸었다.

"그럼 우리도 갈까?"

"……."

선경이 자동차를 세워둔 곳으로 걸음을 옮겼지만 하영은 그 자리에서 움직이지 않았다.

선경이 돌아보자 하영이 야무지게 입술을 다물더니 다가와 손을 내밀었다.

"가방 줘요."

"차 타고 가."

"싫어요. 걸어갈 거예요."

"하영아."

하영은 선경의 손에 들린 가방을 붙잡고 버티며 선경에게 시선도 주지 않았다. 선경은 하는 수 없이 하영의 팔을 잡았다.

"가방 주기 전에 아줌마가 할 얘기가 있어."

"……."

"어제 일은 미안해. 아줌마가 잘못했어. 너한테 물어보고 했어야 하는 건데, 아줌마가 맘대로 생각했어. 미안해. 너한테 그렇게 중요한 건지 몰랐어."

"……."

"그리고 아줌마가 화내고 뺨 때린 것도 미안하다. 앞으로 다시는 그런 일 없을 거야."

여전히 시선을 외면한 채 서 있었지만 그래도 자신이 하는 말에 귀를 기울이고 있다는 것은 느낄 수 있었다. 선경은 무릎을 굽혀 몸을 낮추고 아이와 눈을 맞췄다.

"아줌마가 아무것도 몰라서 그래. 주위에 어른만 있어서 너처럼 어린 사람이랑 어떻게 친구가 되어야 하는지 배우지 못했거든."

"……."

"앞으로 너랑 잘 지내고 싶은데…… 어떻게 하면 되는지 네가 가르쳐줄래?"

하영은 빤히 선경을 쳐다보며 잠시 망설이는 눈치더니 곧 작게 고개를 끄덕였다.

"그래, 고맙다."

"저기……."

하영이 말을 걸자 순간 긴장했다.

"목말라요. 물 먹고 싶어요."

맥이 풀렸지만 조금은 안심이 되었다. 먼저 뭔가를 요구한 것은 처음이다. 선경은 주위를 두리번거렸다. 근처에 편의점이 보였다.

"여기 있어. 금방 갔다 올게."

자동차에서 기다리게 하고 편의점에 다녀오니 아이가 보이지 않았다. 놀라 주위를 둘러보니 하영이 가게 쇼윈도에 착 붙어 정신없이 안을 들여다보고 있었다.

선경은 하영의 옆에 다가가 물을 건네주며 함께 가게 안을 들여다보았다.

하영이 두 눈을 반짝이며 보고 있는 것은 강아지였다.

학교 앞 애견센터는 하굣길 아이들에게는 좋은 볼거리인지 하영이 말고도 여러 명의 아이가 유리창에 매달려 쇼윈도에 나와 있는 강아지들을 보거나 손을 흔들고 있었다.

"아줌마, 강아지 좋아해요?"

입을 벌리고 빨려들듯 강아지를 쳐다보고 있던 하영이 불쑥 물었다.

"왜? 키우고 싶어?"

선경이 묻자 하영은 얼른 고개를 돌려 선경을 쳐다보았다. 말하지 않아도 눈동자 가득 강아지에 대한 열망이 찰랑거렸다. 생각지 않았던 일이지만 하영이 새 환경에 마음을 붙이고 안정을 찾을 수만 있다면 애완견도 괜찮겠다는 생각이 들었다.

선경은 하영을 쳐다보다 손을 내밀었다. 아이가 얼른 선경의 손을 잡았다. 작고 여린 손이 선경의 손안에 쏙 들어왔다. 손에서 느껴지는 아이의 체온에 뜬금없이 가슴이 먹먹해졌다. 이 손을 잡는 데 일주일이 걸렸다.

선경은 얼른 아이를 데리고 가게 안으로 들어갔다.

개별 박스 안에는 시추와 비글, 몰티즈 같은 다양한 종의 강아지들이 주인을 기다리고 있었다. 하영은 이미 눈여겨보며 마음을 정한 강아지가 있었던 모양인지 단번에 강아지를 안아 올렸다. 양쪽 눈과 귀가 갈색인 하얀색 시추였다.

"이 강아지가 마음에 들어?"

하영은 고개를 끄덕이며 품에 안은 강아지의 머리를 쓰다듬어주었다. 새 주인을 얻은 강아지도 하영의 손을 핥으며 하영의 품으로 파고들었다.

선경은 강아지와 필요한 용품들을 구입했다. 강아지 집과 사료, 목욕용품, 가지고 놀 장난감까지 구입을 하니 한꺼번에 들고 갈수도 없을 만큼 많은 양이었다.

하영이 강아지를 안고 나오자 쇼윈도에 붙어 있던 아이들이 우르르 아이의 주위에 몰렸다. 만져보고 싶어 손을 뻗는 아이들에게 하영이 소리쳤다.

“안 돼, 만지지 마!”

하영은 부러워하는 아이들을 뒤로하고 얼른 자동차가 서 있는 곳으로 달려갔다. 자동차 트렁크에 물건들을 모두 싣고 운전석에 올라탄 뒤 뒷좌석을 돌아보니 하영이 강아지를 품에 안고 방금 산 간식을 먹이고 있었다.

“너무 많이 먹이지 마. 하루에 몇 개씩만 먹이라고 했지?”

하영은 강아지에게 정신이 팔려 선경의 말을 제대로 듣지도 못하는 듯했다. 선경은 물끄러미 하영의 얼굴을 보다 자동차 시동을 걸었다. 아이의 표정이 한결 밝아졌다는 사실 하나만으로도 마음이 가벼웠다.

집에 돌아와 강아지 집을 어디에 두느냐 하는 문제로 하영과 가벼운 실랑이가 벌어졌다.

하영은 자기 침대 옆에 강아지를 두고 싶어 했다. 선경은 강아지가 아직 어리기 때문에 2층 계단을 오르내리기가 쉽지 않으니 거실에 두자고 했다. 선경의 말에 하영은 얼른 강아지를 안아 올리며 자기가 안고 다니겠다며 졸랐다. 저녁 식사 때도 품에 안고 밥을 먹는 바람에 선경에게 잔소리를 들었지만 하영은 강아지를 내려놓지 않았다. 그래도 강아지가 있으니 한결 분위기가 좋았다. 하영은 더이상 인형에 대해 얘기하지 않았고 저녁을 먹고도 한동안 거실에 남아 강아지와 놀았다.

선경은 한결 편안하고 느긋한 기분으로 남편을 기다렸다. 아침의 냉랭하던 분위기가 어떻게 달라졌는지 얼른 보여주고 싶었다. 이렇게 조금씩 맞춰가다 보면 서로가 익숙해지고 편해질 거라는 생각에 안도감이 들었다.

퇴근 시간이 지나도 소식이 없어 전화를 걸었다.

남편은 회의중이라고 했다. 한 달 뒤 워싱턴에서 있을 학회에 논문을 발표하기로 되어 있다. 아무래도 그 준비 때문에 퇴근 후까지 남아 연구실 사람들과 미팅을 하고 있는 것 같았다.

남편은 10시가 다 돼서야 퇴근했다. 회의로 지쳤는지 집으로 들어오는 그의 얼굴에는 피곤한 기색이 역력했다. 양복을 벗어 선경에게 건네주고 욕실로 가던 남편이 재채기를 했다.

2층에서 하영이 강아지를 안고 내려왔다.

"아빠, 이거 봐요. 나 강아지 생겼어요. 이름이……."

하영이 남편에게 강아지를 내밀었다. 하지만 남편은 강아지를 안아주기는커녕 기겁을 하며 뒤로 물러났다. 다시 재채기를 연달아 했다.

"그것 좀 저리 치워."

"당신 개 알레르기 있어요?"

"갑자기 무슨 강아지야? 이런 건 미리 상의를 했어야지."

남편은 필요 이상으로 화를 냈다. 아빠에게 자랑하려던 하영은 금세 풀이 죽어 강아지를 품에 안으며 뒤로 물러났다.

"당장 가서 돌려줘."

남편은 짜증스러운 표정을 지으며 욕실로 들어가버렸다.

알레르기라니, 설마 이런 상황이 될 줄은 생각도 못 했다. 선경은 어떻게 해야 하나 싶어서 하영을 쳐다보았다. 실망감과 서운함으로 하영의 표정이 어두웠다. 그 모습을 보자 화를 내고 들어가버린 남편에게 화가 났다.

묵묵히 서 있던 하영의 눈에 금방이라도 떨어져 내릴 것처럼 눈물이 가득 고였다. 아이는 눈물을 참으려는 듯 품에 안고 있는 시추를 더 꼭 껴안았다. 선경은 얼른 다가가 하영을 안으며 머리를 쓰다듬어주었다.

"걱정하지 마, 아빠한테 아줌마가 잘 말해볼 테니까."

"정말요?"

아이가 고개를 들어 선경을 쳐다보며 물었다. 눈을 깜빡거리자 커다란 눈에 가득 고여 있던 눈물이 주르르 흘러내렸다. 선경은 얼른 아이의 뺨에 흐르는 눈물을 닦아주었다.

"그럼. 아줌마만 믿어."

"아빠가 안 된다고 하면요?"

남편이 집에 있는 시간은 밤 시간과 아침 잠깐뿐이다. 자는 시간을 빼면 가족과 마주하는 것도 두세 시간이 전부다. 그 시간만 하영의 방에 둔다면 강아지 털에 알레르기가 있다고 해도 별문제는 없을 것 같았다. 과연 그 설득이 먹힐지 몰라 선경은 선뜻 대답을 못 했다.

대답을 기다리던 하영이 선경의 팔에 매달렸다. 내려다보니 강아지와 하영의 눈이 동시에 선경의 처분만을 기다리고 있었다.

"기다려봐. 잘 설득해볼게."

하영의 얼굴이 금세 밝아졌다. 아이는 두 눈을 반짝이며 고개를 끄덕였다.

하영이 강아지를 안고 제 방으로 올라가자, 선경은 남편이 갈아입을 옷가지를 챙기고 소파에 앉아 욕실 문을 쳐다보며 기다렸다.

잠시 후 샤워를 마친 듯 물소리가 멈추자, 욕실 문을 두드렸다.

문을 연 남편에게 옷을 내밀었다. 남편은 조금 전의 일은 이미 머릿속에 없는지 선경이 내미는 옷을 받아들고 안방으로 들어갔다. 선경도 남편의 뒤를 따라 안방으로 들어갔다.

"맥주 한 잔 줘요?"

"아니, 피곤해. 그냥 자야겠어."

"하영이 강아지……."

"당신……."

선경이 강아지 이야기를 하려는데 남편이 먼저 말을 꺼냈다.

"하영이랑 조금 가까워진 것 같네. 어떻게 된 거야?"

"당신이 그렇게 끔찍하게 생각하는 강아지 덕분이죠."

"난 강아지라면 질색인데."

"강아지 안고 좋아하는 하영이 얼굴 못 봤어요?"

남편이 멀뚱히 선경을 쳐다보았다.

"그래서 그놈을 키우자고?"

"이미 데리고 왔잖아요. 처음으로 원한 거예요. 당신이 소리지르는 바람에 얼마나 실망한 줄 알아요? 저녁 내내 당신이 오기만 기다렸는데……."

남편도 심했다 싶었는지 머리를 긁적였다. 하지만 강아지를 키우는 문제는 양보하지 않았다.

"난 개털 알레르기가 심하다고. 계속 재채기에 간지럽고……."

"당신 집에 있을 때는 강아지를 2층에 두게 하면 돼요."

"집안에 온통 개털이 날릴 텐데……. 아이한테 왜 그런 걸 사줘가지고……."

계속 투덜거리는 남편을 보자 은근히 화가 났다. 선경은 못마땅한 표정으로 남편을 바라보았다.

"왜?"

"약 먹어요. 당신 의사잖아, 개 알레르기 치료하는 약 있을 거 아냐?"

정색을 하며 화를 내는 선경을 보자 적잖이 놀란 모양이었다. 눈이 둥그레진 남편이 멍해서 선경을 쳐다보았다.

"여보?"

"하영이 위해서 그거 하나 양보 못 해요? 왜 이렇게 사람이 이기적이야? 꼭 그렇게 짜증을 내서 다른 사람 기분까지 망쳐야겠어요?"

'당신 아이잖아!' 하는 말이 나오려는 걸 간신히 참았다. 앞으로 얼마나 이렇게 불쑥불쑥 당신 아이니까 하는 말이 튀어나올까?

그동안 날이 갈수록 아이에게 소홀해지는 남편을 보면서 슬슬 화가 나고 있었다. 아무리 일이 바쁘다고 해도 지금의 하영이 얼마나 불안정한 상태인지 생각한다면 이렇게 무심해선 안 된다. 오늘 낮에도 그렇게 이야기를 나누었으면서 늦게 돌아왔다. 더구나 아이를 보자마자 소리부터 지르더니 조금도 양보하지 않으려고 한다.

선경은 목구멍까지 올라온 '당신 아이'라는 말을 꿀꺽 삼켰다. 당신 아이니까, 이 한마디는 앞으로도 절대 집안에서 나오면 안 되는 금기어다. 하영을 받아들이기로 한 이상, 이 남자와 살기로 한 이상 하영은 '당신 아이'가 아니라 '우리 아이'니까.

선경이 정색을 하고 화를 내니 툴툴대던 남편은 당황한 기색이 역력했다. 주눅이 들었는지 머리를 긁적이며 선경의 눈치를 살폈다.

"알았어. 왜 그렇게 화를 내?"

"됐어요. 자요."

선경에게 찬바람이 불자 남편은 선경을 달래주려고 다가왔다. 하지만 선경은 남편을 내버려두고 안방을 나왔다.

서재로 가려던 선경은 2층으로 걸음을 옮겼다. 하영의 방문틈으로 희미하게 불이 새어 나오고 있었다.

"하영아."

하영의 이름을 부르며 문을 열어보니 이미 잠들어 있었다. 강아지가 하영의 팔을 파고들며 꼼지락거리고 있었다. 선경은 강아지를 제 집에 넣어주고 장난감을 곁에 가져다주었다. 자고 있는 아이의 얼굴을 물끄러미 바라보며 남편과 닮은 구석을 찾아보았다. 아빠를 닮은 곳은 별로 없었다. 첫날 비명을 지르며 잠을 설쳤던 것을 생각하면 충격이 많이 가신 듯했다. 이렇게 하루하루가 지나가면서 차츰 상처가 아물겠지.

선경은 가만히 하영의 머리를 쓰다듬어주며 엄마가 돌아가셨을 때를 떠올려보았다.

하영보다 훨씬 더 많은 나이였지만 선경은 꽤 오래 힘들었다. 엄마를 잃은 공허함이 가슴속에 얼마나 크고 깊은 구멍을 만드는지 선경은 안다. 그 구멍은 무엇으로도 채워지지 않는다. 끝이 보이지 않는 어둠이 발아래 입을 벌리고 서 있는 기분을 느낄 때마다 선경은 구멍 속으로 몸을 던지고 싶었다.

구멍을 등지고 빛이 보이는 곳으로 나올 수 있었던 것은 아버지 덕분이었다. 아이의 마음속에도 선경과 같은 깊고 어두운 구멍이 있다고 생각하니 한없이 안쓰럽고 안타까웠다. 자신을 이끌어줬던 아버지처럼 이제 자신이 아이의 손을 잡아주리라 마음먹었다.

선경은 다시 한번 아이의 이불을 여며주고 불을 끄고 나와 아래층 서재로 향했다.

19.

대문을 열고 나가보니 낯선 남자 둘이 서 있었다.

앞에 서 있는 남자는 짧은 스포츠머리에 검은 양복을 입고 다부진 체격을 하고 있었다. 날이 더워 그런지 이마에 땀이 송글송글 맺혀 있다. 그 뒤에 체크무늬 셔츠를 입은 남자 역시 머리가 다 젖을 정도로 땀을 흘리고 있고 연신 손수건으로 얼굴을 닦고 있었다.

"윤재성 씨 댁인가요?"

"네, 그런데……?"

"박용석 씨 댁 화재 사건 때문에 몇 가지 여쭤볼 게 있어서요."

박용석? 누구지, 하다가 화재 사건이라는 말에 하영의 일이 떠올랐다. 하영의 외갓집에서 일어난 화재 때문인 것 같았다.

"지금 남편이 집에 없는데요."

"아, 저희가 만나러 온 것은 따님입니다. 윤하영이라고."

"네……. 그럼 잠깐 들어오시겠어요?"

짧은 순간 어쩌나 망설였지만 선경은 곧 대문을 열었다.

곧 하영이 학교에서 돌아올 시간이다. 이렇게 더운 날 땀을 뻘뻘 흘리고 있는 사람을 뙤약볕에 무작정 세워놓을 수는 없는 일이다.

"시원한 것 좀 드릴까요?"

현관으로 들어서면서 말을 걸자 체크 셔츠의 남자가 기다렸다는 듯이 물을 청했다.

선경은 남자들을 거실 소파로 안내하고 얼른 주방으로 가 냉장고에서 차가운 물을 내왔다. 두 남자는 기다렸다는 듯 컵을 받아들고 단숨에 물을 들이켰다. 땀을 많이 흘리던 체크 셔츠 남자는 물병에 있는 물을 더 따라 마셨다. 그는 손에 쥐고 있던 구겨진 손수건으로 목덜미에 흐르는 땀을 닦아내며 변명처럼 중얼거렸다.

"햇볕이 얼마나 강한지 골목 들어오는 사이에 머리가 다

익었다니까요."

선경은 웃으며 고개를 끄덕이고는 서둘러 일어나 거실 한 편의 에어컨을 켜고 선풍기를 가져와 틀었다.

"아이구, 감사합니다. 이제야 살겠네. 제가 더위에 약해서요."

체크 셔츠 남자와 달리 짧은 스포츠머리의 남자는 땀도 많이 흘리지 않고 더위도 많이 타지 않는 체질인 것 같았다. 그는 선풍기 앞에서 호들갑을 떨며 셔츠를 흔들며 바람을 넣고 있는 동료를 못마땅한 듯 쳐다보다 양복 주머니에서 명함을 꺼내 선경에게 내밀었다.

서울지방경찰청 과학수사계 화재감식팀 유동식 경사

그 모습을 본 체크 셔츠 남자도 얼른 주머니에서 명함을 꺼내 선경에게 건넸다. 유동식 경사와 달리 그는 소방본부 소속의 화재조사관이었다.

이상욱 화재조사관

경찰청 과학수사계에 화재감식팀이 따로 있다는 이야기를 들어본 적은 있지만 화재조사관을 직접 만난 것은 처음이다.

더구나 소방본부 소속의 화재조사관과 한 조가 되어 움직이는 것도 처음 알았다.

"소속이 다르시네요?"

선경의 호기심 어린 질문에 두 사람은 뜻밖의 질문이라는 듯 피식 웃으며 서로를 쳐다보았다. 그들이 주고받는 눈빛을 보니 오랜 시간을 함께한 사람들에게서 느껴지는 편안한 분위기가 있었다.

"예리하시네요. 보통은 다들 화재조사관이라고만 알고 있는데."

이야기하기를 좋아하는지 역시나 이상욱 화재조사관이 입을 열었다.

"원래 화재 감식은 소방본부 소관이었죠. 그런데 화재 진압을 하다 보면 경찰이 개입할 수밖에 없는 상황들이 있죠. 그래서 두 기관이 협력을 하게 된 겁니다."

"아, 네."

선경은 두 장의 명함을 앞에 내려놓고 가만히 들여다보았다.

선경이 알기로 화재조사관은 보통 화재 현장에서 화재 진압과 동시에 현장 감식을 한다. 목격자도 그 자리에서 이야기를 듣고 현장 확인을 하는 것으로 알고 있다. 이렇게 며칠이 지난 뒤 찾아온 이유는 무엇일까?

어느새 차가워진 실내 공기에 선경은 자신도 모르게 어깨를 감쌌다. 그 모습을 본 유 경사가 리모컨을 들더니 에어컨 작동을 중지시켰다.

선경이 고개를 들고 쳐다보자 유 경사는 선풍기면 충분하다며 리모컨을 내려놓았다.

선경은 그가 무척 주의력이 있고 섬세한 성격이라는 것을 깨달았다. 그의 시선이 오래 자신에게 머무는 것을 느끼자 신경이 쓰였다. 어색한 침묵을 깨기 위해 선경이 입을 열었다.

“제가 알기론 화재 감식은 현장에서 이루어진다고 하던데, 일부러 오신 이유라도 있나요?”

이번엔 유 경사가 입을 열었다. 역할이 분명하게 분담되어 있는 듯했다.

“워낙 경황이 없기도 했지만 아이가 놀라서 그런지 그날 제대로 말을 못 하더군요. 유일한 목격자인데 화재 당시 상황을 전해 듣지 못해서요. 현장 상황은 파악을 했지만 아이를 직접 만나 묻고 싶은 게 있어서 찾아왔습니다.”

“네…….”

선경은 고개를 끄덕이고는 시계를 쳐다보았다.

‘이제 올 시간이 되었는데.’

괜히 초조한 기분이 들었다. 혹시라도 하영이 늦으면 어쩌나 싶었다. 낯선 남자들이 거실에 버티고 있으니 아무래도 신경쓰였다. 더구나 선경의 얼굴에 머물고 있는 유 경사의 시선이 좀처럼 떨어질 줄 몰랐다. 선경이 난감해하는 것을 눈치챘는지 이 조사관이 선경을 보며 웃으며 말했다.

"저희 신경쓰지 마시고 하던 일 하십시오. 저흰 여기 앉아서 기다리면 됩니다."

하지만 그의 말처럼 신경을 쓰지 않을 수 없었다. 선경은 자신도 모르게 시선이 자꾸 창 너머 마당으로 향하는 것을 느꼈다.

"저, 혹시……."

유 경사의 목소리에 고개를 돌렸다. 선경은 자신을 빤히 보고 있는 유 경사를 쳐다보며 고개를 까웃거렸다.

"네?"

"혹시 이쪽 계통, 그러니까 경찰과 관련된 일을 하지 않으십니까?"

"그렇다고 할 수 있죠, 범죄심리학 전공이니까요."

선경의 말을 들은 유 경사가 손가락으로 이마를 톡톡 치면서 뭔가 생각해내려고 애쓰고 있었다. 상욱은 유 경사와 선경을 번갈아 쳐다보며 어리둥절한 표정이었다.

"뭐야, 아는 분이에요?"

"지난겨울에 국과수 범죄심리 세미나 때 오지 않으셨나요?"

"맞아요. 일월에 갔었죠."

벌써 오 개월도 더 된 일이다. 국과수에서 주관하는 과학수사와 범죄심리 학술 세미나에 참석했었다. 아마 유 경사도 그곳에 왔다가 선경을 본 모양이다.

"역시, 어디서 본 것 같다 싶었습니다."

선경은 조금 전까지 부담스럽기만 하던 유 경사의 시선이 그제야 이해가 되었다. 쉽게 기억을 떠올리지 못하고 한참 선경을 쳐다보던 유 경사는 어려운 숙제를 푼 표정으로 시선을 돌렸다. 본 적이 있다니 안심이 되었다. 선경은 방금 전까지 불편하고 어색하던 자리가 한결 편해지는 것을 느꼈다.

"눈썰미가 좋으시네요. 어떻게 그걸 기억하시고……."

"유 경사님은 예쁜 여자는 다 기억해요."

상욱이 농담을 던지자 유 경사의 손이 이 조사관의 허리를 찔렀다.

"죄송합니다, 이 친구가 좀 예의가 없어요. 사실…… 그날 하셨던 말이 기억에 남아서요."

"네? 어떤……?"

그날 선경은 사람들 앞에 나선 기억이 없다. 발표를 하거나 하다못해 일어나서 질의응답을 한 적도 없는데, 자신이 한 말을 기억한다니 의아한 생각이 들었다.

"상처는 사람을 괴물로 만든다고 하셨던가요?"

기억에 없는 말을 하자 당혹스러웠다. 같이 대화를 나눈 적이 있던가?

유 경사는 손을 내저으며 말을 이었다.

"저한테 직접 하신 건 아니고요, 그때 제가 앞에 앉아 있었습니다. 세미나 중간에 쉬는 시간이었는데 옆에 계신 분과 이야기하시는 게 들려왔죠. 유영철 이야기를 하면서……."

"아……!"

그제야 희미하던 그날의 기억들이 선명하게 떠올랐다.

선배의 손에 이끌려 갔다가 마침 아는 사람이라며 소개시켜준 사람이 경찰 전문지에 기고를 하는 프리랜서였다. 글로 먹고 사는 사람이라 그런지 이야기를 풀어내는 것도 재주가 있어 어색할 것 같은 첫 만남부터 많은 이야기를 나누었다.

선경이 미국에서 범죄심리를 공부했다는 이야기를 듣자 프로파일링에 관한 질문을 하며 자신이 취재한 유영철의 어린 시절에 대해 이야기했다. 취재 끝에 그가 내린 결론은 어릴 적 부모에게 받은 상처가 그에게 커다란 트라우마가 되었을 것이란 얘기였다.

프리랜서 기자는 로버트 레슬러의 말을 인용하면서 어떤 사람도 정상적인 삶을 살다가 30세 이후 갑자기 인성이 바뀌어 살인범이 되는 경우는 없다며 살인의 전조가 되는 행동은 아주 어린 시기부터 존재하고 진전되는 것이라는 그의 말에 동의한다고 했다.

선경은 그 프리랜서와의 대화중에 트라우마라는 단어의

뜻에 대해 이야기하며 "상처는 사람을 괴물로 만든다"고 했었다.

"제가 제일 무서워하는 부류 중 한 분이시네요."

"네?"

"제 친구 중에도 그런 사람이 있어요. 십 년 전 점심에 어떤 옷을 입고 만났고 그때 무얼 먹었고 어떤 이야기를 했는지, 심지어 커피숍에서 흘러나왔던 음악까지 기억하는 친구. 솔직히 좀 무서워요."

"하하하. 딱 유 경사님이네요. 너무 쓸데없는 것까지 기억하신다고 할까요?"

선경과 상욱의 농담에 유 경사도 피식 웃더니 어릴 때부터 그런 편이라고 했다.

다행히 하영은 제시간에 돌아왔다.

대문 여는 소리가 나서 고개를 드니 하영이 마당으로 들어서는 모습이 보였다.

"저기 오네요."

선경의 말에 유 경사와 상욱도 고개를 들어 하영이 들어오는 곳을 쳐다보았다.

현관문을 열고 들어서던 하영은 유 경사와 상욱을 보자 얼굴을 굳혔다.

"하영아, 이분들 기억나니? 화재 조사하시는 분이야. 너한테 몇 가지 물어볼 게 있어서 오셨어."

하영은 머뭇거리며 두 사람을 번갈아 쳐다보다 선경이 부르자 소파에 가서 앉았다. 얼굴에는 긴장한 빛이 역력했다. 옆에서 보다 못한 선경이 하영의 어깨를 감싸 안으며 안심시켜주었다.

"괜찮아, 겁낼 거 없어. 기억나는 것만 이야기하면 돼."

선경의 말에도 하영은 쉽게 경계를 풀지 않았다.

유 경사는 빤히 하영을 쳐다보다 상욱이 툭 건드리자 질문을 시작했다.

"아저씨 기억나니?"

하영이 고개를 끄덕였다.

"그날 많이 놀랐지? 이제 괜찮아?"

"네."

"불이 나던 밤에 있었던 일을 자세히 얘기해볼래?"

유 경사의 질문을 받은 하영은 선뜻 말을 꺼내지 못하고 머뭇거리다 잠시 후 고개를 저었다.

"잘 생각이 안 나요."

한동안 하영의 눈을 빤히 쳐다보던 유 경사는 주택의 구조를 머릿속에 떠올리며 다른 질문을 던졌다.

"네 방이 어디였지?"

"주방 옆에 있는 방요. 거기 창문으로 나가면 2층 옥상으로 올라가는 계단이 있어요. 아, 불났을 때 옥상으로 갔어요. 거기서 소방관 아저씨가 구해줬어요."

질문에 대답을 하면서 조금씩 기억이 떠오르는 모양이었다.

"혹시 창문으로 나왔을 때 주위에 수상한 사람 본 적 없니?"

아이가 고개를 저었다.

"연기 때문에 아무것도 안 보였어요."

"혼자 자고 있었니?"

"네."

"불이 난 건 어떻게 알았어?"

"목이 아파서 일어났어요. 연기가, 방으로 연기가 들어왔어요. 그래서 창문으로 나갔어요."

"또 기억나는 건?"

유 경사는 수첩에 하영이 하는 말을 적으며 다음 말을 기다렸다. 하지만 하영은 더이상 할말이 없는지 입을 다물고 유 경사와 상욱을 쳐다보았다.

아이의 반응을 본 유 경사는 더이상 나올 것이 없다고 깨달았는지 수첩을 접어 주머니에 집어넣고 대신 명함을 꺼냈다.

"아저씨가 명함을 놓고 갈 테니까 혹시 그날 밤 일이 또 생각나면 전화해줄래?"

하영은 고개를 끄덕였다.

유 경사는 자리를 털고 일어나며 선경에게 가볍게 고개를 숙이며 인사를 했다.

현관으로 나와 구두를 신던 유 경사는 문득 뭔가 떠오른 듯 충격을 받은 얼굴로 한동안 멍하니 자신의 발을 내려다보았다. 그는 갑자기 하영이 앉아 있는 곳으로 고개를 돌렸다.

소파에 앉아 있던 하영이 유 경사와 눈이 마주치자 얼른 일어나 2층으로 올라가버렸다.

유 경사는 자신들을 배웅하기 위해 대문 앞까지 나온 선경에게 전화번호를 물었다. 핸드폰을 꺼내 그 자리에서 이름을 확인하고 저장했다.

"나중에 따로 전화를 드리겠습니다."

"네. 안녕히 가세요."

"아, 그런데 하영이가 잘 때 양말을 신고 자나요? 아니면 벗고 자나요?"

"네?"

집안으로 들어가던 선경은 유 경사의 질문을 받고 어리둥절한 표정을 지었다. 왜 그런 질문을 하는지 의아하다는 얼굴이었다.

"글쎄요. 잘 모르겠네요."

대문이 닫히고 난 뒤에도 유 경사는 한참 동안 대문 앞에서 있었다. 옆에 서 있던 상욱이 손으로 햇빛을 가리며 유 경사를 재촉했다.

"안 가요? 이러다 우리 익어요."

금세 상욱의 이마에 땀이 맺히기 시작했다. 그는 얼른 손수건을 꺼내 부채질을 해대기 시작했다. 그러나 유 경사는 좀체 움직일 줄을 몰랐다. 미간을 찡그리며 생각에 잠겨 있던 유 경사가 말했다.

"저 아이, 좀 이상하지 않아?"

"네? 뭐가요?"

"방으로 연기가 들어와서 불이 난 걸 알았다. 그럴 때 아이들은 어떻게 행동하지?"

"보통 연기가 안 나는 쪽으로 도망치죠. 어디 숨거나……."

화재 현장에서 가장 가슴 아픈 경우는 아이들의 시체를 찾아냈을 경우다. 아이들은 불이 나면 본능적으로 어딘가 몸을 숨길 곳을 찾는다. 마치 불길이 자기를 찾아낼까 봐 숨바꼭질을 하듯 옷장 속에 숨곤 한다. 그래서 아이들은 불길이 닿기도 전에 연기에 질식해 죽는 경우가 많다.

유 경사는 아이가 살았던 집의 구조를 떠올렸다. 창문은 문 바로 옆으로 꺾어진 벽에 나 있다. 어둠 속에서 불이 난 것을 알았다면 아이는 어떻게 행동했을까? 어둠 속에서 불이 난 쪽으로 가기보다 방 안쪽으로 들어갔을 것이다.

"그러고 보니……."

상욱은 그제야 뭔가 떠오른 듯 놀란 눈이 되어 유 경사를 쳐다보았다.

"그날, 화재가 있던 날! ……그래서 물어본 거군요."

유 경사는 상욱을 바라보며 고개를 끄덕였다. 그날부터 마음 한편에 꺼림칙하게 남아 있던 것을 오늘에서야 확인했다.

잠결에 불이 난 걸 알고 창문으로 빠져나왔다는 아이는 그날 화재 현장에서 양말과 신발을 신고 있었다. 아이는 불이 날 것을 알고 있었거나 불이 나기 전 집 밖에 있었다는 얘기가 된다.

어느 쪽이든 아이는 지금 거짓말을 하고 있다.

'왜 거짓말을 하는 걸까?'

유 경사는 아이가 감추는 게 뭘까 생각했다. 마음에 걸리는 것은 또 있었다.

—아빠에게 전화해주세요.

아이는 아빠의 명함을 내밀며 전화를 해달라고 했다. 불이 나 정신이 없는 상황에서 주머니 속에 아빠의 명함을 넣어가지고 양말과 신발을 신고 곰 인형까지 품에 안고 나오는 침착함을 보일 수 있을까?

화재가 있던 새벽에 아이를 본 기억을 되새기던 유 경사의 머리에 기분 나쁜 가설이 떠올랐다. 설마, 라는 생각이 들었지만 일단 머릿속에 들어온 생각은 점점 넝쿨을 만들어 뻗어

나갔다.

유 경사는 도리질을 했다. 아직 부검 보고서가 남아 있다. 부검 결과는 이미 나왔다. 다만 사망 원인에 대한 확인이 필요했다. 국과수 부검 병리실에서 분석을 마친 뒤 보고서를 보내주겠다고 했다. 그것을 보고 나면 조금 더 명확해질 것이다. 그때 판단해도 늦지 않는다.

3장

끼 원숭이가 한 마리 있었어요.
놈은 태어나는 순간
마를 잃었죠. 사람들은
놈을 키우면서 두 개의 엄마를
들어줬어요. 하나는 철사로 된
에 우유병만 달린 엄마 원숭이.
하나는 우유병은 없지만
드럽고 따뜻한 털을 가진
마 원숭이. 새끼 원숭이는
떤 엄마를 선택했을까요?"

20.

이병도와 면담이 있는 날 아침, 선경은 강북서 강력팀장에게 전화를 걸었다.

실종된 이병도의 어머니에 대해 알고 있는지 물었다.

팀장은 이병도가 진술했던 내용만 알고 있을 뿐이었다. 선경은 이병도에게 들은 대로 그의 어머니가 아들에 의해 타살되었을 가능성을 이야기했다. 그는 선경이 하는 이야기를 묵묵히 듣다가 다른 정보는 없는지 물었다. 아무래도 그에게는 공소시효를 넘겨버린 오래된 사건이 아니라, 이병도의 집에 남아 있던 다른 실종자들의 증거물들이 더 관심거리인 것 같았다.

선경은 오늘 면담에서 여죄에 대해 물어보겠다고 했다.

"저…… 그리고 한 가지 부탁이 있어서 전화를 드렸어요."

선경이 전화를 건 이유는 따로 있었다. 이병도가 왜 자신을 중요하게 생각하는지 나름대로 짐작한 것이 있었다. 그 추론이 맞는지 확인하기 위해 팀장을 찾은 것이다.

"혹시 그의 집을 수색할 때 이병도의 엄마 사진이 있었나요? 있다면 받고 싶은데요."

팀장은 형사들에게 알아보고 연락을 주겠다고 하고 전화를 끊었다.

십 분도 지나지 않아 팀장에게 전화가 왔다. 그는 담당 형사가 입력해둔 사건 일지에서 증거로 찍어둔 이병도 모친의 사진을 발견했다며 핸드폰으로 찍어 보내주겠다고 했다.

서재에서 가방을 챙기고 집을 나서려고 할 때 팀장으로부터 사진이 도착했다. 핸드폰을 열어 사진을 확인했지만 아쉽게도 선경이 생각하던 얼굴이 아니었다.

선경은 혹시 이병도가 자신에게만 면담을 허락하고 특별하게 여기는 것이 자신과 그의 어머니가 닮았기 때문이 아닌가 생각했다. 하지만 그의 어머니는 선경과 전혀 다른 인상이었다. 이병도는 어머니를 닮은 듯했다. 흐릿한 사진에서도 꽤나 미인이라는 것을 알 수 있었다.

선경은 핸드폰을 가방에 넣고 서둘러 구치소로 향했다.

이병도는 선경이 건네주는 사과를 받더니 전과 달리 먹을 생각을 하지 않고 탁자 위에 올려놓았다. 며칠 사이에 얼굴이 핼쑥해져 있었다. 선경은 자리에 앉다가 그가 자신을 빤히 보고 있다는 것을 깨달았다.

"무슨 일이 있군?"

"왜 그런 생각을 하죠?"

"전과 분위기가 달라졌어."

이병도는 주의깊게 선경을 응시했다. 그의 부드러운 목소리는 이 장소만 아니라면 연인의 속삭임처럼 달콤하게 들렸을 것이다. 선경의 어떤 점이 달라졌다는 것인지 궁금했다.

"그런가요?"

선경은 마음과 달리 그의 질문에 답하지 않고 넘겨버렸다. 일이라고 해봐야 하영의 일밖에 없다. 이병도와 나눌 이야기가 아니다. 선경은 이병도와의 면담에 집중하자고 마음먹었다. 하지만 이병도는 그럴 생각이 없는 것 같았다.

"당신에게도…… 고양이가 생겼군."

"네?"

선경은 어리둥절해서 이병도를 쳐다보았다. 그의 입가에 조금 전과는 다른 차가운 미소가 흘렀다. 그는 앞에 놓아두었던 사과를 들어 두 손으로 감싸쥐었다. 선경은 아랑곳하지 않고 파일을 펼치고 녹음기를 켰다.

"오늘은 사건에 대해 이야기를 해볼까요? 피해자들의 무엇이 당신의 관심을 끌었는지 궁금하군요."

"이 선생의 무엇이 내 관심을 끌었는지 궁금하죠?"

그는 또 자기 페이스로 선경을 끌어들이려고 했다. 선경은 그가 만들어놓은 징검다리로 걸음을 옮겨야 할지 잠시 망설이다 결국 한 걸음을 떼었다. 한 회장의 말대로 그것은 이병도를 이해하는 중요한 열쇠일 수 있다.

"오늘은…… 얘기할 건가요?"

"원한다면……."

선경은 볼펜을 내려놓고 자세를 고쳐 앉았다.

"궁금하지 않다고 한다면 거짓말이죠. 얘기해보세요."

"새끼 원숭이가 한 마리 있어요. 이놈은 태어나는 순간 엄마를 잃었죠. 사람들은 이놈을 키우면서 두 개의 엄마를 만들어줬어요. 하나는 철사로 된 몸에 우유병만 달린 엄마 원숭이. 또 하나는 우유병은 없지만 부드럽고 따뜻한 털을 가진 엄마 원숭이. 새끼 원숭이는 어떤 엄마를 선택했을까요?"

그 다큐멘터리라면 선경도 본 적이 있다.

새끼 원숭이는 배가 고플 때만 철사 엄마 원숭이에게 매달려 배를 채웠고, 나머지 시간의 대부분은 털을 가진 엄마 원숭이의 품에 매달려 지냈다.

"그게 내 궁금증과 상관이 있나요?"

그는 알 듯 모를 듯 미소를 지어 보였다.

새끼 원숭이라니, 그는 무슨 말을 하고 싶은 것일까?

문득 머리를 스치는 생각이 있었다. 그에게 고통을 주던 친엄마가 철사 엄마 원숭이라면 선경은 털 엄마 원숭이라는 얘기가 아닐까? 어쩌면 그에겐 다른 엄마가 있었을지 모른다. 그의 아프고 외로운 마음을 달래주던 또 다른 엄마.

선경은 자신이 이병도의 선택을 받은 이유로 짐작했던 가설이 어느 정도는 들어맞았다는 것을 알았다. 다만 그에게 또 한 명의 엄마가 있다는 사실이 놀라웠다.

"당신에게 다른 엄마가 있었군요. 철사 엄마와 달리 당신을 따뜻하게 받아주었던……."

선경의 물음에 이병도는 빙긋이 웃으며 쳐다보다 고개를 저었다.

"너무 늦군. 실망인데."

"아무것도 말하지 않으면서 알아주길 바라는군요."

"……."

"이상하네요. 그렇게 미워하던 엄마에 대해서는 지난번에 꽤 자세히 얘기한 것 같은데……. 또 다른 엄마에 대해서는 할 얘기가 없나요?"

도발을 해보고 싶었지만 언제 기분이 바뀔지 모른다. 선경은 조심스럽게 한발 내밀었다. 그는 선경의 말을 듣고도 못

들은 체했다. 숨겨진 엄마에 대해 말하고 싶지 않은 듯했다.

선경은 이병도의 첫 번째 살인, 그의 어머니에 대해 묻기로 했다.

"지난번에 했던 이야기 기억나요? 어머니를 죽였다고 했었죠?"

"그렇게 말했던가?"

오늘의 그는 지난번과 다르다. 자신을 솔직하게 보이던 그날과 달리 오늘은 말을 빙빙 돌리거나 질문을 슬쩍 피하고 있다. 선경의 신경을 건드리기로 작정이나 한 듯 테이블을 툭툭 치며 딴청을 피우고 대답하는 시간도 오래 걸렸다.

"오늘은 선생 얘길 좀 해봐요."

그는 아예 입을 닫기로 결심한 듯했다. 그의 페이스에 말려들지 말라던 한 회장의 말이 생각났다. 선경은 녹음기를 끄고 파일을 닫아 가방에 넣었다. 선경의 갑작스러운 행동에 이병도는 눈을 가늘게 뜨고 선경을 노려보았다.

"오늘은 얘기할 기분이 아닌 것 같네요. 며칠 후에 다시 오죠."

선경이 자리에서 일어나자 결국 그는 항복을 했다.

"알았어요. 앉아요. 이렇게 가면 선생도 기분이 좋지 않겠죠."

이병도는 기세가 한풀 꺾인 채 잠시 할말을 찾아 머뭇거렸다. 선경이 다시 질문을 하자 그제야 생각난 듯 고개를 끄덕이고는 기억을 떠올렸다. 시간이 걸렸지만 그는 차츰 이야기에 빠져들었다.

"당신은 모르겠지. 자기 엄마를 죽인다는 게 어떤 기분인지……."

"……."

"처음엔 깨닫지 못하지. 한순간 하늘에서 번개가 치듯 순식간에 벼락처럼 벌어진 일이야. 이 두 손으로 저지른 일이지만 나는…… 도구일 뿐이야. 그래, 누군가가 시킨 것처럼. 그래서 처음엔 깨닫지 못하지. 자신이 무슨 짓을 했는지."

"……."

"엄마가 살아 있을 때도 지옥이었지만, 엄마가 죽은 뒤에도……. 그건 내가 만든 지옥이겠지."

그의 눈가에 깊은 그늘이 느껴졌다. 아무리 깊은 증오를 품고 저지른 일이라고 해도 어머니에게 미움만 있던 것은 아니다. 자신의 온몸에 학대의 흔적을 남긴 어머니라고 해도 그의 마음 깊은 곳에서는 엄마의 사랑에 대한 갈증이 느껴졌다. 그 목마름이 오히려 살인을 부른 것은 아닐까?

엄마가 가출한 게 열일고여덟 살 때라고 했다. 지금으로부터 십칠 년 전. 그가 다시 살인을 저지르기 시작한 것은 삼 년 전부터다. 선경은 문득 궁금해졌다. 엄마를 죽인 뒤 십오 년 동안 조용하던 그는 왜 다시 살인을 저지르기 시작한 것일까? 그는 거침없이 사람을 죽여나갔다. 무엇이 그를 그렇게 만들었는지 물었다.

"십오 년이 지났는데 갑자기 다시 살인을 저지르게 된 이유가 뭔가요? 무슨 계기가 있었던 건가요?"

"십오 년이라는 시간이 흘렀다고 하지만 내겐 시간이 흐르지 않았어요. 어머니를 죽인 바로 그날…… 내 안의 시계는 멈춰버렸어요."

이병도는 또다시 기억을 더듬으며 자신이 살고 있는 세상에 대해 설명하기 시작했다.

자신이 느끼는 것들, 보는 것들을 어떻게 표현해야 할지 제대로 찾아내지 못할 때는 말을 멈추고 한참 생각에 잠겼다. 그가 얼마나 이 이야기를 정확하게 전달하고 싶어 하는지 느껴졌다.

"시간은 일정한 속도로 흘러가지 않아요. 어떤 시간은 몇 년이 한순간처럼 빠르게 지나가고 어떤 시간은 단 일 분이 한 달, 일 년처럼 길게 느껴지죠. 난 가장 끔찍한 시간을 미치도록 오래, 그것도 반복해서 살죠. ……비 오던 그날, 고양이 울음소리에 화가 치밀던 그날, ……마당에 누워 있는 엄마에게 노래를 불러주던 그 순간이 끊임없이 내 안에서 반복되고 있어요. ……여전히 엄마에게 화가 나고, 여전히 빗소리에 날카로워지고……. 한 시간도 되지 않는 그 순간의 일들을 쪼개고 쪼개서 십오 년 동안 삼백육십오 일, 매시간, 매분, 매초마다…… 생생하게 반복하면서 새롭게 느끼고, 또 새롭게 분노하고……. 선생은 알지 못해요. 그게 어떤 기분인지…….”

그는 이해하지 못할 거라고 말했지만 선경은 그의 말을 들으며 오래전부터 반복해온 일이 생각났다.

엄마의 장례식.

선경은 벚꽃이 날리는 야산에서 엄마의 영정 사진을 들고 있던 순간의 기억이 늘 슬로모션처럼 느리게 머릿속에서 재생되곤 했다.

사월의 바람에 흩어지던 벚꽃은 눈 깜짝할 시간에 땅으로 내려앉았지만, 선경의 기억 속에서는 아주 오랜 시간 허공에 머물렀다 떨어졌다.

하관을 마치고 문상객들이 들고 온 국화를 엄마의 관 위로 던질 때 갑자기 불어온 바람에 한순간 벚꽃이 눈발처럼 흩날렸다. 아, 하고 고개를 들고 바라보던 선경의 시선은 허공에 흩날리는 꽃잎을 따라 느리게 엄마의 관 위로 움직였다. 그때 눈부시게 흩어졌던 꽃잎들이 한 장 한 장 허공을 맴돌다 내려앉는 모습은 아주 짧은 시간이었지만 선경에게는 영겁처럼 긴 시간이었다.

바람을 가르며, 혹은 바람을 타고 흔들리는 꽃들은 마치 허공에 멈춘 것 같았다. 선경은 꽃잎 한 장 한 장의 모양과 빛깔과 움직임을 몇십만분의 일 초 단위로 기억한다. 그것은 교통사고가 나는 순간 그 모든 상황이 갑자기 슬로비디오처럼 눈앞에서 보이는 것과 같은 현상이다. 의식이 한순간 한순간을 정밀하게 뇌 속에 저장해놓는 것이다.

그때를 생각할 때마다 선경은 차갑기도 하고 포근하기도 했던 그날의 바람과 영정 사진을 쥐고 있던 손의 감촉, 아버지가 어깨를 꽉 잡아주던 그 느낌들이 언제나 바로 그때인 것처럼 생생하게 느껴졌다.

선경은 이병도가 전하고자 하는 느낌을 아주 조금은 이해할 수 있었다.

어머니를 살해하던 그 순간을 그는 지금도 계속 한 장면씩 눈앞에 떠올리면서 살고 있는 것이다.

"그 기억을 지우는 방법은…… 누군가를 찾아나서는 길밖에 없었어요."

"……!"

"두 손이 누군가의 숨을 끊어놓을 때만이 그 기억을 지울 수 있었죠. 이 두 손에 피를 묻힌 뒤에야 잠을 자고 노랫소리가 그쳤어요."

그는 거만한 가면도 벗고 열일곱 살 소년의 눈빛으로 돌아가 탁자 위의 사과를 바라보았다. 오래 사과를 들여다보던 그는 문득 혼잣말처럼 중얼거렸다. 눈가가 붉게 물들어 있었다.

"이렇게…… 두 손에 잔뜩 피를 묻힌 새끼 원숭이라도 안아줄 건가요? 안아줄 수 있나요?"

그의 목소리에 귀를 기울이던 선경은 아무 말도 하지 못하고 그를 바라보았다.

그의 눈에 물기가 고이기 시작했다. 갑작스러운 감정 변화에 당황스러웠다. 그는 탁자 위에 놓인 사과를 잡으려고 손을 내밀다 거두었다. 무엇이 두려운지 차마 사과를 잡을 수 없다는 표정이었다.

이병도는 감정을 털어내려는 듯 고개를 흔들더니 곧 의자를 밀쳐내고 자리에서 일어났다.

그가 나간 뒤에도 선경은 한동안 그 자리에서 움직일 수가 없었다.

마지막으로 그가 했던 말이 귓가에 맴돌았다. 그는 선경이 아니라, 털 엄마 원숭이에게 얘기하고 있었다. 도대체 어떤 존재이기에 이렇게 잔혹한 살인마가 어린아이가 되어 안아주기를 바라는지 궁금해졌다.

사과가 생기를 잃은 채 탁자 위에 놓여 있었다.

감방으로 돌아온 이병도는 세면대 물을 틀어놓고 배수구로 흘러가는 물을 바라보았다.

생각지도 않게 눈물이 쏟아지는 것만큼이나 갑작스럽게 떠오른 과수원의 기억이 당황스러웠다. 엄마를 죽이고 난 뒤 다시 돌아가고 싶었다. 하루라도 과수원을 생각하지 않은 날이 없었다. 계절이 바뀔 때마다 지금 과수원에서 어떤 일을 하고 있을지 눈앞에 그려보는 게 하루 일과였다. 하지만 돌아갈 수 없었다. 돌아가도 예전 같지 않으리라는 것을 알고 있었다. 그래서 잊기로 했다.

문득 차가운 가을 하늘을 보면 입안 가득 사과즙이 번져가는 느낌이 들기도 했다. 그렇게 못 견딜 것 같은 날에는 사과를 샀다. 하지만 그렇게 베어먹는 사과에서는 아무 맛도 나지 않았다. 몇 번이나 사과를 산 뒤 비로소 깨달았다. 천벌을 받고 있는 것이다. 스스로 지옥을 찾아 떠났으니 다시 돌아갈 자격이 없다.

수돗물을 잠그고 거울을 보았다. 그는 알고 있다. 자신이 왜 이렇게 서두르는지.

점점 시간이 다가오고 있다.

태풍이 불어오기 전 하늘은 위태로워 보인다. 아무리 투명하게 맑은 하늘이라고 해도 공기의 느낌이 다르다. 금방이라도 부서질 듯한 긴장감 속에 서서히 바람이 일고 구름들이 몰려들기 시작한다.

태풍이 불어오기 전 전조를 느끼듯 이병도의 심장은 불규

칙하게 뛰기 시작했다. 수시로 기분이 출렁거렸다. 화가 나기도 하고 조급함에 방안을 서성거리기도 했다. 불안감이 밀려들었다.

또다시 시간이 다가오고 있다. 이제는 그것이 언제 올지, 어떻게 오는지 안다. 귓속에서 이명이 들리고 머릿속에서 분절된 음들이 하나씩 떠다니며 모여들기 시작한다. 같은 음절의 마디가 반복해서 그의 귀에 들렸다가 사라진다. 머지않아 또다시 그 노래가 그의 영혼을 흔들어댈 것이다.

노랫소리가 들리기 전에, 노랫소리가 커지기 전에 이야기를 마쳐야 한다. 이제는 끝내고 싶다. 스스로 두 손을 묶어버린 지금, 여전히 엄마의 망령에 붙잡혀 살 수는 없다. 이미 그에게 삶이라는 건 없다. 그런 건 처음부터 없었다. 이렇게 엄마의 손아귀에서 벗어날 수 없다면 다른 방법은 없다.

그는 끝내기로 마음먹었다. 그때 선경을 보았다. 그는 깨달았다.

이것을 끝낼 수 있는 사람은 선경밖에 없다.

21.

주남초등학교는 목감천과 개웅산 사이에 있다.

학교 뒤로 산으로 올라가는 길이 나 있어 이따금 선생님의 인솔하에 자연학습을 하기도 하고 아이들의 좋은 놀이터가 되기도 한다. 학교 전방에는 목감천이 흘러 아이들은 그 천을 따라 길게 이어진 산책로를 통해 등하교를 했다.

4학년 3반 아이들은 마지막 수업종이 끝나자 기다렸다는 듯 책상 위에 가방을 올려놓고 짐을 싸기 시작했다. 조심해서 집으로 돌아가라는 담임의 이야기는 듣는 둥 마는 둥 몇몇 아이들끼리 주고받는 시선이 심상치 않다는 것을 담임은 눈치채지 못했다.

아이들은 서로 눈짓을 하며 서둘러 교실을 빠져나갔다.

가방을 싸고 남자아이들의 뒤를 따라가려던 가은이 여전히 가방도 안 싸고 창밖만 보고 있는 짝꿍 하영을 돌아보다 어깨를 툭툭 건드렸다.

하영이 고개를 돌리자 가은이 주위의 눈치를 보며 소곤거렸다.

"너도 같이 갈래?"

"어디?"

"지금 남자애들이랑 뒷산에 올라갈 거야."

하영이 영문을 모르겠다는 표정으로 빤히 쳐다보자 가은은 답답한지 손가락으로 창밖을 가리켰다.

"있잖아, 우리 새 죽인, 그 도둑고양이 잡으러 갈 거야."

하영의 눈이 반짝 빛난다.

"어디로?"

"뒷산이라니까. 강이랑 시현이가 도둑고양이들이 잘 다니는 곳을 알고 있다고 했어."

하영은 못 이기는 척 가은의 뒤를 따라나섰다.

산으로 올라가는 길은 교사 뒤편 창고 옆에 있었다. 울타리 삼아 길게 철조망을 쳐놓고 산으로 올라가는 길 쪽에는 문을 만들어 그곳으로 오르내리게 했다.

하영과 가은이 현관을 나와 건물 뒤편으로 가자 철조망 문 앞에 아이들이 모여 있는 모습이 보였다. 아이들은 시작부터 되는 일이 없다며 철조망을 걷어차고 있었다.

"왜? 안 가?"

늦게 온 가은이 물어보자 남자아이들이 손가락으로 문을 가리켰다. 문에는 자물쇠가 굳게 채워져 있었다.

"뭐야, 그럼 못 올라가는 거야?"

가은은 모처럼 하영이도 데리고 왔는데 산으로 갈 수 없다는 소리를 듣자 볼멘소리로 물었다.

"다른 곳은 없어?"

하영이 남자아이들에게 물었다. 남자아이들은 서로의 얼굴을 확인하며 고개를 저었다. 다들 신나는 오후의 계획이 틀어진 것이 아쉬운 듯 어떻게 해야 할지 몰라 눈치를 살폈다. 누군가 그냥 집으로 돌아가자고 하면 다들 툴툴거리며 돌아갈 판이었다.

하영이 시선을 돌려 산 쪽을 보다가 길게 쳐진 철조망 울타리를 찬찬히 살폈다.

"저기!"

하영이 손가락으로 어딘가를 가리키자 아이들의 시선이 일제히 한곳을 향했다. 철조망 너머 산 위에서 아래로 골이 파인 곳이 보였다.

"저기가 왜?"

"비 오면 저기로 물이 흐르지?"

남자아이들은 철조망에 매달려 하영이 가리키는 곳을 쳐다보았다. 얼핏 보면 굴곡진 비탈일 뿐이지만 하영의 말을 들으니 그런 것 같았다. 나무뿌리가 드러나 있거나 낙엽들이 쓸려 있는 것을 볼 수 있었다.

하영은 손가락으로 물이 있다면 개울을 이루었을 길을 허공에 그려 보였다. 손가락을 따라 내려가던 아이들의 시선이 철조망에 이르렀다.

"우와!"

강이 가장 빨리 눈치를 챘다. 다른 아이들이 어리둥절하고 있는 사이 강은 얼른 책가방을 집어던지고 철조망으로 다가갔다. 빗물이 흐르던 곳은 흙도 함께 쓸려간다. 하영이 가리키던 비탈에는 흙이 쓸려 내려가 철조망 밑에 틈을 만들었다.

"누구 막대기 같은 거 없어?"

강이 소리치자 아이들은 얼른 주위를 두리번거렸다. 시현이 나뭇가지를 주워 왔다. 강과 시현은 나뭇가지로 철조망 밑을 파기 시작했다. 철조망 건너편은 낙엽뿐이어서 별로 힘들이지 않고 순식간에 개구멍이 만들어졌다.

강부터 구멍에 머리를 대고 안으로 들어갔다. 아이들 중에는 제일 덩치가 큰 강만 들어가면 다른 아이들은 무사통과다. 철조망에 어깨가 살짝 걸리기는 했지만 몸을 한번 비틀자 무난히 들어갈 수 있었다.

강이 무사히 철조망을 빠져나가는 것을 보자 아이들은 환호성을 질렀다.

"야, 너 대단하다. 어떻게 알았어?"

가은이 놀란 표정으로 물었지만 하영은 말없이 아이들이 철조망을 하나씩 넘어가는 것을 지켜보고 있었다.

"빨리 와."

남자아이들이 다 지나가고 하영과 가은만 남았다. 가은이 하영의 손을 잡아끌며 아이들이 만들어놓은 구멍으로 향했다.

"너 먼저 가."

가은이 하영을 앞세웠다.

"잠깐만, 내 가방."

그제야 가방을 놓고 왔다는 것을 깨달은 강이 소리쳤다.

가은은 얼른 강의 가방을 집어 구멍으로 밀어넣고 자신도 머리를 집어넣었다.

가은까지 모두 통과하자 아이들은 주변의 작은 나뭇가지들을 붙잡고 산비탈을 오르기 시작했다. 비탈만 오르면 산책길이 나오니 힘들 것은 없었다.

"근데 어디로 가는 거야?"

뒤에서 낑낑거리며 올라오던 가은이 물었다.

오늘 일을 모의한 강과 시현은 서로 얼굴을 쳐다보며 씨익 웃었다.

"따라와보면 알아."

하영은 아이들의 대화에 끼고 싶지 않은 듯 묵묵히 그들과 속도를 맞췄다.

강과 시현이 데리고 간 곳은 산 정상을 넘어 건너편에 있었다.

개웅산은 개봉동과 오류동 경계에 있는, 해발고도가 125미터밖에 안 되는 낮은 산이다. 동네 사람들이 아침저녁으로 가볍게 산책할 수 있는 정도에 작은 약수터가 하나 있고 산 정상에는 정자와 맨손 운동을 할 수 있는 몇 가지 운동 시설이 있는 아담한 곳이다. 산 바로 아래에 사는 사람들은 산이 시작되는 손바닥만 한 땅에 씨를 뿌려 상추나 고추, 시금치 같은 여름 한철 먹을 채소를 심어놓기도 했는데, 그렇게 사람 손이 탄 곳은 자연스럽게 쓰레기들이 모였다.

처음엔 농사에서 버려진 고춧대나 나무막대기 같은 것들이 쌓이기 시작하더니 나중에는 음식물 쓰레기들까지 버려졌다. 여름이면 수박 껍질이나 쉬어터진 김치 같은 것들이 버려져 냄새와 함께 파리 떼가 꼬이기도 한다.

집도 없이 도시의 야생에서 사는 도둑고양이들은 산기슭에 버려진 음식물 쓰레기를 먹기 위해 모여들었다. 처음엔 몇 마리 되지 않던 고양이들이 어느새 여기저기서 나타나 산기슭뿐 아니라 근접한 골목까지 내려와 쓰레기봉투를 뜯어놓는 통에 동네에서 골치를 앓기 시작했다.

강과 시현은 그 도둑고양이들이 학교 안의 자연학습 체험장에 침입해서 새장을 엉망으로 만들었다고 생각했다.

고양이들은 민첩하다. 더구나 집고양이가 아닌 길고양이는 사람들이 조금이라도 가까이 다가갈 기미를 보이면 바로 달아날 준비를 위해 몸을 웅크리는 놈들이다. 아이들은 자신들의 달음박질로는 재빠른 고양이를 잡는 게 어림도 없다는 것을 알고 있다.

"어떻게 잡을 건데?"

누군가 강에게 물었다.

강은 씨익 웃으며 가방을 열어 시커먼 비닐봉투를 꺼냈다.

그 안에는 그물이 들어 있었다.

"이게 뭐야?"

가은이 물었다.

"이걸로 어떻게 잡아?"

가은은 강이 내놓은 비장의 무기가 영 못 미더운 눈치였다. 말은 안 하지만 다른 아이들 역시 가은과 같은 생각인지 고개를 끄덕였다.

"야, 니들은 〈동물농장〉도 안 봤어? 거기 동물구조대 아저씨가 이걸로 확 던져서 잡잖아?"

"그거야 여러 사람이 골목을 막아서고 가둔 다음 잡으니까 그렇지. 여긴 사방이 다 뚫렸는데?"

강이 아이들 반응에 기분이 상했는지 입을 삐쭉거렸다.

"그럼 어떻게 잡을 건데?"

강이 가슴을 내밀며 아이들에게 물었다. 고양이를 직접 잡을 생각을 한 건 강밖에 없었는지 아이들은 아무런 대책도 내세우지 못하고 서로 얼굴만 쳐다보았다.

"시현아, 넌 뭐 없어?"

가은이 묻자 고개를 까우뚱거리던 시현이 자신 없는 표정으로 가방을 열었다.

"이건 어때?"

시현이 꺼낸 것은 새총이었다. Y자형 나뭇가지에 노란 고무줄이 매달려 있었다. 노란 고무줄 사이에는 총알을 걸 수 있는 가죽도 덧붙어 있었다. 시현은 주변의 땅을 두리번거리다 콩알만 한 돌멩이를 주워 직접 시범을 보였다. 총알은 아이들이 쫓아가기 어려울 만큼 빠르게 멀리 날아갔다.

"와! 좋다."

여기저기서 감탄사가 이어지자 강의 입이 툭 튀어나왔다. 가지고 놀던 새총을 자신 없이 꺼낸 시현은 갑자기 우쭐해져서 어깨를 으쓱거렸다.

"총알이 보이지도 않는데, 저게 제대로 맞을지 어떻게 알아?"

입을 내밀고 있던 강이 문제점을 지적했다. 다시 한번 검증이 필요했다. 시현은 곧 주변에 있던 빈 깡통을 주워 멀찌감치 세워놓고 아이들이 있는 곳으로 돌아왔다. 아이들의 눈이 호기심으로 반짝거렸다. 시현이 신중하게 깡통을 겨냥해 고무줄을 당겼다. 이번에도 총알이 제대로 보이지 않았지만 깡통은 탕 소리를 내며 보기 좋게 넘어졌다.

시현이 보란듯 쳐다보자 강도 인정하지 않을 수 없었다.

결국 도둑고양이를 잡는 중대한 임무는 시현이 하기로 하고 아이들은 쓰레기 더미가 보이는 근처에 숨어 고양이가 오기를 기다렸다. 찌는 듯한 더위에 꼼짝도 않고 고양이를 기다리는 일은 생각보다 즐겁지 않았다. 십여 분이 지나 이마에 땀이 맺히기 시작하자 아이들의 입에서 불평이 새어 나왔다. 파리 떼만 들끓을 뿐 고양이는 어디에도 보이지 않았다. 고양이가 나타나기나 할지 의문이었다.

가은이 이마에 맺힌 땀을 닦으며 자리에서 일어났다.

"나 갈래. 재미없어."

"기다려봐, 금방 올 거라니까."

강은 여전히 전방을 주시하며 가은을 다독였다.

"하영아, 우리 가자."

가은이 혼자 가기는 아쉬운지 하영을 끌어들였다. 하영이 아무 말도 없이 산 쪽을 보고 앉아 있자, 가은이 하영의 팔을 잡고 재촉하기 시작했다.

"가자, 응? 내가 아이스크림 사줄게."

하영이 가은의 팔을 잡아끌어 앉히며 낮게 말했다.

"나타났어."

그 말에 아이들은 하영을 쳐다보았다. 갑자기 긴장감이 감돌았다.

"어디?"

시현이 낮은 목소리로 물었다.

하영이 손을 들어 약수터로 오르는 산책로를 가리켰다. 산책로는 텅 비어 있었지만 산책로 옆 나무들 사이로 어슬렁거리고 있는 고양이 두 마리가 보였다.

"여기서 맞힐 수 있어?"

강이 시현을 돌아보며 묻자 시현은 고개를 흔들었다.

"더 가까이 올 때까지 기다리자."

아이들은 숨소리도 제대로 내지 못하고 고양이를 주시했다. 집으로 돌아가겠다던 가은도 호기심이 가득한 얼굴로 고양이를 쳐다보았다.

두 마리의 고양이 중 한 마리가 천천히 아이들이 있는 곳으로 내려왔다. 아이들이 손으로 재촉을 하자 시현이도 얼른 새총을 들어 고양이를 겨냥했다. 하지만 아이들이 떠드는 소리를 들었는지 고양이는 빠르게 산 아래 동네 골목길로 사라졌다. 실망한 아이들이 한숨을 내쉬었다.

그때 강이 다시 시현의 팔을 툭 쳤다.

시현은 반사적으로 다른 고양이 쪽으로 시선을 돌렸다. 검은 고양이가 조심스럽게 음식물 쓰레기 쪽으로 다가오고 있었다. 제발 이번만은, 아이들은 조마조마한 표정으로 고양이와 시현의 새총을 번갈아 쳐다보았다.

"조금만, 조금만."

시현이가 작은 목소리로 중얼거렸다.

핑. 드디어 팽팽하던 새총의 고무줄이 풀어졌다. 탁하고 둔탁하게 부딪히는 소리가 들렸다. 놀란 고양이가 고개를 쳐드는 모습이 보였다. 아이들은 일제히 와하고 달려나갔다. 잠시 새총알의 충격에 멍해 있던 고양이는 위기를 직감하고 놀라 달아나기 시작했다. 하지만 충격이 컸는지 아이들 몰려오자 옆으로 피한다는 게 강의 앞으로 달아났다.

방향을 바꾸며 속도가 느려진 틈을 놓치지 않고 강이 재빨리 손에 들고 있던 그물을 던졌다. 그물이 고양이를 덮치자마자 강이 그물을 발로 눌렀다. 고양이는 옴짝달싹 못 하는 처지가 되었다.

"우와, 정말 잡았다."

아이들은 강 곁에 모였다. 시현과 강이 하이파이브를 했다. 둘의 합동작전이 보기 좋게 성공한 것이다. 아이들이 고양이 주위로 모여들어 그물망 사이로 보이는 고양이를 쳐다보며 한마디씩 했다.

"우리 새를 죽인 게 이놈 맞아?"

"아무렴 어때? 이렇게 혼나면 다시는 학교에 안 찾아오겠지."

가은은 그 와중에도 신기한 듯 고양이 털을 만져보려고 손을 내밀었다. 뒤에서 누군가 왁 하며 놀래자 소리를 질렀다.

"일단 여기는 사람들도 많이 다니니까 산으로 가자."

그 말에 누구라고 할 것도 없이 다들 우르르 산으로 올라갔다. 강과 시현이 고양이 그물을 양쪽에서 들었다. 안에 갇힌 고양이는 허공으로 발을 내저으며 저항을 했지만 소용이 없자 몸을 움츠리고 나지막이 야옹거리며 울었다.

산 정상의 정자 옆에 나무가 넘어져 생긴 작은 공간에 아이들이 모였다.

"어떻게 할까?"

강이 물었다.

"그러게, 어떻게 혼내주지?"

아이들은 그물에서 두 눈을 두리번거리며 불안에 떠는 고양이를 쳐다보며 고민에 빠졌다. 고양이를 잡기 전만 해도 잡기만 하면 아주 혼내줄 거라고 하던 아이들이다. 하지만 막상 고양이를 잡고 보니 어떻게 혼내줄지 방법을 찾지 못했다.

"때려줄까?"

가은이 말했다. 아이들이 어이없다는 표정으로 가은을 쳐다보자 기가 죽은 듯 입을 다물었다.

"너희들, 저 고양이 그물에서 꺼내봐."

조용히 아이들을 따라다니기만 했던 하영이 강과 시현에게 말했다.

"뭐 좋은 생각났어?"

강이 묻자, 하영이 씨익 웃으며 고개를 끄덕였다.

"그래. 그러니까 고양이를 꺼내서 다리를 하나씩 잡아."

하영이 가방을 내려놓고 필통을 꺼냈다. 아이들도 설레는 맘으로 얼른 고양이를 그물에서 꺼내 다리를 잡으려고 손을 내밀었다. 하지만 고양이도 만만치 않았다. 아이들의 손을 할퀴며 거칠게 저항했다.

그때 하영이 얼른 고양이의 뒷목을 잡고 올렸다. 고양이는 저항도 못 하고 다리를 늘어뜨린 채 처분을 기다렸다. 아이들은 신기한 듯 고양이와 하영을 쳐다보았다.

"고양이나 개를 잡을 때는 이렇게 뒷목을 잡으면 꼼짝 못 해."

하영의 말에 다들 놀라면서도 감탄의 시선을 보냈다.

하영의 지시로 시현이 고양이의 뒷목을 잡고 강과 다른 아이들이 다리를 잡았다.

고양이는 가장 약점이라고 할 수 있는 배를 훤히 드러내놓고 하영의 앞에 매달려 있었다.

하영이 손에 커터 칼이 들려 있었다. 하영이는 고양이의 배를 바라보더니 커터 칼의 날을 천천히 밀어 올렸다.

커터 칼을 본 아이들의 눈이 휘둥그레졌다.

"지금…… 뭐, 뭐하려는 거야?"

시현이 떨리는 목소리로 물었다. 대답을 듣지 않아도 하영이 무엇을 하려는지 알고 있었다. 가은과 강도 겁을 먹은 표정으로 하영을 쳐다보았다.

"설마, 너 진짜로……?"

"고양이, 혼내주자며?"

"야, 하지만……."

강이 뭐라고 한마디하려는 순간 커터 칼을 들고 있던 하영의 손이 순식간에 허공으로 올라가는가 싶더니 바로 고양이의 배를 향해 날아들었다.

가은은 두 손으로 눈을 가렸다. 다른 아이들도 인상을 찡그리며 고개를 돌렸다.

"아야!"

강이 손등을 움켜잡고 그 자리에 주저앉았다. 고양이는 어느새 시현과 강의 손을 벗어나 저만큼 달아나고 있었다.

"뭐야, 어떻게 된 거야?"

아이들이 물었지만 강과 시현은 씩씩거리며 하영이를 째려보았다. 하영이는 눈 하나 깜빡하지 않고 둘의 시선을 되받아쳤다.

"뭐야, 너 때문에 강이 손 다쳤잖아?"

"나 때문이 아냐, 고양이만 제대로 잘 잡고 있었으면 괜찮았을 거 아냐?"

고양이를 잡고 있던 손을 놓으며 피하다가 하영의 칼에 베인 것 같았다. 가은이 얼른 손수건을 꺼내 강 옆에 쪼그리고 앉아 손을 잡았다. 상처를 보려고 덮인 손을 떼자 손등에서 피가 배어 나오는 게 보였다. 다행히 가볍게 긁힌 정도로 상처가 깊어 보이지는 않았다.

"어떡해? 강이 손에서 피 나."

아이들의 시선이 일제히 하영에게로 몰렸다. 하지만 하영은 아무렇지도 않은 듯 커터 칼의 날을 집어넣으며 말했다.

"겁쟁이들, 그대로 잡고 있었으면 좋았잖아."

"강아, 안 아파?"

가은이 강의 손등에 난 피를 손수건으로 닦아주는 동안 하영은 볼일이 끝났다는 듯 산비탈로 내려가기 시작했다.

아이들 누구도 하영을 부르지 않았다. 다들 조금 전 태연하게 고양이의 배를 향해 칼을 휘두르던 하영의 모습을 떠올리는 듯했다. 하영을 쳐다보고 있던 아이 하나가 갑자기 부르르 진저리를 쳤다. 아무 말도 하지 않았지만 아이들은 모두 같은 생각을 하고 있었다.

고양이를 혼내주자던 오후의 놀이는 그렇게 끝이 났다.

22.

하영이 학교에 간 뒤 선경은 부지런히 집안일을 끝내고 커피를 가득 담아 서재로 향했다.

전날 녹음한 이병도의 목소리를 들으며 문서로 옮기는 작업을 시작했다. 면담자가 하는 말의 억양과 속도, 단어 선택까지 꼼꼼히 기록을 해야 하기 때문에 생각보다 시간이 오래 걸리는 작업이다.

"……새끼 원숭이가 한 마리 있어요. 이놈은 태어나는 순간 엄마를 잃었죠. 사람들은 이놈을 키우면서 두 개의 엄마를 만들어줬어요. 하나는 철사로 된 몸에……."

선경은 버튼을 눌러 정지시켰다. 철사 엄마와 털 엄마.

그를 이 세상에 태어나게 한 엄마는 차가운 철사로 만들어져 그의 몸을 마구 찔러댔다. 아름다운 얼굴을 하고 있지만 냉정하고 잔인했던 어머니.

이병도에게는 또 다른 엄마가 있었다. 누군지 몰라도 그 사람은 상처 입은 이병도의 가슴을 어루만져주고 따뜻하게 감싸주던 존재였다. 어제 이병도는 선경의 어깨 너머, 보이지 않는 엄마에게 손을 내밀었다. 자신의 손에 죽어간 어머니가 아니라, 그 이름 모를 어머니에게 다시 한번 안아달라고 울고 있었다. 이병도의 털 엄마가 누군지 궁금해졌다.

자신을 통해 어머니를 보는 것이 아닐까 했던 선경은 자신의 짐작이 반은 맞았다는 생각을 했다. 선경은 수첩에 "털 엄마?"라고 적어놓고 다음 면담 시간에 집중적으로 물어봐야겠다고 생각했다.

다시 녹음기를 재생시키려는데 전화벨이 울렸다. 하영의 담임이었다.

담임은 잠시 시간을 내어 학교로 와달라고 했다. 하영이 다친 건 아닌가 싶어 다급하게 물었지만 그건 아니라고 했다. 전화로 간단히 할 이야기는 아니라고 하는 담임의 목소리가 냉랭했다. 왠지 좋지 않은 일이 기다리고 있을 것 같았다.

선경은 불안한 마음을 애써 지우며 서둘러 외출 준비를 하고 집을 나섰다.

학교에 도착한 것은 전화를 받고 한 시간도 채 지나지 않은 시간이었다.

교무실로 들어가니 전학 수속 때 만났던 담임의 자리가 눈에 들어왔다. 담임은 나가서 이야기하자며 선경을 데리고 학교 건물 뒤 자연학습 체험장으로 향했다. 불과 몇 주 만에 아이들이 만들어놓은 텃밭이 무성해진 느낌이었다.

하영의 담임은 자기 반 텃밭을 바라보며 딴청을 피웠다. 막상 얼굴을 마주하니 이야기를 꺼내기가 쉽지 않은 모양이다.

"무슨 일이신데요?"

선경이 물어보자 담임은 그제야 결심한 듯 어렵게 이야기를 꺼냈다.

"어떻게 들으실지 모르겠네요. 저도 하영이가 그런 짓을 했을 거라고는 생각하지 않지만 같이 있던 아이들이 똑같은 이야기를 하니 믿지 않을 수도 없고……."

답답하게 뜸을 들이는 모습이 예삿일은 아닌 듯싶었다. 아이들 이야기를 꺼내는 걸 보니 친구들 간에 문제라도 생긴 듯 했다.

"무슨 일인지 말씀을 해주셔야 알죠."

"하영이가…… 아이들한테 칼을 휘둘렀다고 하더군요."

"네?"

선경은 생각지도 않았던 담임의 얘기에 아무 말도 할 수가 없었다.

"저기 농장 보이시죠? 얼마 전부터 새가 자꾸 사라져서 아이들이 범인을 찾다가 동네 도둑고양이 짓이라고 생각한 모양이에요. 그래서 도둑고양이를 혼내주겠다고 몇몇 애들이 몰려가서 고양이를 잡았는데, 하영이가 칼을 꺼내 고양이를 찌르려고 했나 봐요."

"아니, 잠깐만요. 방금 아이들에게 칼을 휘둘렀다고 하지 않으셨나요?"

"네, 고양이는 도망가고 하영이 칼에 반 아이가 다쳤어요."

"선생님, 상황은 알겠는데, 지나치게 확대해서 말씀하시는 거 아니에요? 아이가 가방 속에 칼을 넣고 다닐 일도 없고……."

"아, 그게 연필 깎는 문구용 칼인 것 같아요."

자기도 모르게 화가 났다. 담임은 상황을 부풀려서 말하고 있었다.

"그러니까 지금 연필 깎는 칼로 도둑고양이를 혼내주려다 빗나가서 다친 걸 가지고 아이들에게 칼을 휘둘렀다고 하신 건가요?"

"네? 아, 제가 말씀을 잘못 드렸군요. 아이들의 이야기를 그대로 전달하다 보니……."

"선생님은 전후 사정을 들으셨다면서 왜 부풀려서 말씀을 하세요? 하영이가 고양이를 혼내주겠다고 한 거지, 아이들에게 해코지를 하려고 한 게 아니잖아요? 그건 엄연히 다른 것 아닌가요?"

"그게……."

선경이 따지자 담임은 우물쭈물 뭐라 말을 못 하다가 난감한 듯 말을 이었다.

"그 일뿐이라면 이렇게 연락드리지 않았죠. 이상하게 오늘 반 분위기가 이상하길래 아이들에게 물어보니…… 하영이가 폭력적인 행동을 한 건 이번만이 아니더군요. 다른 아이가 자기 책상에 손이라도 짚으면 샤프로 손등을 찍기도 하고……."

계단에서 반 친구를 밀어 넘어뜨리기도 했다고 한다. 마침 다른 친구들이 손을 잡아줘서 계단에서 구르지는 않았지만 크게 다칠 뻔했다며 담임은 고개를 내저었다.

그사이 많은 일이 있었던 것 같았다. 하영의 일도 충격이었지만 그렇게 될 동안 아무것도 눈치를 채지 못하고 있었던 자신에게 화가 났다. 그래도 관심을 가진다고 아이가 학교에서 돌아오면 무슨 일이 있었는지, 새로 사귄 친구는 있는지 물어보곤 했다. 그때마다 하영은 별다른 말이 없었다. 아직 친구를 사귀는 일이 쉽지 않은가 보다 하고 짐작했을 뿐이다. 아이에게 제대로 주의를 기울이지 못한 자신이 한심하게 느껴졌다. 문득 붙임성 좋던 하영의 짝꿍이 생각났다.

"하영이 짝꿍이랑은 사이가 좋아 보이던데요?"

"가은인…… 정말 무던한 아이거든요. 짝이라고 나름 자기가 전학 온 하영이와 친하게 지내야겠다는 생각을 한 것 같아요. 하지만 어제 그 일 이후로 가은이 어머니가 전화하셔서 짝을 바꿔달라고 하시고……."

"……."

"집에서는 아무런 이야기를 안 하는 모양이군요. 제가 지켜본 걸 말씀드리면 하영이, 한번 상담을 받아보는 게 어떨까 싶은데요……."

선경은 어떻게 할까 잠시 고민하다가 하영의 상황에 대해 이야기했다. 친부모의 이혼, 엄마의 죽음, 외갓집의 화재만 간단하게 이야기했다. 지금 아이가 보이는 행동은 그 상처들 때문이라고, 상처를 치유하기 위해서는 시간이 걸리니 도와달라고 했다.

선경의 이야기를 들은 담임은 금세 안타까운 얼굴로 변했다.

"그런 일이 있었군요. 하영이 얼굴을 볼 때마다 아이다운 얼굴이 아니라서 무슨 사정이 있을 거라고 짐작은 했어요……. 화재를 겪은 지 얼마 되지 않았다고 하니 얼마나 힘들지 알겠네요."

"집에서도 최대한 안정을 찾아가도록 신경을 쓰고 있지만 아무래도 충격에서 벗어나려면 시간이 좀 걸릴 거예요. 선생님이 잘 지켜봐주시면 고맙겠습니다."

"네, 알겠습니다. 가은이와 가은이 어머니께는 제가 상황을 말씀드리고 양해를 부탁드려볼게요."

다행히 담임이 이해를 해주어 이야기는 잘 마무리가 되었다. 하지만 집으로 돌아오는 선경의 마음은 무거웠다.

가까운 공원으로 들어가 조용한 곳을 찾았다. 핸드폰을 꺼내 희주에게 전화를 걸었다.

"그렇지 않아도 전화 올 줄 알았다. 무슨 일이야?"

"하영이 학교에 다녀오는 길이야."

"친구들하고 문제가 있었어?"

선경은 고개를 끄덕이며 담임에게 들었던 이야기를 해주었다. 이야기를 들은 희주는 한동안 말이 없었다.

"별로 좋은 소식은 아니군. 학교에서 또래 아이들과 잘 어울리지 못하면 더 힘들어질 텐데……. 집에선 전혀 그런 행동 보인 적 없어?"

희주의 말에 가위로 인형을 찢던 모습이 생각났다. 하지만 강아지를 사준 뒤로 하영은 한결 밝아졌다. 아무래도 전문가에게는 사실대로 말해야 할 것 같아 선경은 하영의 엄마 이야기부터 차근히 해나갔다. 이야기를 듣는 동안 전화가 끊어진 게 아닐까 싶을 정도로 희주는 말이 없었다.

"희주야?"

"듣고 있어. 괜찮다면 당장 내일이라도 아이를 데리고 우리 상담실로 왔으면 좋겠는데."

희주의 말에 덜컥 겁이 났다.

"왜?"

"선경아, 이것도 육체의 병하고 똑같아. 아프다는 걸 아는데 왜 치료를 안 해? 그러면 상처는 점점 더 깊어져. 더구나 하영이는 아주 오래전부터 아프기 시작했어."

선경은 할말이 없었다. 희주의 말을 모르는 바 아니다. 하지만 상담소를 데려가는 순간부터 하영에게 붙을 꼬리표가 무서웠다. 무엇보다 아이 스스로 자신을 어떻게 생각할지가 가장 신경이 쓰였다. 아무래도 남편과 상의를 하는 게 우선일 것 같았다.

선경은 다시 연락을 하기로 하고 전화를 끊었다.

집으로 돌아와 하영을 기다리는 동안 일이 손에 잡히지 않았다.

선경은 파일을 펼쳐놓은 채 하영이 처음 온 날부터 기억을 더듬어보았다.

차라리 갓난아기라면 나을 것 같았다. 육체적으로 피곤하기는 해도 정신적으로 힘든 일은 없을 테니까. 이제 사춘기에 접어든 아이와 한집에 산다는 것은 언제 터질지 모르는 시한폭탄을 끌어안고 지뢰밭을 걷는 것 같은 기분이다. 사소한 말 한마디에도 신경이 쓰이고, 무심코 본 아이의 표정에도 괜한 걱정을 만들었다.

옆에 있으면 있는 대로 신경이 쓰이고, 곁에 없다고 머릿속에서 지워버릴 수 있는 것도 아니었다. 어떤 일을 하든 머리 한편에는 늘 아이에 대한 것을 염두에 두어야 했다.

남편과 둘이 살 때는 그렇게 신경쓸 일이 없었다.

남편이 집에 있을 때는 당연히 챙겨주지만 혼자 있을 때면 온전히 자신의 일에만 신경을 집중하고 잊을 수 있었다. 각자 하는 일이 있으니 바쁘면 언제든 얘기하고 서로 양보했다. 피곤하거나 저녁을 하기 싫은 날이면 남편에게 전화를 걸어 저녁을 먹고 오라고 하거나, 시간이 맞으면 만나서 외식을 하고 집으로 돌아왔다. 자신이 필요한 시간에 책을 보고 잠을 잤다. 남편도 자신이 원하는 시간에 움직였다. 하지만 아이에게는 그렇게 할 수가 없다.

더구나 하영은 너무 많은 일을 겪었다.

처음보다 많이 편해지기는 했지만 여전히 선뜻 다가가기 어려운 구석이 있었다. 그렇다고 내버려두자니 자신에게 무심하거나 차갑게 대한다고 생각할까 봐 마음이 쓰였다. 생각해보면 아침에 눈뜨는 순간부터 잠들기 전까지 늘 하영을 의식하고 있었다.

선경은 자신이 둥근 통 위에서 올라가 뒤뚱거리는 서커스의 피에로 같았다. 어느 쪽으로 균형으로 잡아야 할지 몰라 끊임없이 발을 움직이며 통이 가는 방향에 따라 반응하는 기분이었다.

그나마 강아지를 들여온 뒤로는 분위기가 많이 달라졌다. 이따금씩 웃기도 하고 말을 걸어오기도 했다. 그래서 나아지고 있다고 생각했다. 이제 적응하고 있다고 안심했다. 학교에서도 그렇게 아이들과 잘 지낼 거라고 믿고 있었다.

아이가 돌아오면 어떻게 이야기를 꺼낼지 막막했다. 선경은 하영이 오기 전에 간식이라도 만들어두자고 마음먹었다.

책상에 펼쳐놓은 파일을 정리하고 일어나려던 선경은 문득 어떤 말들이 떠올라 다시 파일을 펼쳤다. 옆에 있던 녹음기의 재생 버튼을 눌러 이병도가 했던 말들을 빠르게 돌렸다.

"이렇게…… 두 손에 잔뜩 피를 묻힌 새끼 원숭이라도 안아줄 건가요? 안아줄 수 있나요?"

이 말을 하던 순간의 이병도의 표정이 떠올랐다. 정에 굶주린 어린아이는 자신을 안아달라고 애원하고 있었다. 이병도의 얼굴에 자꾸 하영의 모습이 겹쳐졌다. 어머니의 학대를 받으며 자란 두 사람. 이병도는 어떻게 해볼 수 없는 지옥 끝까지 자신을 몰고 가버렸다. 하지만 하영은 다르다. 어떻게 해서든 마음의 병을 치료하고 상처를 아물게 해야 한다.

하영은 아무 일도 없었다는 듯 태연한 얼굴로 들어왔다. 선경도 학교에서 담임을 만난 이야기는 하지 않은 채 기다렸다는 듯 찬물을 따라주고 간식을 준비했다.

"치즈 케이크랑 과일이 있는데 뭐 먹을래?"

"케이크 주세요."

아이는 식탁에 앉아 간식을 먹으며 간간이 선경의 표정을 살폈다. 아무것도 묻지 않는 선경이 오히려 불안한 눈치였다.

"요 앞 사거리에 새 빵집이 생겼던데, 다음엔 거기서 사볼까? 하영인 어떤 거 좋아해?"

"초콜릿 무스 케이크."

"그래? 아줌마도 달콤한 거 좋아하는데, 기분 나쁠 때 그걸 먹으면 금방 기분이 좋아지거든."

아이는 선경과 함께 있는 것이 불편한 눈치였다. 선경이 묻는 말에 대답을 하는 둥 마는 둥 하더니 케이크 한 조각을 다

먹자 서둘러 자리에서 일어났다.

"하영아……."

선경은 2층으로 올라가려는 하영을 불러 세웠다. 아이는 올 것이 왔다는 표정으로 굳어져 선경을 쳐다보았다. 표정이 점점 어두워졌다.

선경은 얼른 아이에게 다가가 몸을 낮추고 두 팔을 벌려 꼭 안아주었다. 하영이 품안에서 움찔하는 게 느껴졌다. 밀어낼까 봐 불안했지만 아이는 가만히 있었다. 아이의 작은 어깨와 따뜻한 체온이 그대로 가슴으로 밀려들었다. 순간 아이와의 거리는 어쩌면 자신이 만든 것인지도 모른다는 생각이 들었다. 긴장해 있던 아이의 몸이 조금씩 풀어지는 것을 느낄 수 있었다.

"모든 게 낯설어서 힘들지? 그래도 잘 견뎌줘서 고마워. 앞으로 조금씩 나아질 거야. 어려운 일이 있거나 힘들 땐 아빠나 아줌마에게 얘기해."

목이 잠겨 쉽게 말이 나오지 않았다. 포옹을 풀고 하영을 보았다. 아이는 혼란스러운 듯 멍한 표정으로 서 있었다.

23.

이병도와 만나기 전 보안과장이 선경을 찾았다. 그는 따로 할 얘기가 있다며 선경을 자신의 사무실로 데리고 갔다. 사무실은 구치소에서 가장 오래된 건물에 있었다. 낡은 문은 몇 번이나 힘을 준 뒤에야 제대로 닫혔다. 구식 에어컨에서는 먼지 섞인 바람이 나오는 것 같았다. 방안에서는 습기를 먹은 먼지 냄새 같은 것이 느껴졌다. 왠지 보안과장과 잘 어울리는 사무실이라는 생각이 들었다.

"뭐 시원한 것 좀 드릴까?"

보안과장은 소형 냉장고가 있는 곳으로 걸어가며 느긋하게 물었다. 곧 면담 시간이 다가오는 것을 알면서 일부러 그러는 것 같았다. 선경은 얼른 본론으로 들어가고 싶었다.

"하실 얘기가 뭐죠?"

"참 급하시네. 숨 좀 돌리고 얘기합시다."

그는 냉장고에서 꺼낸 캔 음료를 선경의 앞에 내려놓고 자신은 얼음 조각을 꺼내 입안에 넣고 으걱거리며 소파에 앉았다. 잠시 아무 말도 없이 선경을 위아래로 쳐다보던 보안과장은 미처 녹지 않은 얼음 조각을 꿀꺽 삼키고는 입을 열었다.

"이제 그만합시다."

"네?"

"여기저기서 전화를 해대며 신경을 건드리는 것도 그렇지만……."

한 회장의 전화가 보안과장의 심기를 건드린 모양이었다. 협조 요청은 오히려 역효과를 낳은 듯했다.

"요 며칠 그놈 상태가 불안불안해서 말입니다."

"상태가 불안하다고요?"

갑자기 무슨 얘긴가 싶었다. 이병도에게 무슨 일이 생긴 것인지 궁금해졌다.

"뭐, 선생이야 잠깐 만나고 가니까 못 느끼실지 모르지만 하루 종일 놈을 보고 있는 우리는 평소와 조금만 달라도 금방 눈치를 채죠."

보안과장은 지난번 면담 이후 달라진 이병도의 일과에 대해 이야기해주었다.

"요즘 통 잠을 못 자고 있어요. 세면대 앞에서 멍하니 거울을 보고 서 있을 때도 많고 벽을 보고 혼잣말을 중얼거리기도 하고, 가끔은 귀를 틀어막고 머리를 마구 흔들어대기도 하더군요."

보안과장의 표정을 보니 괜한 소리는 아닌 것 같았다. 그가 전해주는 이병도의 상태는 충분히 걱정할 만한 행동들이다. 선경은 잠시 고민하다 보안과장의 말을 따르기로 했다.

사실 그와의 면담이 조금씩 힘들어지고 있었다. 점점 불안정해지는 그의 상태를 못 느끼는 것은 아니다. 선경 역시 그를 만날 때마다 차츰 그의 감정이 흔들리는 것을 느꼈다. 하지만 그것보다 더 부담이 되는 것은 그에게 느끼는 안타까움이나 연민을 자꾸 하영에게 투영하는 것 같은 기분이 드는 것이다. 냉정해야 할 자신이 자꾸 휘둘리고 있다. 객관성을 유지할 상황이 못 된다면 잠시 거리를 두는 것도 괜찮을 것 같았다.

한 회장의 얼굴이 잠시 떠올랐지만 솔직히 자신의 역량을 실감하고 있었다. 아직 이런 면담을 감당하기에는 경험이 부족하다는 것을 인정할 수밖에 없다. 혼란스러운 자신의 감정을 버거워하면서 면담을 계속하는 것보다는 지금 중단하는 게 낫다.

뜻에 따르겠다고 하자 보안과장의 표정이 확 바뀌었다. 무거운 짐을 내려놓은 듯 홀가분한 표정이었다. 그동안 면담을 하러 오면서 이렇게 밝은 보안과장의 얼굴을 보는 것은 처음이었다.

"선생이 자꾸 그놈 페이스에 말리는 것 같아서 신경쓰였어요. 아무튼 오늘이 마지막이라고 생각하고 잘 마무리하시기 바랍니다."

그로서는 무척 신경쓰이는 일이었을 것이다. 구치소 내에서 특혜 논란이 일 수도 있고, 무엇보다 면담으로 인해 이병도의 심리적 상태가 많이 흔들리고 있는 것을 알기 때문에 경비를 소홀히 할 수가 없었다. 그렇지 않아도 재소자의 자살 사건으로 어수선한 상황이라 더 까칠하게 굴었을 것이다. 이대로 아무 탈 없이 면담이 마무리되면 한숨 돌리겠지.

면담실에 들어선 선경은 이병도가 오기 전 그가 앉을 방향의 탁자 위에 사과를 올려놓았다. 마지막이라는 걸 알았다면 좀더 신경써서 골라 올걸 하는 생각이 들었다.

자리에 앉아 면담 준비를 하고 있는데 문이 열리고 이병도가 들어왔다. 선경은 의자에서 일어나 그가 자리에 잡고 준비를 마칠 때까지 기다렸다. 곧 그와 탁자를 사이에 놓고 시선을 마주쳤다. 일주일 만에 만나는 것이다.

그의 얼굴을 보던 선경은 적이 놀랐다.

맨 처음 만났을 때의 자신만만하고 거만해 보이기까지 하던 눈빛은 어디 가고 누군가에게 쫓기는 사람처럼 불안한 얼굴을 하고 있었다. 조금 전 보안과장의 말은 과장이 아니었다. 지난번 면담이 그에게 어떤 변화를 가져왔다는 것을 느낄 수 있었다.

그는 선경의 얼굴을 똑바로 쳐다보지 못하고 자꾸 시선을 떨어뜨렸다. 얼굴에 날파리가 달려들기라도 하는 것처럼 고개를 흔들고 한쪽으로 머리를 기울이거나 두 손으로 자꾸 귀를 막는 등 이상한 행동을 많이 했다.

"왜 그래요? 괜찮아요?"

선경이 걱정스러운 목소리로 물었지만 그는 입을 열지 않았다.

지그시 그를 쳐다보던 선경은 곧 면담을 위해 노트에 적어 온 질문들을 하나씩 물어보기 시작했다. 자꾸 흔들리고 있는 자신을 감추기 위해 사무적으로 질문을 던졌다.

"가택 수사에서 나온 증거물들을 보면 누구 것인지 알지 못하는 물건들도 많은데, 그 물건들은 어디서 난 거죠?"

"……."

"형사들의 추측대로 또 다른 희생자가 있는 건가요?"

"……."

"이병도 씨."

대답이 없는 이병도를 보다가 선경이 목소리를 높였다. 그제야 이병도의 시선이 선경을 향했다.

"다른 희생자가 또 있나요?"

잠시 생각하던 그는 고개를 끄덕였다.

"그들을 어떻게 했나요?"

대답 대신 그는 미소를 지었다. 혼자만의 비밀을 즐기는 표정이었다. 쉽게 입을 열 것 같지 않았다. 강북서 형사들의 기대를 만족시켜주기는 어려울 것 같았다. 한동안 그의 대답을 기다렸지만 그는 머리가 아픈지 자꾸 인상을 찡그리며 관자

놀이를 눌렀다.

선경은 결국 사건에 관한 질문을 접고 지난 시간에 했던 이야기를 끄집어냈다. 오늘이 마지막이라면 그에게 집중하는 것이 더 바람직한 것 같았다.

"지난번에 얘기하던 털 엄마 원숭이에 대해 이야기해주겠어요?"

이병도가 고개를 갸우뚱하며 선경을 쳐다보았다.

"당신에게 고통을 주던 어머니가 아닌, 또 다른 어머니가 있는 건가요?"

"그건……."

사건에 대해서는 굳게 입을 다물던 그도 어머니에 대한 이야기는 순순히 털어놓았다.

"그건 꿈일 겁니다. 너무 달콤한……. 그래서 더 잔인한 꿈."

불안하던 그의 시선은 아련함으로 바뀌었다. 갑작스럽게 그의 말투가 바뀌었다. 그는 상상 속을 헤매는 것일까, 아니면 과거의 어느 날을 떠올리고 있는 것일까?

선경은 털 엄마 원숭이가 현실 속에 있는 존재인지 궁금했다.

"그 사람이 저와…… 닮았나요?"

이병도의 시선이 오래 선경의 얼굴에 머물렀다. 그는 기억을 더듬으며 천천히 이야기를 시작했다.

"그런 것도 같군요. ……글쎄, 너무 오래된 일이라 그게 맞는 기억인지 모르겠군요. 어쩌면 내 멋대로 계속 기억을 덧칠한 것도 같고."

좋았던 기억은 시간이 지날수록 더 많이 왜곡되고 미화된다. 첫사랑의 존재가 그러하듯 이병도의 기억 속에 있는 어머니도 시간이라는 붓으로 새롭게 그려졌을 것이다.

부드러운 표정으로 기억을 더듬던 이병도의 표정이 굳어지더니 목소리가 갈라졌다.

"단 한 번의 기회였어. 단 한 번의 기회였는데…… 내가 다 망쳤어!"

무엇인지 모르지만 그는 자신에게 화를 내기 시작했다.

"이병도 씨, 한 번의 기회라는 게 뭘 말하는 거죠?"

"내가…… 망쳤어. 내가……."

고개를 숙이고 죽어가는 목소리로 자책을 하던 그가 갑자기 고개를 들더니 선경을 쳐다보며 눈을 부릅떴다.

"다시 기회를 주는 거지? 내게 다시 기회를 줄 거지?"

뭔지 모르지만 그의 눈에 가득한 절박함에 이끌려 선경은 고개를 끄덕였다. 그러자 잔뜩 일그러져 있던 그의 표정이 한순간에 누그러지며 그가 안도의 한숨을 내쉬었다.

멋모르는 선경의 대답도 그에게는 큰 위안인 것 같았다.

"혹시 고양이를 죽여본 적 있나요?"

선경은 불쑥 그에게 생각지도 않았던 질문을 던졌다.

어머니의 사랑을 받았던 고양이. 그런 고양이를 질투했다는 그의 이야기와 왠지 모르지만 하영과 아이들이 고양이를 괴롭혔다는 장면이 머릿속에 뒤섞이며 예상치도 못한 질문이 튀어나온 것이다. 선경의 질문을 받은 이병도는 잠시 멍한 표정으로 선경을 보다가 이내 낄낄거리며 웃기 시작했다.

"이제야 눈치를 챈 건가? 여자들은 말이지 모두 고양이야. 잡힐 듯 도망가고…… 사라진 것 같지만 다시 나타나지. 내가 죽인 그 여자들…… 다 그랬어. 다가왔다가 금방 날 할퀴고 도망쳤지. 그래서 내가 노래를 불러줬어. 뭔지도 모르면서 따라 부르는 여자도 있었어."

이야기를 마친 그는 낄낄거렸다. 자꾸 선경의 말에 집중하지 못하고 혼자 생각에 빠져들었다.

이병도의 이야기는 많은 것을 떠올리게 했다. 엄마를 죽이던 날의 이야기도 그렇고, 그의 희생자가 되었던 여자들에 대한 이야기도 일관성이 있다. 여자들에게서 엄마의 모습을 발견하면 살의를 느낀 것 같았다. 희생자들의 외형적 공통점은 없는 걸로 알고 있다. 그보다는 내적인 면, 감정적으로 엄마를 연상하게 만드는 여자들이 희생자가 된 것은 아니었을까?

계속 불안하게 주위를 두리번거리던 이병도는 몸을 제대로 가누지 못하다가 결국 피곤하다며 자리에서 일어났다. 교도관이 그를 데리고 나갈 때에도 선경은 오늘이 마지막이라는 얘기를 하지 않았다.

더 만난다고 해도 그가 다른 희생자나 여죄를 밝힐 것 같지는 않았다. 다른 희생자들에 대해 함구하고 있는 이유가 뭔지 모르지만 그는 비밀을 끝까지 묻어두려고 하고 있다. 비밀을 밝혀내지는 못했지만 이번 면담은 그에 대해 많은 것을 알아낸 시간이었다. 이 정도라면 한 회장도 아쉬워하지 않을 만큼 보고서를 쓸 수 있을 것이다.

선경은 시원섭섭한 기분으로 면담실을 둘러보았다.

처음 오던 날 호흡 장애를 느낄 정도로 답답하고 부담스런 곳이었다. 시간이 지나 이병도와의 이야기가 진전되자 밀폐된 이곳이 오히려 집중하는 데 훨씬 도움이 되었다는 것을 깨달았다.

가방을 싸고 자리에서 일어나던 선경의 눈에 탁자 위에 놓인 사과가 보였다. 선경은 이병도가 남긴 사과를 들어 바라보다가 조심스럽게 한입 베어 물었다.

사과의 싱그러운 향이 입안 가득 퍼졌다. 선경은 탁자 위에 사과를 내려놓았다. 한쪽 귀퉁이가 나간 사과는 이병도의 몫으로 남겨놓고 면담실을 나섰다.

4장

광, 맥스웰의 은빛 망치,
녀의 머리를 내려쳤네.
그랑 쨍그랑, 그녀가 죽었
고 확신했지.

24.

아침에 남편이 워싱턴으로 떠났다.

지난밤 선경은 남편에게 희주 이야기를 꺼냈다. 하영에게 심리 검사와 함께 상담을 받아보게 하자는 이야기를 하자 남편은 화를 냈다.

"왜 그런 걸 받아야 하지? 이제 학교도 다니고 잘 적응해가고 있잖아?"

"정말 잘 적응하고 있다고 생각해요?"

"그럼 하영이가 무슨 문제라도 있다고 생각하는 거야?"

아이가 온 뒤로 선경은 하영이 남편의 아킬레스건이라는 걸 알았다.

그는 아이와 떨어져 지내는 동안 아이에게 아빠 노릇을 해주지 못했다는 것에 대해 죄책감을 가지고 있다. 그것이 아이의 문제를 똑바로 바라보는 데 장해가 되고 있었다. 선경은 학교에서 있었던 일과 희주가 했던 이야기를 전해주었다.

"사실은 당신도 알고 있죠?"

"……."

"하영이가 겪은 일은 보통 아이들이 겪었던 일과는 달라요. 엄마의 자살에 화재까지 있었어요. 상처가 없다면 그게 이상한 일이죠."

"그저 시간이 지나면 잊어지고 괜찮아질 거라고 생각했어……."

"그건 당신 바람이죠."

"잘 이겨가고 있잖아?"

남편은 버티고 싶어 했다.

"겉보기만 그렇죠. 아니, 오히려 그게 더 걱정돼요. 아프다고 말도 하지 못하고 혼자 속으로 앓고 있는 건 아닌지……."

남편은 말이 없었다. 그는 선경이 하영의 일을 이야기할 때마다 인상을 찡그렸다. 한동안 아이를 돌보지 못했던 그로서는 아이에게 문제가 있다는 것을 절대 인정할 수 없을 것이다. 아이에 대한 것 모두 자신의 탓이라고 생각할 게 분명했다. 선경은 비난처럼 들리지 않게 최대한 부드럽게 돌려 이야기했다.

"내가 상담을 받아보자고 하는 건 일종의 종합검진 같은 거예요. 작은 징후들이 있다면 이걸로 미리 예방할 수도 있고요. 당신도 의사니까 잘 알잖아요. 혼자 감당하기엔 벅찬 일들을 겪었어요. 그게 어떤 상처를 남겼는지 알아요? 보이지 않는다고 괜찮다고 말할 수 있어요? 혹시라도 상처가 있다면 그 상처가 더 커지기 전에 아물게 할 방법을 찾아야죠."

선경의 설득에 남편은 결국 항복을 하고 말았다. 그는 고개를 끄덕이고 상담을 받는 것에 동의했지만 여전히 표정이 좋지는 않았다.

선경은 비로소 안도의 한숨을 내쉬었다. 여기서 승낙을 해줘 다행이다 싶었다. 그렇지 않았다면 하영의 문제를 남편에게 인식시키기 위해서 좀더 공격적으로 나갔을지도 모른다.

남편은 이 문제는 자신이 직접 이야기하는 게 좋겠다며 출장에서 돌아올 때까지 기다려달라고 했다. 선경의 생각에도 그게 나을 것 같았다. 무엇보다 아빠에게 듣는 게 하영도 거부감이 덜할 것 같았다.

남편과 딸의 작별 인사는 꽤나 길었다. 열흘이나 자리를 비워야 해서 그런지 남편은 계속 하영에게 잔소리를 하며 해야 할 일을 챙겼다. 또 돌아와서 함께 놀이공원에 가자거나, 곧 방학이니 바닷가에 가자는 등 약속을 남발했다. 아마도 그동안 하영에게 신경쓰지 못한 것을 보상해주겠다는 얘기 같았다. 남편의 애틋함과는 대조적으로 하영은 생각보다 아빠의 출장을 덤덤하게 받아들였다. 열 가지도 넘는 약속을 하고도 부족한지 남편은 지난번보다 더 큰 곰 인형을 사 오겠다는 약속을 하고 집을 나섰다.

남편이 먼저 나가고 나자 하영도 학교에 가기 위해 2층으로 올라갔다.

열흘이나 남편이 없다.

열흘 동안 선경은 최대한 하영에게 집중하기로 마음먹었다. 이 열흘을 어떻게 보내느냐에 따라 선경과 하영의 관계가 결정될 것이다. 담임을 만나고 온 날 하영을 안아준 뒤로 선경은 틈만 나면 하영을 안아주고 스킨십을 했다. 아이와 손도 잡지 않던 때에 비하면 둘 사이가 한결 가까워졌다. 그게 다 살을 부비고 체온을 나누었기 때문이라는 생각이 들었다.

하영이 늦었다며 서둘러 내려왔다. 현관에 나가 신발을 신던 하영은 선경이 부르자 재빨리 달려와 두 팔로 선경의 허리를 감싸 안았다. 잠시 포옹을 나누고 하영은 급하게 집을 나섰다.

혼자 집에 남은 선경은 거실 앞뒤 문을 모두 열어놓고 청소를 시작했다.

그때 선경의 핸드폰이 울렸다. 전화번호를 보니 낯선 전화였다.

전화를 받자 듣기 좋은 저음의 목소리가 들려왔다. 선경은 금방 유 경사의 목소리를 기억해냈다. 그의 갑작스러운 전화가 반갑기도 하고 한편으로 의아하기도 했다. 방화 사건이 해결이 된 것일까 하는 생각이 스쳤다.

생각과 달리 유 경사는 할 얘기가 있으니 잠시 시간을 내어 만나달라고 했다.

서울시경으로 직접 찾아가기로 하고 통화를 마치자 머리 한편으로 서늘한 바람이 스쳤다. 불길한 예감이 들었다.

광화문 앞 서울지방경찰청에 도착한 것은 점심시간이 지난 2시경이었다.

광화문역에 내려 세종문화회관 뒷길로 걸어가자니 한낮의 뜨거운 햇살이 아스팔트를 녹이고 있었다. 빌딩과 가로수가 만든 손바닥만 한 그늘을 찾아 걸었다. 안내소에 도착해 확인 전화를 걸고 방문이라는 명찰을 달고서야 안으로 들어갈 수 있었다.

현관으로 들어서자 엘리베이터에서 유 경사가 내리고 있는 모습이 보였다. 그는 황급히 선경에게 다가와 인사를 건넸다.

"날도 더운데 일부러 여기까지 오시느라 고생 많으셨습니다."

"아니에요."

선경은 유 경사와 함께 1층 로비 옆에 있는 휴게실에 들어섰다. 선경이 자리에 앉는 것을 보며 유 경사가 주머니에서 동전을 꺼내더니 자판기 앞에 섰다.

"뭐 드시겠어요?"

"물 마실게요."

유 경사는 캔커피와 생수 한 병을 자판기에서 꺼내 들고 선경의 맞은편에 앉았다. 자판기에서 금방 나온 물은 햇빛에 달구어진 선경의 몸을 식혀줄 만큼 차가웠다.

"제가 가도 되는데 그랬습니다."

"아니에요. 그런데 하실 말씀이……?"

"부검 결과가 나왔습니다."

"네?"

"사실 이 이야기를 어떻게 꺼내야 할지 모르겠습니다. 하지만 이 선생님은 이쪽 일과 관련이 있는 분이니 제가 하는 이야기를 냉정하게, 논리적으로 받아들이실 거라 생각합니다."

뜸을 들이는 유 경사의 태도가 아무래도 불안했다. 도대체 무슨 이야기를 하려고 저렇게 머뭇거리며 전제를 까는 것일까?

"지난번 응암동 화재 사건, 그건 방화였습니다. 그리고 그 방화는 살인이 일어난 뒤에 벌인 것입니다."

선경은 유 경사가 하는 말을 들으면서도 무슨 의미인지 금방 와닿지 않았다.

"잠깐만요. 그 화재가 살인 사건이란 얘긴가요?"

"네. 살인 사건을 감추기 위한 방화, 그렇게 추정합니다."

"그렇다면 부검 결과라고 하신 건…… 하영이 외조부모님 말씀인가요?"

"예."

유 경사는 단호하게 말했다.

선경은 자신도 모르게 도리질을 쳤다. 화재 사건이라고 해서 그저 사고로만 알고 있었다. 그 사건이 누군가의 악의에 의해 저질러진 일이라니 믿기지 않았다. 그 일로 얼마나 많은 사람들의 삶이 달라졌는가?

"범인은 잡았나요?"

"우선 부검 결과부터 이야기를 하죠."

아직 범인을 잡지는 못했는지 유 경사는 다른 이야기를 시작했다. 선경은 그가 왜 일부러 자신을 불러 이런 설명을 하는지 의아했다.

"부검 결과는 이렇습니다. 두 사람 다 불이 나기 전에 죽었습니다. 식도와 폐에서 화기가 발견되지 않았어요. 화재가 나서 죽었다면 식도와 폐 속에 화재 당시 발생한 연기가 남아 있을 겁니다."

화재로 죽었다면 그렇게 이불 속에 얌전히 누워 있지도 않았을 것이다. 유 경사는 현장에서 본 노부부의 모습을 잠시 떠올렸다.

"그럼 사인은 뭔가요?"

유 경사는 주섬주섬 점퍼 안을 뒤지더니 몇 번 접은 종이 한 장을 꺼냈다. 국과수에서 보내온 부검 소견서였다.

"독극물에 의한 중독삽니다."

"그럼…… 자살의 가능성도 있는 것 아닌가요?"

"옆방에 손녀를 내버려두고 집을 불태울 준비를 한 뒤에 약을 먹는 자살도 있을까요?"

"……."

"더구나 독극물에 의한 사망인 경우 고통으로 몸을 비틀기 마련인데, 두 사람 다 가지런히 이불 속에 두 손을 모으고 있었어요. 이건 두 사람의 죽음을 확인한 뒤 사체를 정리하고 불을 질렀다는 얘기가 되겠죠."

"살인 후 방화가 일어났다면…… 현장의 증거들은 하나도 남아 있지 않겠군요."

"네. 애석하게도, 단서라고 할 만한 게 거의 없죠……. 다만……."

"……?"

"의심 가는 사람은 있습니다."

"누군가요?"

유 경사는 쉽게 대답을 하지 못하고 망설이다가 선경을 쳐다보았다. 난감해하는 표정을 보자 퍼뜩 머리를 스치는 것이 있었다. 그들은 여름날 땀을 뻘뻘 흘리며 집으로 와 하영을 만나고 돌아갔다. 그때 했던 질문들이 무엇이었는지 떠올려 보았지만 생각나지 않았다.

"설마……?"

"그 집에 함께 있었던 사람, 윤하영입니다."

"지…… 지금 무슨 말씀을 하시는 거예요? 하영인 어린애예요. 고작 열한 살이라고요."

선경의 반발에 난감해진 유 경사가 잠시 이마를 긁적이더니 물었다.

"이 선생님 공부하신 자료 중에 가장 어린 살인자가 몇 살인가요?"

선경은 말문이 막혔다. 그렇다. 나이는 중요하지 않다.

20세기 역사상 가장 끔찍한 미성년 연쇄살인자 메리 벨 또한 열한 살이었다. 친구와 함께 세 살도 안 된 이웃집 아기를 데려다 목졸라 죽이고 가위로 사체를 훼손하기까지 했다. 그렇게 멀리 갈 것도 없이 얼마 전 가까운 일본에서도 초등학생이 같은 반 급우를 살해해 충격을 준 사건이 있었다.

"그런 생각을 하게 된 데는 몇 가지 이유가 있습니다."

선경은 쿵쾅거리는 자신의 심장 소리를 온몸으로 느끼며 유 경사의 말에 귀를 기울였다.

"화재 현장에 나가보면 피해자들의 모습이 비슷합니다. 갑작스레 당한 일이라 경황이 없어 제대로 옷을 챙겨 입지도 못하고 나오는 경우가 대부분이죠. 그날 새벽, 구조된 아이를 보면서 뭔가 위화감을 느꼈어요. 처음엔 무엇 때문인지 몰랐는데 나중에 생각해보니 아이가 입고 있는 옷이 낯설었던 겁니다."

유 경사는 그날 새벽의 일을 분명히 기억한다. 구급대원에게 안겨 나오면서도 곰 인형을 안고 있던 아이. 거기에 양말과 신발까지 신고 있었다. 연기를 피해 창문으로 나왔다는 아이가 어떻게 현관에 있었을 신발을 신고 있었을까? 미리 챙겨두었다는 얘기밖에 되지 않는다.

"아이는 주머니에 아빠의 명함을 가지고 있었어요."

"그건…… 어쩌면 아이가 몰래 아빠에게 가려고 한 게 아닐까요?"

선경은 유 경사가 가지고 있는 증거물을 어떻게 해서든 부정하고 싶었다.

유 경사도 하나의 퍼즐 조각만 보고 있는 거야. 그걸로 사람을 판단하면 안 되지. 잘못 수집된 증거물 때문에 억울한 누명을 쓰는 사람이 얼마나 많은데, 하영이 우연히 그날 외할머니네 집을 나와 아빠에게 갈 생각을 하고 있었다면 이런 것쯤 얼마든지 설명할 수 있잖아.

그것으로는 아무것도 판단할 수 없어. 판단해선 안 돼. 하지만 선경은 그렇게 외치는 자신의 목소리가 점점 작아지고 있다는 것을 깨달았다.

"아이는 구조되어 나온 뒤 할아버지 할머니에 대해 한마디도 하지 않았습니다. 보통의 아이라면 그런 상황에서 보호자가 안 보이면 찾거나, 구해달라고 할 겁니다. 그런데 하영이는 할아버지 할머니가 안전한지, 집에 남아 있는지 알려고도 하지 않았어요. 그건 이미 어떤 상황인지 알고 있다는 얘기겠죠."

유 경사는 선경에게 그날의 이야기를 하면서 또 하나의 모습을 떠올렸다.

구조되고 나서 아빠와 연락이 닿은 뒤 경찰차에서 자고 있던 하영의 모습. 지금 생각해보면 충격으로 놀라 두려움에 잠든 모습이 아니라, 아빠가 온다는 사실에 만족한 모습이었다.

"무슨 말을 해야 할지 모르겠네요. 너무 뜻밖이라."

선경은 더이상 유 경사의 이야기를 듣고 앉아 있기가 힘들었다. 머릿속에 거대한 회오리가 몰아쳤다.

"물론 이건 전부 제 추론일 뿐입니다. 이 추론을 입증할 어떤 증거물도 없고요. 노부부가 마신 독극물이 발견된다면 모를까 지금으로서는……. 아무에게도 얘기하지 않았습니다. 같이 일하는 동료조차도 모르죠."

"그런데 왜……?"

"다른 사람은 몰라도 이 선생님은 아셔야 하니까요. 이 분야의 전문가이고 현재 그 아이의 보호자이기도 하니까요."

"……."

선경은 아무 말도 할 수 없었다.

"잘 지켜보십시오. 제가 하고 싶은 말은 이게 전부입니다."

유 경사는 선경을 남겨두고 먼저 일어났다.

휴게실에 혼자 남겨진 선경은 한동안 자리에서 일어날 생각도 하지 못했다.

무엇을 어떻게 생각해야 할지, 이 일을 어떻게 받아들여야 할지, 그리고 남편에게는 뭐라 얘기해야 할지, 모든 게 뒤엉켜 생각을 할 수가 없었다. 사방으로 흩어진 정신을 간신히 추스르고 오랜 시간 고민한 끝에 내린 결론은 하나였다.

아직 얘기하지 말자.

어떤 것도 확인시켜주지 못하면서 아이를 살인자로 몰아갈 수는 없다.

아빠에게 오기 위해 할머니 할아버지를 죽이고 집에 불까지 지를 필요는 없다. 전화 한 통이면 아빠를 만날 수 있는데 왜 아이가 자기 목숨까지 위험한 짓을 하겠는가?

머릿속으로는 그렇게 생각하지만 가슴에 와닿지 않았다.

선경은 알고 있다. 얼마나 많은 살인자들이 말도 안 되는 이유로 사람을 죽이는지.

경찰청 문을 나서면서 당장 집으로 돌아가면 하영의 얼굴을 어떻게 볼 것인지 두려웠다.

지하철역으로 향하던 선경은 생각을 바꾸어 응암동으로 향했다. 이대로 집으로 돌아갈 수가 없었다. 무엇을 해야겠다는 생각은 없었지만 하영이 살던 집을 보고 싶었다. 어쩌면 유 경사의 말을 검증하고 싶었는지도 모른다.

유 경사에게 주소를 물어 찾아간 집은 화재 뒤 방치되어 여전히 흉물스럽게 서 있었다. 말로 전해 들었을 때는 느끼지 못했던 그날 밤의 처참했던 상황이 한눈에 그려졌다. 불길 속에 서 있는 하영의 모습이 생생하게 떠올랐다. 화재 현장은 그 자체로 선경을 압도했다.

선경은 안까지 들어가볼 엄두도 내지 못하고 서둘러 집을 나왔다.

골목 입구로 들어서던 중년 아주머니가 집을 나오는 선경을 발견하고 경계심을 드러냈다. 아주머니는 천천히 지나치는 선경을 바라보다 퉁명스럽게 말을 건넸다.

"저 끝 집 찾아왔어요?"

그냥 지나치려던 선경은 말없이 고개를 끄덕였다. 선경의 복잡한 표정을 읽었는지 아주머니는 금세 경계심을 풀었다.

넉넉한 인상만큼이나 오지랖이 넓은 편인지 선경을 위아래로 훑어보더니 안됐다는 듯 혀를 찼다. 아마도 소식을 듣고 뒤늦게 달려온 친척으로 생각한 듯했다.

"불쌍해서 어쩐데……. 그래, 이 집과는 어떻게 되는 사이신가?"

선경은 뭐라 둘러댈 말을 찾지 못해 대답할 기회를 놓쳤다. 하지만 아주머니는 그마저도 다 짐작한다는 듯 고개를 끄덕였다.

"많이 놀란 모양이네. 하긴 왜 안 그렇겠어? 무슨 액이 끼어서 그렇게 흉한 일이 자꾸 생기는지……. 누구 말대로 죽은 딸이 못 떠나고 있는 건지."

"딸이라면, 하영이 엄마 말씀인가요?"

"그렇지. 아이구, 제 손으로 약 먹고 죽었잖아. 뭔 일인지는 몰라도 부모 자식 멀쩡하게 살아 있는데 왜 그런 짓을 해? 그 뒤로 저 집 할머니 살아도 사는 게 아니었어요."

"하영인 여기서 잘 지냈나요?"

"그 아이? 그거야 뭐…… 문 닫고 들어가면 안에서 어떻게 사는지 누가 아나……."

아주머니는 뭔가 말을 꺼내다 급하게 입을 다물고는 대충 둘러대며 허둥거렸다. 조금 전까지 꽤나 집안 사정을 알고 있는 듯하더니 말투도 바뀌었다. 무엇 때문인지 궁금해졌다.

"하영이에게 무슨 일이 있었나요?"

"아이 일은 왜 자꾸 캐물어요? 어떻게 되시는데?"

아주머니는 하영의 일을 캐묻는 선경이 불편했는지 오히려 되물었다.

"지금…… 제가 데리고 있어요."

선경은 솔직하게 이야기했다. 선경의 말을 들은 아주머니의 표정은 조금 전보다 더 복잡하게 변했다. 갑자기 급한 볼일이라도 생긴 듯 서둘러 집안으로 들어가려는 모습이 어색하기만 했다.

"잠깐만요, 무슨 일인지 얘기해주시면 안 될까요?"

"아, 우리야 이웃에 사는 것뿐인데 집안 사정을 어떻게 알아요?"

오지랖 넓게 먼저 말을 걸던 사람이 쫓기듯 자기집으로 들어가버렸다. 하영에 대해 언급하는 것 자체를 꺼리는 것 같았다. 당혹감에 소름이 돋았다. 위가 뒤틀리는 것처럼 조여왔다. 이마에 땀이 송골송골 맺혔지만 손끝은 급격히 차가워졌다.

선경은 뒤도 돌아보지 않고 서둘러 골목을 빠져나왔다.

25.

후덥지근한 날씨가 계속되고 있다.

이병도는 다시 교도관을 불러 선경과 면담을 하게 해달라고 요청을 했지만 돌아오는 것은 비웃음뿐이었다. 고래고래 소리를 지르고 난동을 부린 끝에 보안과장이 직접 그의 감방을 방문했다.

"면담을 해야겠어. 아직 할 얘기가 남았다구."

"그 심리학자는 할 얘기도, 듣고 싶은 얘기도 없는 모양이던데?"

"그 여자를 만나야 돼!"

"몰랐나 본데, 지난번이 마지막이었어. 이제 그 여자는 널 만나러 오지 않아."

"뭐? 아니야. 그럴 리 없어. 당장 연락해. 아직 내 얘기 안 끝났어!"

이병도가 소리치자 보안과장이 철창으로 다가와 그의 얼굴에 대고 속삭였다.

"그럴 거면 진작에 잘 좀 하지 그랬어? 하긴 그래봐야 네 놈 얘기 같은 건 들을 필요도 없겠지만."

"여자들…… 나머지 시체들이 어디 있는지 말해주겠다고 해."

이병도는 숨겨둔 비장의 카드를 꺼냈다. 그 카드는 영원히 품속에 넣어 누구에게도 보여주지 않고 혼자 간직하려고 했다. 하지만 선경을 만날 수 있다면 그 카드를 버린다고 해도 아깝지 않다는 생각이 들었다. 간절히 원하면 다른 것들은 보이지 않게 되는 법이다.

보안과장이 놀란 눈으로 창살 너머의 얼굴을 바라보았다. 이병도의 말이 진심인지 확인하려는 듯 눈을 가늘게 뜨고 노려보며 생각에 잠겼다. 하지만 잠시 후 그가 한 말은 이병도의 예상을 깨는 것이었다.

"몸이 달았군."

보안과장은 한쪽 입꼬리를 올리며 킥킥 웃었다.

이병도는 자신의 카드가 선경의 손에 가기도 전에 보안과장에 의해 구겨지는 것을 느꼈다. 이건 아니다. 이러기 위해 카드를 꺼낸 게 아니다. 그에겐 완성해야 할 커다란 계획이 있다. 그것을 이런 벌레 같은 놈이 망치게 내버려둘 수는 없다.

"얘기했잖아, 그렇게 까불다 언젠가 큰코다친다고."

"다른 사건들도 다 얘기하겠다니까!"

"그건 경찰이나 검사들이 관심 있어 할 얘기고, 난 네놈이 여기에 잘 처박혀 있으면 그걸로 만사 끝이거든?"

"변호사를 불러줘. 가만두지 않겠어."

"그러시든지. 근데 말이야, 그동안 하도 네 거짓말에 속아서 변호사가 일부러 시간을 내실지 모르겠네? 재판도 끝난 마당에 말이야."

보안과장의 말을 들은 이병도는 약이 오르는지 얼굴이 벌겋게 달아올라 소리를 지르기 시작했다.

"교도관, 교도관! 소장을 불러줘. 소장을 만나야겠어."

하지만 복도 끝에서 달려온 교도관은 보안과장의 옆에 서서 이병도는 쳐다보지도 않았다.

"너희들 이래도 되는 거야? 내가 누군지 알아? 나 이병도야, 내가 가만있을 줄 알아?"

"계속 소리쳐보시지?"

보안과장은 이병도의 발악에도 동요하지 않고 태연하기만 했다.

갑자기 다른 감방 여기저기에서 쿵쾅거리며 문을 두드려대기 시작했다. 시끄럽다고 쌍욕을 해대는 소리가 사방에서 들려왔다. 그들도 이병도의 목소리를 더이상 듣기 싫었던 것이다.

이병도는 창살을 붙잡고 부르르 몸을 떨었다. 분노로 온몸이 뜨거워졌다. 어디선가 다시 노랫소리가 시작되었는데 이렇게 시간을 낭비할 수 없다. 느리고 미치도록 숨이 막히게 했던 엄마의 노래. 쨍그랑 쨍그랑…….

보안과장은 충혈된 눈으로 노려보는 이병도를 내버려두고

교도관과 함께 중간 철창문을 열고 나갔다.

혼자 남겨진 이병도는 벽에 등을 기대고 무너지듯 주저앉아 생각하기 시작했다.

이대로 무기력하게 있을 수는 없다. 어떻게 해서든 선경을 다시 만나야 한다.

자신의 머릿속에 들리는 엄마의 노래를 이해해줄 사람도, 그 노래를 멈추어줄 사람도 선경밖에 없다. 이병도는 선경에게만은 자신과 엄마의 오랜 이야기를 하고 싶었다.

비 오는 마당에서 첫 번째 살인을 저지르던 그때, 엄마가 죽은 것을 확인한 뒤 그는 밤새 마당을 파헤쳐 엄마를 묻었다. 마당을 물들이던 엄마의 피는 빗물에 씻겨 하수구로 사라졌다.

이병도의 탄생이 그러했듯, 엄마의 죽음도 세상 누구의 관심을 받지 못했다. 어차피 세상 사람들과 담을 쌓고 살던 터라 찾아오는 사람도 없었다.

엄마를 마당에 묻은 며칠 뒤, 그는 경찰서에 찾아가 엄마가 가출을 했다고 신고했다. 며칠째 집에 돌아오지 않는다고. 경찰들은 서류를 주며 형식적인 질문을 던졌다. 경찰이 나서서 찾아주는 게 아니냐고 묻자, 자신들은 가출한 사람까지 신경 쓸 여력이 없다고 했다. 아이도 아니고 어른이니 본인 의지로 나갔다면 돌아올 수도 있으니 집으로 돌아가 기다려보라는 말만 했다. 그는 짐짓 어두운 표정으로 경찰서를 나왔지만 집으로 돌아가면서 콧노래를 불렀다. 엄마는 절대로 돌아오지 않을 것이다. 아니, 떠난 적이 없으니 돌아올 일도 없다.

그는 태어나서 처음으로 두려움에 떨지 않고 깊은 잠을 잤다.

생각해보면 어릴 때부터 언제 엄마가 베개로 얼굴을 덮어버릴지 몰라 발소리나 부스럭대는 소리만 들려도 벌떡 일어나야 했다. 과수원집에서도 깊은 잠을 잘 수가 없었다. 잠이 들면 엄마가 나타나 집으로 가자며 그의 팔을 잡아끌었다. 발버둥을 치며 저항을 하면 갑자기 깊은 욕조에 집어던졌다. 몇 번이나 숨이 막혀 잠에서 깨어났다. 차라리 잠을 자지 않는 게 낫겠다 싶어 과수원 사과나무 사이를 밤새 걸어 다닌 적도 많았다.

처음으로 잠이 얼마나 달콤한지 안 뒤로 그는 단 한순간도 엄마 생각을 하지 않았다.

몇 년이 지나 경찰서에서 시신을 확인하러 오라는 말을 듣고 놀라서 한달음에 달려갔다. 저수지의 물이 빠지면서 발견된 익사자였는데, 가출 서류에 적었던 인상착의와 비슷했던 모양이다. 그는 고개를 저으며 자신의 엄마가 아니라고 했고, 가출중인 엄마를 찾는 데 여전히 인색한 경찰에게 화를 냈다.

집으로 돌아오면서 엄마는 어디로 사라진 것일까 생각할 정도였다. 하지만 그렇게 머릿속에서 엄마를 완전히 지웠다고 생각했지만 그것은 착각이었다. 엄마는 여전히 그의 머릿속에 숨쉬고 있고, 깊은 잠에 빠진 그의 잠자리에 찾아와 귓가에 대고 〈맥스웰의 은빛 망치〉를 계속 불러대고 있었다. 그것을 깨달은 것은 십오 년이 지난 어느 날이었다.

주변에 생긴 공장에서 일을 하며 직장과 집을 오가는 단조로운 생활을 즐기며 사람들 무리 속에 살고 있었다. 일은 단순했다. 가끔은 동료들과 술을 마시며 어울렸고 여자들도 만났다. 여자들은 그를 보기만 하면 미소를 지으며 다가왔다. 다들 잘생기고 착해 보이는 얼굴에 반한 것이었지만 여자들이 적극적으로 나올수록 그는 그녀들을 멀리했다. 차라리 여자들이 없는 게 마음 편했다.

동료들은 그런 그를 보고 숫기가 없다고 생각했다. 아직 여자 경험이 없기 때문에 그렇게 수줍어한다고 했다. 동료들의 말이 맞을지도 모른다. 그는 여자들에 대해 알고 싶지 않았다. 두려웠다고 하는 편이 맞을 것이다.

어느 날 회식 자리에서 2차, 3차로 이어진 술자리에 끌려갔다가 혼자 빠져나온 적이 있었다. 도심도 아닌 한적한 곳이라 자정이 넘어간 시간에는 몇몇 유흥업소의 불빛만 번쩍거릴 뿐 인적도 드물었다. 술기운에 비틀거리며 길을 걷다 자기도 모르게 노래를 흥얼거렸다.

쾅쾅, 맥스웰의 은빛 망치, 그녀의 머리를 내려쳤네.
쨍그랑 쨍그랑, 그녀가 죽었다고 확신했지.

자신이 무슨 노래를 부르고 있는지 깨닫고 소스라치게 놀라 그 자리에 멈춰 섰을 때 낯선 여자가 웃으며 그에게 다가왔다. 그곳에서 다시 살인이 시작되었다.

이병도는 머리를 털었다. 이제 와서 오래된 과거의 일을 기억하면 무슨 소용이 있나 싶었다.

그는 선경이 건네주던 사과를 떠올렸다.

아줌마는 과수원에서 가장 높은 곳에 매달린 크고 싱싱한 사과를 따 그의 손에 쥐여주곤 했다. 다시 맛본 사과는 이십 년의 시간을 뛰어넘었다. 그는 다시 유월의 과수원에 서 있었다. 바람에 흔들리는 풋사과가 보였다. 웃고 있는 두 누이와 여자아이가 보였다. 태어나서 처음으로 편안함을 느낀 시간이었다.

이병도는 생각했다. 선경을 다시 만나면 그 시절로 돌아갈 수 있을 거라 믿었다. 평생 단 한 번뿐일 것 같던 기회. 하지만 이십 년을 기다린 끝에 다시 기회가 온 것이다. 그는 이 기회를 놓칠 수 없었다. 선경은 기회를 주겠다고 했다. 다시 만날 수만 있다면.

선경이 엄마의 노래를 멈춰주리라.

26.

오후부터 몰려든 잿빛 구름은 하늘을 온통 시커멓게 물들였다. 금방이라도 비를 뿌릴 듯 무겁게 가라앉은 구름들이 서로 뒤엉키며 불꽃을 일으키기 시작했다. 불어오는 바람에서도 축축한 공기의 냄새를 맡을 수 있었다.

유 경사와 만나고 집으로 돌아온 선경의 기분은 날씨만큼이나 침울하고 스산했다.

바람으로 덜컹거리는 대문을 열고 들어와 집을 바라보았다.

마당에는 강아지가 가지고 놀던 금색 탱탱볼이 굴러다니고 버드나무가 머리를 풀어헤친 채 흔들리고 있다. 거실에는 작은 조명등이 켜 있고 집안은 조용하기만 하다. 2층 하영의 방도 불이 꺼져 있다. 아직 학교에서 돌아오지 않은 모양이다.

선경은 자신이 무슨 이야기를 듣고 왔는지 여전히 실감하지 못했다.

유 경사가 한 말을 전부 믿을 수는 없다. 그 역시 증거는 없고 자신의 추측을 이야기하는 것뿐이라고 했다. 하지만 하영이 이 집에 들어온 첫날부터의 기억을 더듬어본다면 유 경사의 말을 완전히 무시할 수도 없다.

화재 사건으로 이 집에 들어온 그날부터 하영은 한 번도 할아버지와 할머니 이야기를 한 적이 없다. 유 경사가 짚어주기 전까지 생각지도 못한 일이다. 그저 하영이 화재로 얼마나 충격을 받았을까 하는 생각만 했다. 너무 견디기 힘든 일이었기 때문에 의식적으로 그때를 되돌아보고 싶어 하지 않는 것이라 믿었다.

하지만 끔찍한 화재를 겪은 것치고는 스트레스도 없어 보였다. 마치 기다리고 있었다는 듯 하영은 아빠와 함께 사는 것에 익숙해졌다.

'정말로 그 화재가 하영의 짓일까?'

화재만이 아니다. 유 경사는 더 충격적인 의견을 내놓았다.

화재가 발생하기 전 독살당한 할아버지와 할머니. 과연 누가 노부부를 독살하고 불까지 지를 수 있을까? 자꾸 끔찍한 그림들이 머리에 떠올라 선경은 머리를 흔들었다. 아무것도 확인되지 않았다. 성급하게 단정짓지 말자. 이럴 때 남편이라도 곁에 있었으면.

남편은 앞으로 열흘은 있어야 돌아온다. 열흘 동안 하영과 단둘이 지내야 한다. 하영과 보내야 하는 시간들이 갑자기 목을 조여왔다.

바람이 더 거세지기 시작했다. 빗방울도 툭툭 떨어진다. 현관으로 걸음을 옮기던 선경의 발에 탱탱볼이 걸렸다. 선경은 탱탱볼을 집어올렸다. 강아지 생각이 났다. 그럴 리가 없다. 그렇게 강아지를 예뻐하는 아이가 그런 끔찍한 일을 저지를 리 없다. 부정하면 할수록 또 다른 기억들이 선경을 괴롭혔다.

선경은 아랫입술을 지그시 깨물었다. 손에 든 탱탱볼을 가만히 쥐었다가 내려놓았다. 집안으로 들어가자 2층 계단으로 눈길이 갔다. 사실을 확인하고 싶다는 생각과 상상 이상의 무언가를 보게 될까 봐 두려운 기분이 뒤섞여 마음을 어지럽혔다. 망설이던 선경은 결국 아이의 방으로 올라갔다.

문을 열자 강아지가 달려와 선경을 맞았다. 선경은 강아지를 안고 하영의 방으로 들어섰다. 무엇을 찾아야 할지도 모르면서 아이의 방을 둘러보았다.

모든 것이 깔끔하게 정리가 되어 있다. 책상을 보니 책꽂이와 필통 같은 것들이 단정히 제자리에 놓여 있다. 하영의 깔끔한 성격이 느껴졌다. 책상 서랍을 열었다. 수첩과 공책, 몇 가지 잡다한 문구용품들이 가지런히 놓여 있었다.

품에 안겨 있던 강아지가 답답한지 끙끙거렸다. 선경은 강아지를 내려놓고 옷장을 열었다. 옷들이 가지런히 들어 있었다. 슬쩍 옷가지를 들춰보다가 다시 닫았다.

갑자기 하영의 따귀를 때리던 기억이 떠올랐다. 어쩌면 유경사의 말이 자신을 잘못된 길로 들어서게 하고 있는지도 모른다. 하영에게는 분명 자신이 모르는 이유가 있을 것이다.

모른 척하자. 낯선 사람의 추측으로 지금의 평화를 깨뜨릴 수는 없다. 그런 생각을 하자 더이상 방에 있을 수가 없었다. 방문을 열려고 손잡이를 잡는 순간 어디선가 낑낑거리는 강아지 소리가 들렸다. 방으로 고개를 돌렸다.

강아지가 서랍장 한쪽을 발톱으로 긁어대며 끙끙거리고 있었다. 뭔가 그의 관심을 끄는 냄새라도 맡은 것 같았다. 선경은 쉽게 서랍장을 열지 못하고 한동안 노려보고만 있었다. 그러다 결심한 듯 서랍장을 열었다.

여벌의 이불이 들어 있었다.

자신도 모르게 한숨이 새어 나왔다. 강아지가 아까보다 더 낑낑거렸다. 그대로 서랍을 닫으려던 선경은 조심스럽게 이불을 들춰보았다. 이불 아래 작은 상자가 있었다. 문득 기분 나쁜 예감이 스쳤다. 코끝으로 묘한 냄새도 느껴지는 것 같았다.

이미 벌인 일이다. 이대로 멈출 수는 없었다. 선경은 상자를 꺼내 들고 침대에 걸터앉았다. 납작한 티슈 박스 크기와 비슷한 상자였다. 무겁지는 않았다. 조심스럽게 상자를 열던 선경은 기겁을 하고 상자를 떨어뜨렸다.

상자에서 나온 것들이 주위에 흩어졌다. 선경은 바닥에 떨어진 것들을 보고 기겁을 했다. 자신도 모르게 고개를 젓고 있었다. 눈으로 보고도 믿을 수가 없었다. 상자에는 뻣뻣하게 몸이 굳은 새가 몇 마리 들어 있었다. 어떤 것은 깃털이 뽑히고 배가 갈라져 있다. 그때 사용한 것인지 피 묻은 문구용 칼도 들어 있었다.

소름이 온몸을 타고 흘렀다.

선경의 머릿속에는 전학 수속을 하러 갔던 날, 자연학습 체험장에서 새를 잡으려고 하던 모습과 고양이에게 칼을 들이대는 하영의 모습이 떠올랐다.

하영은 누가 새를 가져갔는지 알면서 시치미를 떼고 아이들을 따라갔다. 아이들이 하려고 하는 일에 호기심이 생겼을 것이다. 만약 그때 아이들이 놀라 고양이를 놓아주지 않았다면 어떤 일이 벌어졌을까?

생각만 해도 머리카락이 쭈뼛 솟았다.

바닥에 떨어져 있는 새의 사체에 코를 대는 강아지를 얼른 안아 올렸다. 선경은 휴지를 꺼내 바닥에 떨어진 것들을 다시 상자에 담기 시작했다. 머릿속으로 자신이 알고 있는 온갖 정보들이 빠르게 지나갔다. 이마를 감싸고 침대에 털썩 주저앉았다.

아무것도 모르는 강아지가 선경의 다리로 올라앉았다. 선경은 강아지를 안고 쓰다듬으며 이 일을 어떻게 할 것인가 생각했다. 우선은 남편이 올 때까지 기다리기로 했다.

선경은 바닥을 쳐다보다 입술을 깨물며 죽은 새들이 가득한 상자를 닫았다.

선경은 비가 쏟아지는 줄도 모르고 생각에 잠겨 거실에 앉아 있었다. 비에 흠뻑 젖은 하영이 현관에 들어오는 줄도 모르고 있었다. 하영이 소리 내어 부르자 정신을 차렸다. 하영의 모습을 보고 그제야 창밖으로 시선을 돌려 내리는 비를 확인했다.

"어, 비 오는구나. 모르고 있었어."

"수건 좀 주세요."

"어? ……그래, 잠깐만 기다려."

하영이 현관에서 올라서지도 못하고 있는 것을 보고도 멍하니 앉아 있던 선경은 하영의 말에 겨우 자리에서 일어났다. 구겨진 휴지를 머릿속 가득 쑤셔넣은 것처럼 답답하고 불쾌한 기분이었다.

선경은 얼른 욕실에서 큰 수건을 가지고 나와 하영의 머리와 몸을 닦아주었다. 몸까지 모두 젖어 옷을 다 벗어야 했다. 꽤 오래 비를 맞았는지 아이의 몸이 차가웠다. 작은 어깨가 오돌오돌 떨고 있었다.

"학교에서 전화하지 그랬어?"

"괜찮아요, 비 오는 날이 좋아요."

"욕실에 들어가서 뜨거운 물로 샤워해. 아줌마가 옷 가져다줄게."

"내가 가져올게요."

아이는 선경의 대답을 듣지도 않고 빗방울을 툭툭 떨어뜨리며 2층으로 올라갔다.

하영이 샤워를 하는 동안 선경은 물을 끓였다. 따뜻한 우유와 초콜릿 무스 케이크를 준비했다. 샤워를 마치고 나온 아이의 볼이 발갛게 달아 있었다. 한결 기분도 좋아 보였다. 주방으로 들어온 하영은 식탁 위에 놓인 간식을 보더니 선경의 허리를 꼭 껴안았다.

선경은 숨을 멈췄다. 두 손으로 아이를 밀쳐내고 싶은 기분을 간신히 참아냈다.

하영은 자리에 앉으며 비를 맞고 걸어온 이야기를 해주었다. 기분이 좋은지 밝은 목소리로 재잘거렸다. 다른 때 같았으면 그 목소리에 장단을 맞춰 대답을 해주었을 것이다. 선경은 그릇 정리를 하는 척하며 시선을 피했다.

"아줌마는 어떤 날씨가 좋아요?"

"아줌마? 햇살이 좋은 봄 날씨?"

입에서 나오는 대로 대답을 해주었다. 아이가 어서 간식을 먹고 2층으로 올라갔으면 싶었다. 지금은 아무렇지도 않은 표정으로 아이와 마주앉아 이야기하고 싶은 생각도, 자신도 없었다. 마음을 추스를 시간이 필요했다.

평소와 달리 하영은 말이 많았다. 학교에서 있었던 일들을 재잘거리며 떠들기 시작했다. 짝꿍과 친구들과 같이 텃밭을 가꾼 이야기를 했다. 선경은 아이가 하는 이야기마다 신경에 거슬렸다. 고양이 사건 이후로 아이들이 따돌리고 있다며 걱정하는 담임의 문자를 받았다. 조금만 주의해서 들어보면 거짓말이라는 것을 알 수 있는 이야기를 천연덕스럽게 하고 있었다. 자신이 학교에서 아무 문제가 없다는 것을 보여주기 위한 것인지, 아니면 다른 이유가 있는지 궁금해졌다.

선경의 반응이 평소와 다르다는 것을 눈치챘는지 하영이 얘기를 하다 말고 쳐다보았다.

"아줌마, 왜 그래요?"

"응……. 머리가 좀 아파서 그래."

말을 해놓고 나니 정말로 관자놀이가 쑤시기 시작했다. 아니, 온몸이 쑤시기 시작했다.

"많이 아파요?"

"아니, 약 먹고 한숨 자면 괜찮아질 거야."

하영은 선경의 눈치를 보며 눈만 깜빡이고 있었다.

번개가 지나가는지 갑자기 주위에서 번쩍하는 빛이 보였다. 곧 우르릉거리는 소리가 들려왔다. 비 오는 날을 좋아한다던 하영도 몸을 움찔하며 마당 쪽을 바라보았다.

창문을 세차게 때리는 비를 바라보던 하영이 중얼거렸다.

"꼭 엄마 죽던 날 같다……."

"……!"

"그때도 이렇게 폭풍우가 오던 날이었는데……."

갑자기 하영의 목소리가 침울해졌다. 엄마에 대한 기억이 기분을 가라앉게 만든 것 같았다. 입맛이 없는지 들고 있던 포크를 내려놓고 자기 방으로 올라갔다.

선경도 안방으로 들어갔다. 어쩐지 몸이 무거워 서 있기도 힘들었다. 자기도 모르게 한 손을 이마에 대어보았다. 뜨거웠다. 아무래도 감기인 것 같았다.

약상자를 찾아 감기약을 꺼내 먹고 침대에 누웠다. 머리가 지끈거렸다. 자꾸 2층에 신경이 쓰였지만 아무 소리도 들리지 않았다. 빗소리와 창문이 덜컹거리는 소리에 묻혀 다른 소리는 들리지 않았다.

감기약 기운이 퍼지자 의식이 희미해지며 잠 속으로 미끄러져갔다.

27.

방안으로 들어온 하영은 창밖을 보다가 얼른 침대로 올라갔다. 번쩍하는 빛과 함께 곧 창문을 뒤흔드는 소리가 들렸다. 이불 속에 들어가 두 눈을 질끈 감았다. 부드러운 이불 속에 있으니 무서움이 한결 덜했다.

집에 와 자꾸 아줌마에게 말을 건 것은 혼자 있기 싫어서였다.

비를 맞고 집으로 돌아오는 내내 기분이 이상했다. 자꾸 누군가 뒤를 쫓아오고 있는 것 같은 느낌이 들었다. 뒤를 돌아보고 싶었지만 돌아볼 수가 없었다. 왠지 뒤를 돌아보면 죽은 엄마가 서 있을 것만 같았다. 갑자기 엄마 생각이 난 것은 꿈 때문이다.

전날 밤 아빠가 하영의 방으로 들어왔었다.

아빠는 앞으로 열흘 동안 출장을 가야 한다며 그동안 아줌마와 잘 지내고 있으라고 했다. 하영은 고개를 끄덕였다. 처음엔 아줌마가 싫었다. 엄마는 아줌마가 나쁜 사람이라고 했다. 아빠를 빼앗아 간 사람이고 자기밖에 모르는 못된 여자라고 했다. 남의 가정을 망가뜨린 여자라고 했다. 하지만 시간이 지나면서 엄마가 거짓말을 했다는 것을 깨달았다. 아빠는 엄마와 있을 때보다 아줌마와 함께 있을 때가 훨씬 좋은 것 같았다. 아줌마는 소리를 지르지도 않고 술을 마시지도 않고 욕을 하지도 않는다.

아줌마에게 뺨을 맞기는 했지만 별로 아프지는 않았다. 아줌마는 미안하다고 했다. 엄마는 한 번도 그런 말을 한 적이 없다.

하영은 몇 번이나 아줌마 말을 잘 들으라고 다짐을 시키는 아빠가 이상했다. 혹시 아줌마가 자신을 싫어해서 그러는 게 아닌가 싶었다. 그래서 아빠가 조심하라고 하는 것처럼 느껴졌다. 하지만 생각해보니 그건 아니다. 요즘 아줌마는 가만히 하영을 안아준다. 아줌마를 안고 있으면 눈을 감고 자고 싶어진다. 기분이 편안해진다. 엄마는 안는 것을 싫어했다. 엄마가 안아주는 것은 다른 사람들이 있을 때뿐이었다.

아빠가 아래층으로 내려가고 하영은 침대에 누워 엄마와 아줌마를 생각했다. 아줌마와 함께 사는 지금이 더 좋은 것 같다고 생각했다. 그리고 잠이 들었다. 하영은 꿈속에서 엄마를 만났다. 엄마는 잔뜩 화가 나 있었다. 그날 같았다.

—당장 아빠 데리고 와, 당장.

하영은 귀를 막았다. 엄마의 날카로운 목소리가 들려왔다. 엄마가 팔을 붙들고 비트는 바람에 너무 아파서 눈을 떴다. 그제야 꿈이라는 걸 알고 안심했다.

다시 번개가 친다. 비가 오고 바람이 분다. 이런 날 엄마는 더 아빠를 찾았다. 하영은 더이상 엄마 생각을 하고 싶지 않았다.

'엄마는 죽었어. 죽었잖아. 그러니까 이제 그만 생각해.'

그래도 오늘 같은 날이면 어디선가 엄마가 나타나 소리를 지를 것 같아서 무서워진다. 하영은 자리에서 일어나 베개를 안고 침대에서 내려왔다. 아줌마에게 안겨서 자면 엄마가 나타나도 무섭지 않을 것 같았다. 방에서 나오려는데 강아지가 발에 걸렸다.

놀란 강아지는 침대 밑으로 숨더니 나올 줄을 몰랐다. 하영이 아무리 불러도 나오지 않았다. 할 수 없이 침대 밑으로 손을 집어넣었다. 손에 뭔가 잡혔다. 기분이 나빠졌다.

침대 밑에서 나온 것은 깃털이었다. 깃털을 본 하영은 얼른 서랍장을 열었다. 이불 밑을 찾아보니 그 자리에 있어야 할 상자가 보이지 않았다. 상자를 가져간 사람이 누군지 알 것 같았다. 하영은 입을 삐죽이기 시작했다. 화가 나면 나오는 버릇이다.

아줌마에게 따져야겠다. 하지만 그전에 침대 밑에 들어간 강아지를 꺼내기로 마음먹었다. 아줌마에게 상자가 있는 곳을 알려준 게 강아지 같았다. 그건 둘만의 비밀이었다. 이렇게 침대 밑으로 숨는 걸 보면 잘못을 저지른 게 분명하다.

비밀을 지키지 않는 강아지는 벌을 받아야 한다.

강아지가 손에 잡혔다. 하영은 침대에서 강아지를 끌어내 목을 잡고 눈을 쳐다보았다. 버둥거리는 강아지를 데리고 하영은 깊숙한 곳에 숨겨둔 갈색 병을 찾았다.

거대한 저택의 복도에 선경이 주위를 두리번거리며 걷고

있다. 검은 드레스를 입은 선경은 높은 천장과 끝이 없이 긴 복도를 지나며 열려진 방을 하나씩 확인하며 무엇인가 찾고 있다.

복도 끝 햇살 속에 누군가 서 있다. 선경이 그곳을 향해 달려간다. 햇살 속에 서 있는 사람이 하영이라는 것을 확인하는 순간, 갑자기 아이가 숨바꼭질하듯 다른 방으로 달아난다. 하영의 웃음소리가 벽과 벽 사이를 울리고 천장으로 퍼진다.

선경은 귀를 막아버리고 싶다. 웃음소리를 피해 달리는 선경의 앞에 밧줄이 툭 떨어진다. 마치 그 밧줄에 목을 매달라는 듯 둥글게 매듭이 지어져 있다. 놀란 선경은 얼른 밧줄을 밀쳐버리고 달려간다. 복도를 돌아 달려가니 막다른 곳에 문이 있다.

그 문을 열자 하영이 기다리고 있다가 손바닥 가득 감기약 캡슐을 내민다. 선경이 고개를 흔들며 뿌리치자 화를 내며 달려들어 선경의 입에 집어넣을 기세다.

하영의 팔을 뿌리치고 힘껏 밀쳐낸다. 놀라서 눈이 휘둥그레진 하영이 허공에 손을 내저으며 아래로 아래로 추락한다. 놀라 난간에 서서 아래를 내려다보자 하영의 다리가 괴이하게 부러져 꼼짝을 못 하고 누워 있다. 하영이 소리를 지르며 선경을 향해 팔을 뻗는다.

어찌된 일인지 하영의 팔이 쭉쭉 늘어나 선경의 목에 와닿는다. 아이가 선경에게 매달린다. 여린 피부의 뜨듯한 느낌에 소름이 확 돋았다.

퍼뜩 눈을 떴다. 온몸이 땀으로 젖어 있다. 꿈이라고 해도 조금 전까지 목에 매달리던 하영의 작은 손이 아직도 느껴져 왠지 섬뜩한 기분이 든다. 목을 만져본다. 당연히 아무것도 없다.

그때 눈앞에 서 있는 하영의 모습이 보였다. 순간 온몸에 소름이 확 돋았다. 조금 전의 감촉은 꿈이 아닌 모양이다.

"……왜?"

하영의 팔에 베개가 들려 있다. 비바람 때문에 혼자 있기 싫어 내려온 것 같았다. 아이가 손을 내밀었다. 선경의 이마에 손을 대보고 자기 이마에 손을 댔다.

"머리가 뜨거워요."

"그래, 아줌마 지금 힘드니까 네 방으로 올라갈래?"

"아니요, 옆에 있을게요."

눈을 뜨고 싶었지만 약기운에 정신을 차릴 수가 없었다. 선경은 다시 깊은 잠에 빠져들었다. 하영이 옆에 누워 허리를 감싸 안아도 모를 지경이었다.

28.

시커먼 하늘에서 번쩍 번쩍 불꽃이 튀고 광폭한 바람과 함께 폭우가 쏟아지기 시작했다.

또다시 머릿속을 휘젓고 다니는 노랫소리에 병도는 머리를 쥐어뜯었다. 뇌 한쪽을 잘라낸다고 해도 사라지지 않을 것이다. 그의 세포 하나하나에 평생에 걸쳐 새겨놓은 고통의 음표들.

엄마는 멱살을 잡고 욕조 속으로 나를 집어넣었지. 출렁이는 물결 속에서 엄마의 일그러진 얼굴을 봤어. 우는 것 같기도 하고, 웃는 것 같기도 한 엄마의 얼굴은 너무 슬퍼 보여서 나는 꼴깍꼴깍 물을 마시면서 눈물이 나왔어. 폐가 찢어질 것 같이 아파서 눈물이 나왔는지도 몰라.

엄마의 시선은 날 향해 있지만 그 눈은 날 바라보고 있지 않았어. 어쩜 그건 내 얼굴 어딘가에 남아 있는 그 남자의 흔적이 아닐까 싶어. 한 번도 아빠의 이야기를 들어본 적은 없어. 나도 눈치가 있으니까 그 이야기는 하면 안 된다는 것쯤은 알고 있었지.

그래, 딱 한 번 엄마가 먼저 아빠의 이야기를 한 적이 있어. 죽일 놈이라고.

아빠라는 말은 꺼내지도 말라고 했지. 그때 처음 알았어.

나는 한 남자의 폭력으로 태어났다는 것을. 그게 무슨 뜻인지도 몰랐지만 엄마의 표정을 보고 짐작할 수 있었어. 아주 끔찍하고 고통스럽고 잔인한 짓이라는 것을.

—넌 태어나지 말았어야 해. 너를 볼 때마다 그 순간이 떠올라.

엄마는 욕조에 내 머리를 처넣어도 풀리지 않는 분노와 고통으로 비명을 질러대고 있었다. 왜 죽이지 않았을까? 태어나기 전에 지워버렸더라면, 엄마나 나나 그렇게 고통스러운 시간을 보내지는 않았을 텐데.

소리와 빛이 한꺼번에 감옥 안을 때렸다. 가까운 곳에 번개가 내려친 듯했다.

한순간 눈앞을 하얗게 만드는 번개에 그는 이대로 감옥에 있을 수 없다는 생각을 했다. 그는 벽 한쪽 모서리에 설치된 CCTV 카메라를 쳐다보았다.

'모니터로 놈들이 보고 있겠지?'

이병도는 발목과 팔에 찬 수갑을 바라보았다. 이렇게라도 끝내고 싶었다. 그리고 감옥에 있으며 한동안은 정말 끝났다고 생각했다.

살인을 거듭할수록 마음은 점점 더 공허해졌다. 머릿속의 노랫소리를 지우기 위해 살인을 했지만, 언제나 다시 들려왔다. 스무 명을 죽인 뒤 그 소리는 더이상 들려오지 않았다. 하지만 이제는 다른 것들이 그를 괴롭혔다.

노래 따위는 처음부터 없었다.

처음 엄마를 살해하고 난 뒤로 그는 평범하게 살았다. 다시 살인을 시작하게 되었을 때, 그는 직감했다.

이제 나는 미친듯 밤거리를 서성거릴 것이다. 누구를 봐도 빈틈을 노릴 것이고, 마음속으로 그를 죽이는 상상을 할 것이다. 그리고 어느 날 술 생각이 나서 술집을 찾듯 그렇게 내 욕망이 시키는 대로 살인을 벌일 것이다. 이미 두 손이 피에 젖었다. 두 발이 피에 젖었다. 나는…… 살인에 대한 변명을 찾고 있었을 뿐이다.

정신을 차려보면 어느새 여자의 목을 조르며 노래를 부르고 있었다. 엄마는 그렇게 내 안에서 다시 살아났다. 지금껏 엄마의 노랫소리를 지우기 위해 살인을 하고 있다고 생각했다. 하지만 이제 깨달았다. 나는 다시 엄마의 노래를 듣기 위해 살인을 계속한 것이다.

엄마를 살해한 것은 엄마를 증오해서가 아니다. 그것은 미치도록 사랑받고 싶었다는 방증이다. 길 잃은 고양이에게 베푸는 허름한 애정 한 조각에도 질투를 느낄 만큼 목말라 있었던 것이다.

단 한 번이라도 따뜻한 눈길을 받고 싶었다. 머리를 쓰다듬는 엄마의 온기 있는 손길을 느껴보고 싶었다. 엄마 품에 안겨 자장가 소리를 들으며 잠들고 싶었다.

그의 영혼은 벌레 먹은 나뭇잎처럼 여기저기 수많은 구멍이 나 있다. 그 구멍을 지나는 바람을 느낄 때마다 그는 살인을 했다. 하지만 그것으로 구멍은 채워지지 않았다.

'아직 끝나지 않았어.'

선경을 다시 만난다면 빈 구멍이 채워질 것 같았다. 먹물처럼 그의 영혼을 잠식시킨 공허함을 사라지게 할 수 있을 것 같다. 다시 만나기만 한다면.

이병도는 벽 한쪽에 설치된 카메라를 보며 생각에 잠겼다.

이 철벽같은 경계를 뚫고 어떻게 선경을 만날 것인가. 그렇지 않아도 재소자의 자살 사건으로 경비는 더 삼엄해졌다. 이병도 같은 사형수가 이곳을 나가는 것은 죽지 않고서는 불가능하다.

다시 번개가 내려쳤다. 거세게 빗줄기가 쏟아졌다. 비바람에 세상이 떠나갈 듯 빗소리가 들렸다.

그는 그제야 해답을 찾았다. 그는 감옥을 탈출하기 위한 준비를 시작했다.

보안 사무실에서 모니터를 보고 있던 교도관이 벌떡 일어났다. 그 바람에 다른 의자에 길게 다리를 걸치고 졸고 있던 교도관이 눈을 떴다.

"왜 그래?"

"저…… 저, 미친 새끼가 자기 목을 그었어!"

그 말에 놀라 졸고 있던 교도관이 얼른 모니터로 시선을 돌렸다. 다른 사형수들은 대부분 잠자리에 들었다. 오로지 이병도의 방만 달랐다.

방 한가운데 서서 그는 보란듯이 카메라를 쳐다보고 있었다. 이빨을 드러내놓고 웃고 있는 그는 제정신이 아닌 것처럼 보였다. 그의 목에는 시커먼 피가 줄줄 흘러내리고 있었다. 피는 온몸을 적시고 바닥까지 흥건하게 흘렀다. 저런 출혈을 방치하면 큰일이다. 순식간에 죽을 것이다.

"빨리 과장님께 전화해. 비상 걸어."

전화를 받은 보안과장은 당장 의무실 직원과 이병도의 감방으로 가 확인할 것과 위급 상황이라면 즉각 근처 병원으로 이송하라는 지시를 내렸다. 그의 목소리는 분노로 떨리고 있었다.

연락을 받고 당직중이던 의무실 직원이 달려왔다. 교도관은 그를 대동하고 사형수들만 있는 감방으로 내달렸다. 교도관과 의무실 직원은 서둘러 감방 문을 열고 안으로 들어갔다. 이병도는 목을 부여잡고 방 한가운데 쓰러져 있었다. 방바닥은 흥건한 피로 미끌거렸다.

직원이 다급히 목의 상태를 살펴보려고 했지만 이병도는

고통스러운지 발버둥을 치며 끙끙 앓았다. 어떻게 해서든 지혈을 하려고 이병도의 목에 난 상처를 보기 위해 그의 손을 떼어내려고 했지만 쉽지 않았다.

"출혈이 심해요. 경동맥이면 죽을 수도 있어요. 빨리 병원으로 옮겨야 해요."

직원이 교도관들에게 말했다. 둘은 어떻게 해야 하나 싶어 망설이다 열쇠를 찾아 이병도의 손발에 묶인 수갑을 풀었다.

"구급차를 안쪽에 대라고 해. 과장님한테도 연락하고."

거센 빗줄기를 뚫고 구치소 인근 지정 병원의 구급차가 도착했다.

이병도는 의료진이 가져온 들것에 실려 구급차로 옮겨졌다. 교도관 두 명이 구급차에 함께 올랐다. 구급차는 황급히 비 오는 밤길을 달려 병원 응급실로 향했다.

29.

눈을 떠보니 아이가 옆에서 자고 있었다.

선경은 자신도 모르게 부르르 몸을 떨며 몸을 돌렸다. 도저히 아무렇지 않게 아이의 얼굴을 볼 수가 없다. 그때 갑자기 벼락과 함께 침대 스탠드의 작은 불이 나갔다. 가까운 곳에 벼락이 내려쳐 정전이 된 것 같았다.

하영이 잠결에도 두려움을 느꼈는지 손을 더듬어 선경의 허리에 매달렸다.

선경은 허리에 매달린 작은 손을 하나하나 떼어내고 밀치고 싶었다. 내게서 손을 떼라고, 털끝 하나 닿는 것도 끔찍하다고 비명이라도 지르고 싶었다. 하지만 그러지 못했다. 선경은 돌아누워 하영의 머리를 감싸 안았다. 체온이 높아서 그런지 머리가 뜨거웠다. 땀에 젖은 머리카락이 손을 축축하게 만들었다. 깊은 잠에 빠진 아이는 입맛을 다시며 알 수 없는 말로 잠꼬대를 했다. 무섭다는 말 같았다.

"걱정하지 마. 금방 불이 들어올 거야."

선경도 낮은 목소리로 중얼거렸다. 한참을 기다려도 불은 들어오지 않았다.

하영에 대한 감정은 한마디로 말할 수 없을 만큼 복잡하고 미묘했다.

짧은 시간 동안 꾸었던 꿈이 생각났다. 약을 내밀던 하영의 모습이 떠올랐다. 유 경사의 말이 암시가 되어 이상한 꿈을 꾼 모양이다. 꿈 덕분에 의문이 하나 풀렸다. 독약. 아이가 어떻게 독약을 구할 수 있을까 싶어 유 경사의 추리를 부인했었다. 답은 간단했다.

하영의 엄마는 약을 먹고 자살을 했다. 엄마의 방에서 독약을 발견하고 그것을 지금까지 숨겨왔다면? 충분히 가능한 이야기다. 선경의 무게중심도 점점 더 유 경사의 추측 쪽으로 옮겨가고 있다.

하영이 얕은 숨을 내쉬며 잠에 빠져 있다. 젖살이 가득한 볼은 깨물어주고 싶을 만큼 앙증맞다. 무슨 꿈을 꾸는지 이따금 미간을 찡그리며 신음소리를 낸다. 또다시 칭얼거린다. 얼른 가슴에 손을 얹고 토닥여주자 아이는 다시 깊은 잠에 빠진다.

아이를 바라보는 선경의 마음속은 창밖의 날씨만큼이나 비바람이 몰아치고 있다.

이병도를 만나 이야기를 들으며 그의 의식 속 깊은 곳에 자리 잡은 상처를 들여다보는 것과 하영의 산산이 부서진 내면을 보는 것은 달랐다.

이병도는 타인이고 선경의 업무 중 하나다. 그 일을 마치고 나면 그와의 접점은 더이상 없다. 하지만 하영은 남편의 딸이고 이제 함께 살고자 자신이 받아들인 사람이다. 하영은 일이 아니라 매일 함께 자고 일어나 밥 먹고 얼굴을 마주하는 일상이다.

이병도가 이미 깊은 나락에 빠져든 검은 영혼이라면 하영에게는 아직 기회가 있다. 곪은 부분을 도려내고 다른 사람과 같이 평범하고 제대로 된 삶을 살 기회가 있다. 지금 바로 잡으면 된다.

선경은 하영의 머리를 쓰다듬었다. 지난 시간들이 하영의 영혼에 얼마나 깊게 검은 그림자를 드리웠는지 궁금해졌다. 영원히 지워지지 않는 상처라고 해도 그 상처를 얼마나 극복하느냐에 따라 달라질 것이라 믿었다. 선경은 자신이 낙천적인 사람이라고 생각했다. 뭐든 희망이 있다고 생각했다. 하영에게도 그런 희망이 있을 거라고 믿었고 그러길 바랐다.

과연 그럴까? 이제는 그런 생각에 회의가 들었다. 너무 늦은 게 아닌가 하는 생각이 들기 시작했다.

엄마를 죽게 했던 독약을 일 년 가까이 가지고 있다가 함께 사는 할머니 할아버지에게 먹여 죽게 만들었다. 그리고 그것을 위장하기 위해 불을 질렀다. 그것은 이병도 같은 범죄자에게서나 볼 수 있는 잔인한 수법이다. 커다란 눈을 가진, 아직 젖살이 채 빠지지 않은 복숭아 뺨을 가진 열한 살의 아이가 저지를 일은 아니다.

하영의 마음속에는 무엇이 있는가.

문득 자신에게 가위를 휘두르던 하영의 얼굴이 떠올랐다. 처음으로 하영이 무섭다고 느꼈던 날이었다. 열한 살 소녀의 내면에는 선경으로서는 상상할 수 없는 존재가 들어 있다. 나이 같은 것은 중요하지 않다.

약기운에 잠들었다가 깨어나서 그런지 다시 왼쪽 머리가

깨질 듯 아파왔다. 시계를 보니 1시가 넘었다. 이대로 하영의 곁에 더 누워 있는 것도 힘들었다. 다시 잠들기는 쉽지 않을 것 같았다. 선경은 조용히 일어나 안방 문을 나섰다.

30.

응급실 입구에는 미리 연락을 받은 보안과장이 기다리고 있었다. 온통 비에 젖어 있는 그의 모습은 처연하기까지 했다.

그는 구급차에서 내리는 이병도의 모습을 보더니 인상을 찡그렸다. 죄수복에 피가 흥건하고 얼굴에도 피가 낭자했다.

기다리고 있던 병원의 들것으로 옮겨진 이병도는 곧 응급실로 들어갔다.

"도대체 어떻게 된 거야? 왜 저 지경이 된 거야?"

날카로워진 보안과장이 구급차에 함께 타고 온 교도관을 붙잡고 다그쳤다.

"저도 잘 모르겠습니다. 모니터를 보는데 갑자기 뭘 들고 목을 긋더니……."

보안과장은 한 손으로 얼굴을 쓸어내리더니 한숨을 내쉬었다.

"사람 골탕을 먹이려고 작정을 했구만. 성기철이 죽은 지 얼마나 됐다고 저것까지 설치는 거야?"

얼마나 피를 흘렸는지 모르지만 목을 긋고 출혈이 상당하다면 상황이 좋아 보이지는 않는다.

보안과장은 제발 또다시 시끄러워지는 일이 생기지 않기를 빌었다.

성기철의 자살로 여기저기 불려다니며 고초를 겪었던 게 불과 얼마 전이다. 여기서 또 이런 일이 생겼다는 게 알려지면 이번엔 정말 책임을 지고 자리에서 물러나야 할지도 모른다. 어떻게 해서든 살려야 한다.

보안과장은 욕을 삼키며 응급센터로 들어갔다.

수술실로 옮겨진 이병도는 수혈과 동시에 봉합 수술을 받았다. 목에 생긴 상처는 다행히 동맥을 건드린 것이 아니어서 봉합만 잘하고 수혈을 하고 나면 안정될 거라는 게 의료진의 설명이었다. 피가 많이 흐른 것도 목의 상처 때문이 아니라 머리 상처 때문이라고 했다. 아마도 상처가 한 군데가 아닌 모양이다. 어찌되었든 보안과장으로서는 한숨 돌릴 수 있는 상황이었다.

수술을 끝낸 이병도는 곧 회복실로 옮겨져 격리되었다. 수혈이 계속되고 고른 숨을 내쉬며 잠에 빠져든 것을 보자 보안과장도 비로소 시계를 보며 하품을 했다.

자다가 일어나서 비 오는 밤거리를 미친듯 달려오고 속을 태운 걸 생각하면 놈의 목을 졸라도 부족하다. 오늘밤의 소동에 대한 값은 반드시 치르게 하겠다는 생각을 하며 보안과장은 병실 문을 나섰다.

교도관 둘에게 경비를 서게 했다. 병실 안에 한 명, 병실 밖 복도에 또 한 명이 보초를 서도록 했다. 목에 상처를 입은데다 상당한 출혈로 일어나 앉기도 쉽지 않을 것이다. 도망을 친다는 것은 생각도 하지 않았다.

하지만 집으로 돌아가서 설친 잠을 보충하기 위해 다시 잠자리에 든 보안과장은 왠지 불길한 생각이 들었다.

이병도는 처음 구치소에 오던 날부터 그의 신경을 건드렸다. 유영철 못지않게 자기 과시가 심하고 특별 대우를 원했다. 평소에도 요구 사항이 많고 조금만 마음에 들지 않으면 불만 사항을 접수해 교도관들을 피곤하게 만들며 심심치 않게 문제를 일으켰다.

범죄심리학자라는 여자의 얼굴이 떠올랐다.

생각해보니 선경과 면담을 한 뒤로 분위기가 달라졌다. 새로운 놀이 대상이 생겨서인지 몰라도 감방에서도 조용하기만 했다. 하지만 면담이 진행될수록 그는 눈에 띄게 불안해 보였다. 여자가 더이상 오지 않는다는 것을 알게 되자 불안은 극에 달했던 것 같다. 오늘의 자살 소동은 그 여자와 관련이 있는 게 틀림없다.

'여자를 만날 수 없다는 게 그렇게 큰일인가?'

처음부터 마음에 들지 않았다. 시작부터 이병도가 주도한 일이다. 그런 놈의 뇌 구조를 알아내는 게 무슨 대단한 일이라고 놈이 원하는 시간에 면담을 하도록 여러 사람이 움직여야 하는지 이해할 수가 없었다.

놈은 다른 누구도 아닌 이선경이라는 사람을 원했다.

감방 안에서도 원하는 사람이 있으면 언제든 불러서 만날 수 있다. 어떻게 보면 대단한 권력이다. 여자는 이병도가 왜 자신을 선택했는지 모르는 눈치였다. 면담에서 그가 원하는 게 뭔지 모르지만 아마 그가 절대적으로 유리한 싸움이었을 것이다. 그게 그의 자만심을 충족시켜주었겠지. 하지만 여자는 만만치 않았다.

그는 여자가 자신을 거부하고 면담을 중단한 사실에 충격을 받았다. 그 상실감은 사형선고를 받던 날 만큼이나 큰 것 같았다. 이대로 여자를 만날 수 없다는 절박함이 결국 오늘 이런 일까지 저지르게 했다. 과연 이걸로 끝일까?

보안과장이 불안한 것은 그것이었다. 놈이 또 무슨 짓을 저지를지 아무도 모른다. 이런 생각들이 꼬리를 물고 이어지다 보니 어느새 잠은 저만큼 달아나고 편히 잠자리에 누워 있지도 못할 만큼 불안감이 커졌다.

결국 잠자리를 털고 다시 병원으로 가봐야겠다고 생각하며 일어났을 때 전화가 왔다. 병원에 있는 교도관의 전화였다. 이병도가 병실에서 사라졌다고 했다. 올 것이 왔구나 하는 생각이 들었다. 눈앞이 캄캄했다.

간신히 정신을 차린 보안과장은 들고 있던 전화기가 터져라 욕을 해댔다.

도대체 그 몸으로 어떻게 도망을 쳤단 말인가?

31.

이병도에게 여자의 집주소를 알아내는 것은 일도 아니었다.

여자의 집 앞에 선 이병도는 주위를 둘러보았다. 골목은 이미 늦은 밤인데다 폭우와 거센 바람 때문에 사람 흔적도 보이지 않았다. 그는 재빨리 대문 옆의 담을 짚고 훌쩍 뛰어넘었다. 목의 상처가 후끈거렸지만 견딜 만했다. 병실에서 링거액 튜브로 교도관의 목을 조를 때 하마터면 봉합한 상처가 다시 터지는 줄 알았다. 조금만 더 힘을 주었으면 뜨거운 피가 목을 타고 흘렀을 것이다.

몇 번의 감방 생활이 그에게 전해준 지식 중에는 쓸 만한 게 많았다. 이 선생의 주소를 알아내는 것이나 상처는 깊지 않아도 피를 많이 흘린 것처럼 보이게 하는 방법 등은 모두 감방의 인생 선배들에게서 배운 것이다.

마당 안으로 걸어가는 그의 발걸음은 거침이 없었다.

태풍 같은 거센 비바람이 그가 내는 모든 소리를 가려주었다. 현관문으로 걸어가 살며시 문에 손을 대고 당겨보았다. 잠겨 있다. 그는 오른쪽으로 돌아 창문이 있는 곳으로 다가갔다. 커튼이 쳐진 창문으로 희미한 불빛이 보였다. 불빛이 흔들리는 것으로 보아 촛불 같았다. 그제야 근처 골목의 가로등이 모두 꺼진 이유를 알았다. 날씨 때문인지 정전이 된 것이다. 이병도에게는 좋은 징조였다.

촛불이 켜져 있다면 사람이 있는 것이다. 그는 다시 벽을 돌아 뒤로 갔다.

작은 창문이 보였다. 창문 옆으로 가스관이 통과하고 있는 것을 보니 주방인 것 같았다. 조심스럽게 주방 창문으로 다가서며 문이 열리는지 확인해보았다. 문이 움직이는 것 같아 열어볼까 하는 사이 누군가 주방 쪽으로 걸어오는 모습이 창문 너머로 보였다.

이병도는 얼른 벽에 바짝 기대었다. 인기척은 점점 그가 있는 쪽으로 다가왔다.

그릇들이 달그락거리는 소리가 들리더니, 이내 가스불이 켜졌다. 슬쩍 고개를 돌려 곁눈질을 해보니 여자가 가스레인지 앞에 서 있었다. 선경이었다.

선경은 가스불 위에 놓인 주전자를 바라보고 있었다. 아마도 커피 물을 올려놓은 듯싶었다. 가스의 푸른 불꽃이 어둠 속에도 선경의 얼굴을 밝히고 있었다. 선경은 무엇 때문인지 깊은 생각에 잠겨 있었다. 한쪽 앞머리가 흘러내려 잘 보이지 않았다.

이병도는 손을 내밀어 선경의 흘러내린 머리카락을 올려주고 싶었다. 그녀가 끓여주는 커피를 마시며 자신이 살아온 지난날에 대해 이야기하고 싶었다. 하고 싶은 말이 너무나 많은데, 선경은 들어줄 마음이 없다. 갑자기 선경이 자신에게 얼마나 매몰차게 굴었는지 떠올랐다.

'나에게 기회를 준다는 말은 거짓말이었어. 대가를 치르게 될 거야.'

이병도는 낮은 목소리로 흥얼흥얼 노래를 부르기 시작했다. 또다시 시작됐다. 하지만 이번에는 정말 마지막이라는 생각이 든다.

주전자에서 삐익 하는 소리가 들렸다. 물끄러미 주전자를 바라보고 있던 선경이 커피잔을 꺼내 물을 따르는 모습이 보였다. 그녀는 그가 있다는 사실도 모른다. 아니, 아예 관심이 없다.

처음부터 그랬다. 그녀의 관심은 오로지 그가 여자들을 어떻게 죽였는지에 관한 것뿐이었다. 애써 관심이 있는 척했지만 그는 선경이 자신을 속이고 있다는 것을 잘 알고 있었다. 그래서 첫 번째 면담도 그렇게 짧게 끝낸 것이다. 실은 그녀에게 해줄 말이 별로 없다. 그 사실을 들키고 싶지 않았다.

그는 그녀의 얼굴이 보고 싶었다.

그녀가 웃으며 자신을 바라봐주기를 원했다. 그가 하는 이야기에 귀를 기울여주고 외로움을 알아주었으면 했다. 선경이 어린 날의 첫 기억을 이야기하는 순간, 그의 기대는 산산이 부서졌다. 그가 만났던 수많은 여자들은 모두 왜 그렇게 시시한 기억으로 인생을 시작했을까?

선경만은 다르기를 바랐다. 좀더 진지하게 자신의 영혼을 들여다봐줄 사람이라고 생각했다. 과수원 아줌마가 병원에서 깨어난 어린아이를 자신의 과수원에 데리고 가 아무 말 없이 받아주었듯이, 세상 누구 한 사람쯤은 자신의 그 허허로운 풍경을 같은 눈으로 보고 느껴주리라 믿었다. 그게 선경일 거라 생각했다. 그러나 선경은 실망만 안겨주었다.

선경이 커피잔을 들고 걸어가는 모습이 보였다. 어느 방으로 들어가는지 눈여겨 지켜보았다. 문이 닫히고 난 뒤에도 한동안 비를 맞고 기다렸다.

다시 조심스럽게 걸음을 옮겼다. 주방을 지난 곳에 출입문이 보였다.

문손잡이를 돌려보니 소리도 없이 열렸다. 열린 문으로 빗소리가 크게 들릴까 봐 얼른 안으로 들어간 뒤 문을 닫았다. 안은 어두웠지만 눈은 벌써 어둠에 익숙해졌다. 희미하지만 물건들의 윤곽이 보였다. 보일러가 설치되어 있고 세탁기가 있는 걸로 봐서 다용도실 같았다.

그는 세탁기 옆 세탁물 바구니에 있는 수건을 꺼내 조심스럽게 머리와 몸에 묻은 물기를 닦았다. 온몸을 흠뻑 적신 물기는 바닥까지 흥건하게 흘렀다.

머리의 물기를 대충 닦아낸 그는 수건을 다시 바구니에 던져놓고 문을 열었다. 조금 전까지 선경이 서 있던 주방이다.

주방으로 걸어가던 그는 고개를 돌려 싱크대를 바라보다 걸음을 옮겼다.

선반에 있는 칼꽂이가 눈에 보였다. 성능 좋은 칼들이 여러 개 나무 칼꽂이에 꽂혀 있었다. 몇 개의 칼을 꺼내 칼날을 확인하던 그는 날렵해 보이는 칼을 손에 들었다. 손잡이가 손바닥에 안기며 자리를 잡았다. 마치 그를 기다리고 있던 것처럼 느껴졌다. 칼을 쥔 손에 저절로 힘이 들어갔다.

그는 다시 몸을 돌려 선경이 들어간 방으로 조심스럽게 걸어갔다.

잠에서 깨어나자 혼자라는 것을 깨달았다. 넓은 침대에 혼자 누워 있다. 하영은 낯설게 방안을 둘러보았다.

아줌마는 어디로 간 걸까?

창밖에서 검은 그림자가 흔들렸다. 하영은 고개를 들어 가만히 창밖을 바라보았다. 무서운 생각이 들었지만 찬찬히 보고 있자니 마당에 있는 나무의 가지가 흔들리는 그림자였다.

하영은 자리에서 일어나 앉으며 생각에 잠겼다.

아줌마가 자신을 바라보던 표정이 떠올랐다. 고양이를 잡고 있던 아이들에게 칼을 휘둘렀을 때도 아이들은 그런 표정을 지었다. 그 뒤로 아무도 하영에게 말을 걸지 않았다. 다들 하영을 피했다. 아줌마도 차가운 표정으로 얼굴을 돌리겠지. 뱃속이 차가워졌다. 기분이 안 좋다. 아빠와 함께 살고 싶어서 아줌마 말도 잘 들었는데, 이제는 아줌마와도 같이 살고 싶다. 하지만 아줌마가 싫어할 것 같다.

하필이면 이럴 때 아빠가 출장중이라 어떻게 해야 할지 물어볼 수도 없다. 혼자 생각하고 결정해야 한다.

아줌마가 그 일을 알게 될 거라고는 생각하지 않았다. 소방관 아저씨가 문제다.

아줌마의 방에 들어와 잠든 아줌마의 곁에 누우려고 했을 때 핸드폰이 울렸다. 문자메시지가 도착했다는 소리가 들렸다. 아줌마는 약에 취해 정신없이 자고 있었다. 하영은 혹시 아빠일지도 모른다고 생각했다. 그래서 얼른 핸드폰을 열었다. 하지만 거기엔 하영이 생각하지 못했던 말들이 적혀 있었다.

―박은주 자살 사건 재조사, 응암동 방화 사건과 동일한 독극물 확인. 유동식

명함에서 봤던 소방관이 보낸 문자였다. 박은주는 엄마 이름이다. 하영은 한참 동안 문자메시지를 들여다보았다. 무슨 말인지 모르지만 엄마의 이름이 적혀 있는 것을 보니 기분이 이상했다. 그 소방관 아저씨가 엄마에 대해 알아낸 것 같았다. 그걸 아줌마에게 문자로 알려주는 걸 보면 아줌마와 소방관 아저씨는 하영의 비밀에 대해 알고 있는 것 같다.

하영은 핸드폰의 문자를 지우고 탁자 위에 올려놓았다.

'어떡하지? 이건 누구에게도, 아빠에게도 말하지 않기로 결심한 비밀인데 아줌마가 알아버렸어. 아빠에게 이를까? 집에 불을 지른 걸 아빠가 알게 되면 뭐라고 할까?'

하영은 아빠가 어떤 표정을 지을지 상상해보았다.

아빠가 얼마나 화를 낼지 겁이 났다. 지금은 아무 생각도 하고 싶지 않다. 우선 아줌마 옆에서 좀 자야겠다. 그렇게 생각했다. 그때 아줌마가 아픈지 신음소리를 내며 힘들어했다. 하영은 아줌마의 머리를 만져보았다. 뜨거웠다. 많이 아픈 것 같았다. 아줌마가 잠에서 깨었다. 하영은 2층으로 올라가라는 아줌마의 말을 듣고도 그냥 옆에 누웠다.

그리고 잠들었다 일어나보니 그사이 아줌마가 사라졌다.

벌써 아빠에게 전화를 하러 갔을까 봐 겁이 났다. 탁자 위를 보니 핸드폰이 그대로 있었다. 전화를 하러 간 건 아닌 것 같았다.

'아빠에게 내가 먼저 말해야 돼.'

하영은 아빠에게 할 말을 생각했다.

할머니네 집에 불을 지른 걸 알면 아빠가 좋아하지 않을 게 분명하다. 더구나 아빠와 버리기로 약속한 물건을 그대로 가지고 있다. 아빠는 분명 그걸 기억해내고 화를 낼 거야. 아빠가 출장에서 돌아오면 아줌마는 틀림없이 그 일을 일러바치겠지.

아줌마는 내 비밀을 너무 많이 알고 있어. 서랍장에 숨겨둔 새들도 들켰어. 그런 생각을 하니 하영의 마음은 초조해졌다. 아줌마가 무얼 하고 있는지 궁금해졌다.

하영은 안방 문을 열고 조심스럽게 걸음을 옮겼다. 발소리도 들리지 않게 서재 문 앞까지 다가갔다. 아줌마는 분명 거기 있을 거야. 문에 귀를 대고 무슨 소리가 들리는지 기다렸다. 서재에서 남자 목소리가 새어 나왔다. 하마터면 소리를 지를 뻔했다. 분명 아빠는 출장에서 돌아오지 않았을 텐데, 이 남자는 누구지? 하영은 다시 문 가까이 얼굴을 대고 귀를 기울였다.

하영의 호기심은 점점 커져갔다.

남자의 큰 손이 입을 틀어막았다.

의자에 앉아 생각에 잠겨 있던 선경은 누가 들어오는 소리도 듣지 못했다. 갑자기 남자가 달려들어 한 손으로 몸을 결박하고 다른 손으로 입을 틀어막는 바람에 정신을 차릴 수가 없었다. 더구나 자신을 안고 있는 손에는 칼까지 들려 있었다. 두려움과 공포가 밀려들었다.

집안으로 낯선 남자가 들어오다니, 비 오는 밤을 이용해 담을 타넘어 들어온 것 같았다. 온몸의 신경들이 꽁꽁 얼어붙었다. 그때 선경의 귀에 남자의 목소리가 들렸다. 귀에 익숙한 목소리였다.

"당신이 만나러 오지 않아서…… 내가 찾아왔지."

이병도. 그가 온 것이다. 한편으로는 그래도 안면이 있는 사람이라는 것에 안도감을 느끼다, 순식간에 간담이 서늘해졌다.

그는 구치소를 탈출한 것이다.

어떻게 탈출해서 집까지 찾아왔는지 모르지만 그런 대담함과 거침없는 행동력이 그의 심리 상태를 짐작케 했다. 그는 막다른 골목까지 거침없이 자신의 발로 걸어온 것이다. 그것은 죽는 것조차 개의치 않겠다는 것이고, 그만큼 두려울 게 없다는 뜻이다.

차가운 비를 오랫동안 맞아 그런지 그의 몸은 차갑고 축축했다. 차가운 살갗이 볼에 와닿자 소름이 돋았다. 등뒤로 남자의 식은 몸이 느껴졌다. 선경은 움츠러드는 자신을 감추고 애써 태연하게 보이기 위해 온몸에 들어가 있던 힘을 뺐다.

이병도도 그걸 느꼈는지 단단하게 굳어 있던 팔이 조금 풀렸다.

"손을 떼도 비명 같은 건 지르지 않겠다고 약속해."

입김이 선경의 뺨에 와닿았다. 그의 얼굴이 바로 옆에 있었다.

선경이 가만히 고개를 끄덕이자 이병도가 천천히 입을 틀어막고 있던 손을 떼어냈다.

"칼도…… 치우지 그래요? 날 죽이러 온 게 아니라면."

"아직…… 결정을 못 했거든."

그 말에 선경은 잠자코 기다렸다. 그는 선경의 머리칼에 코를 파묻고 잠시 향기를 맡더니 풀어주었다. 긴장해 있던 선경은 가볍게 한숨을 내쉬고 몸을 돌려 이병도를 바라보았다. 그는 머리를 긁적이더니 한 발 뒤로 물러서며 칼을 테이블 한쪽에 내려놓았다.

추운지 갑자기 몸을 부르르 떠는 이병도를 보고 선경이 의자에 걸쳐져 있던 남편의 셔츠를 내밀었다. 그는 고개를 저었다.

"감기 들 텐데."

그 말에 이병도는 키득키득 웃기 시작했다. 그는 천천히 서재를 둘러보았다.

"여기가…… 당신의 세계인가?"

선경은 대답도 잊고 눈앞의 이병도를 쳐다보면서도 도무지 믿기지 않았다. 지금 독방에서 자고 있어야 할 그가 왜 눈앞에 있는 건지, 아무리 생각해도 꿈을 꾸고 있는 것 같았다.

"어떻게 된 건지 얘기해주겠어요?"

책장에 꽂힌 책들을 바라보던 이병도가 선경을 돌아보며 피식 미소를 지어 보였다.

"내가 어디에 있는 게 중요한가? 내겐 지금 당신과 같이 있다는 게 중요한데……."

선경의 머릿속에 보안과장의 얼굴이 떠올랐다. 누구보다 이병도가 제자리에 있기를 원하는 사람이 바로 그일 것이다. 그가 지금 이 사태를 알고 있는지 궁금했다.

"이제야 당신이 궁금해하던 첫 번째 질문에 답할 시간인 것 같군."

이병도는 선경을 처음 본 그날을 떠올렸다.

그는 처음으로 과수원집 이야기를 선경에게 털어놓았다. 털 엄마 원숭이에 대한 대답이었다. 진지하게 듣고 있는 그녀의 얼굴을 쳐다보니 다시 한번 과수원집에 있는 것 같은 느낌이 들었다.

그는 긴 여행을 끝내고 싶었다.

누구도 자신의 의지로 태어나는 사람은 없다. 하지만 살아가는 것은, 혹은 살아가는 것을 멈추는 것은 자신의 의지로 할 수 있다.

그는 머릿속에서 더이상 들려오지 않는 노래에 안도감을 느꼈다. 살인은 그의 의지가 아니었다. 어쩔 수 없는 선택이었다. 형사들에게 잡히고 감옥에 가게 되어도 아무 상관이 없었다. 그는 끊임없이 그를 괴롭히던 노래가 멈추는 것만 생각했다. 아무리 귀를 기울여도 다시 들려오지 않는다. 이제 두 발 뻗고 잘 수 있을 것 같았다. 그곳이 감옥이라고 해도 상관없었다. 사형수들만 지내는 독방도 감사할 뿐이었다. 엄마의 망령이 드디어 멀리 떠났다고 생각했다.

선경의 얼굴을 보기 전까지는 그렇게 생각했다. 선경을 보고 난 뒤 그는 혼란에 빠졌다. 너무도 그리운 사람을 다시 만나게 되었다는 생각이 들었지만, 다른 한편으로는 절대 자신의 모습을 보이고 싶지 않았다. 이런 몰골로 만날 수는 없다. 하지만 이십 년 만에 다시 찾은 기회를 그렇게 날릴 수는 없었다. 결국 만나고 싶다는 욕망이 이겼다.

다시 만난 선경은 그 아줌마가 아니었다. 선경이 건네준 사과를 먹었지만 달콤하지 않았다. 천국에서 맛보던 그 사과는 다시 가질 수 없는 꿈처럼 느껴졌다.

"나에게 이럴 수는 없어. 어떻게 인사도 없이 떠날 수가 있지?"

"차라리 모르는 게 나을 거라고 생각했으니까."

이병도는 고개를 저었다.

"아니, 당신은 거짓말을 했어. 내게 기회를 주기로 해놓고 주지 않았지. 난 그 노랫소리 때문에 미칠 것 같은데, 당신은 나 같은 건 안중에도 없었어. 당신도 똑같아. 과수원 아줌마라고 생각했지만 당신은 우리 엄마랑 같은 사람이었어."

"나는 어느 쪽도 아니에요. 세상에는 당신 엄마와 과수원 아줌마 둘만 있는 게 아니……."

선경은 아직 할말이 남았지만 이병도는 들으려 하지 않았다. 선경에게 달려들었다. 그는 선경의 목을 조르며 그녀의 눈을 들여다보았다. 이제는 그녀의 목소리가 들리지 않는다. 노래가 그의 뇌를 쾅쾅 울리고 있었다.

그는 마지막 노래를 흥얼거리며 생각했다. 노래를 멈추게 할 방법은 이것밖에 없었다.

"그냥 한마디만…… 한마디만 해줬어도 좋았을 텐데. 엄마는 정말 그렇게 내가 끔찍했어요? 단 한 순간도 내가 기쁨인 적이 없었나요? ……엄마에게 웃음인 적이 없었나요?"

그의 눈을 바라보고 위험을 직감했는지 선경이 거칠게 반

항하기 시작했다. 하지만 그 정도의 저항은 얼마든지 제압할 수 있다. 이병도는 선경의 목을 조르고 자신의 팔뚝에 툭툭 불거져나오는 힘줄을 느끼며 속으로 숫자를 세었다.

벽으로 밀어붙이고 목을 조이자, 여자의 거칠던 움직임이 둔해졌다. 할딱이던 숨소리도 차츰 줄어들었다. 숨결이 그의 뺨에 와닿았다. 그는 손아귀에 남은 힘을 다해 여자의 목을 조였다. 그의 팔뚝을 붙잡고 할퀴던 여자의 손이 툭 허공으로 떨어져 힘없이 흔들렸다.

죽는 것은 이렇게 간단하다.

그는 한쪽 손을 풀어 여자의 얼굴로 흘러내린 머리카락을 올려주었다. 그는 여자의 머리에 기대 잠시 눈을 감았다. 그의 눈에 가득했던 물기가 주르르 뺨을 타고 흘렀다.

그때 옆구리에 지독한 통증이 느껴졌다.

이병도는 고개를 돌려 옆구리를 쳐다보았다. 칼이 꽂혀 있다.

이상하다, 칼은 테이블 위에 놓여 있을 텐데, 하며 고개를 들다가 몇 걸음 물러서서 자신을 바라보고 있는 여자아이를 발견했다. 아이는 당황하는 기색도 없이 말간 눈으로 자신이 벌인 일이 어떻게 진행되는지 지켜보고 있었다.

'이 아이가 당신의 고양이인가?'

이병도는 여자의 목을 조르던 손을 떼어 자신의 옆구리를 만져보았다. 피가 많이 흐르지는 않는다. 몸을 찌르고 있는 이질감이 싫었다. 그는 이를 악물며 옆구리에 있는 칼을 빼냈다. 기다렸다는 듯이 피가 뿜어져 나왔다.

칼은 절묘하게도 옆구리에서 갈비 쪽으로 들어가 폐를 찌른 모양이다. 숨을 내쉴 때마다 헛바람이 새어 나왔다. 손에서 힘이 빠졌다. 한 손에 잡혀 있던 여자가 정신을 차린 듯 그의 팔을 쳐내고 빠져나왔다.

그 바람에 이병도는 바닥에 쓰러졌다. 몸의 감각이 달라졌다.

육체에서 정신이 떨어져 나가려고 하고 있다. 그는 이제 곧 자신이 죽게 된다는 사실을 본능적으로 깨달았다. 숨을 쉴 때마다 폐 깊은 곳에서 피가 흘러나왔다. 기침이 터져 나왔다. 입으로 피를 토해냈다. 숨을 쉬기가 힘들었다. 그의 몸에서 흘러나온 피가 그의 발을 적시고 누워 있는 그의 몸으로 흘렀다.

안개가 밀려드는 것 같았지만 어떻게든 두 눈을 떠보려고 안간힘을 썼다. 여자아이가 호기심 어린 눈으로 다가오는 것이 보였다. 그의 몸에서 흘러나온 피가 여자아이의 발까지 흘러갔다. 그는 무기력하게 누워 있는 자신을 느끼며 공허한 웃음을 지었다.

갑자기 밝은 빛이 시야를 가득채웠다. 그는 바닥에 누운 채 눈부신 빛을 바라보았다. 정전이 끝났는지 형광등 불빛이 그의 눈을 찌를 듯했다.

정신을 차린 여자가 다가오는 아이를 막아서더니 손을 잡고 뒤로 물러나는 모습이 보였다. 이병도는 손을 뻗어 선경을 잡아보려고 했지만 손은커녕 눈꺼풀을 밀어 올리는 것도 힘들었다.

죽는 것쯤 아무것도 아니라고 생각했는데. 모든 것이 끝나는 것이라고, 암흑이고 그저 사라지는 것이라고, 그렇게 생각했다. 하지만 죽음이 다가오는 그 순간에야 비로소 깨달았다. 죽음은 암흑이 아니라 잠시의 정전이며, 사라지는 것이 아니라 다른 세계로 옮겨가는 것이다.

지금의 의식과 기억을 고스란히 가지고 옮겨간다는 것이 두려워졌다. 이렇게 계속 그의 의식과 영혼이 이어져 또 다른 생이 만들어진다는 사실에 소름이 돋았다. 저승이라는 건 두려움을 이기려고 만든 환상이라고 생각했다. 하지만 그건 환상이 아니라, 의식을 관통하는 또 다른 우주였다. 그나마 위안이 있다면 평생을 고통 속에 들어야 했던 어머니의 노래가 이제는 그의 마음을 위로하고 보듬고 있다는 것이다.

그는 눈을 감고 노래를 들었다.

그의 머릿속에 간직하고 있던 첫 기억의 노래와 달리 엄마의 목소리는 밝고 따뜻했다. 그는 가만히 엄마의 손길을 기다렸다. 평생을 기다린 엄마의 크고 따스한 손이 그의 머리를 쓰다듬고 그의 눈과 코와 볼을 어루만졌다. 그는 비로소 평생 채우지 못했던 그 깊고 어두운 구멍이 메워지는 것을 느꼈다. 평생을 괴롭히던 노랫소리는 그렇게 사라졌다.

"죽었어요?"

여자아이의 목소리가 들렸지만 그 목소리도 점점 멀어져 갔다.

선경은 계속 고개를 내밀고 죽은 남자를 쳐다보려는 하영을 데리고 서재를 나갔다. 혹시 이병도가 살아날까 봐 뒤를 돌아보았지만 그의 눈이 감기고 굳어 있던 얼굴이 풀어지며 입가에 미소가 번지는 게 보였다. 죽음이 오히려 그에게 안식을 준 듯했다.

거실로 나오는데 안방에서 핸드폰이 울렸다. 얼른 달려가 전화를 받았다. 서울구치소의 보안과장이었다. 늦어도 너무 늦은 전화다. 하지만 그의 업무 태만을 탓할 만큼 기력이 남아 있지 않았다.

선경은 그의 말을 채 듣지도 않고 짧게 말했다.

"여기 있어요. 와서…… 데려가세요."

자세한 설명도 하지 않고 주소만 알려주고 전화를 끊었다.

선경은 소파에 털썩 주저앉았다. 온몸이 와들와들 떨려서 서 있을 수가 없었다. 하영이 조금 떨어진 곳에 서서 멍하니 선경을 쳐다보고 있었다. 조금 전 일 때문에 놀란 모양이다.

하영이 아니었다면 선경은 이병도의 손에 죽었을 것이다. 덕분에 살아난 것이 고맙기는 하지만 한편으로 기분이 착잡했다.

"괜찮아?"

선경이 물었지만 아이는 아무 대답도 안 하고 빤히 선경을 쳐다보기만 했다. 혹시 다친 곳이라도 있는가 싶어 얼른 일어나 아이에게 다가갔다. 하영의 머리와 팔, 다리를 더듬으며 아픈 곳은 없는지 물었다.

아무런 대답이 없던 하영이 가만히 손바닥을 내보였다. 피. 두 손은 피로 흠뻑 젖어 있었다.

하영은 두 손에 묻은 피를 보고 충격을 받은 것 같았다. 그걸 어떻게 해야 할지 몰라 선경에게 내보인 것이다. 선경을 바라보는 아이의 눈은 차가운 밤바다처럼 깊고 고요했다. 그 마음속에 어떤 물결이 일고 있는지 가늠할 수가 없었다. 하영은 손바닥을 폈다 오므렸다 하며 조금씩 굳어져가는 피의 감촉을 느끼고 있다.

놀란 선경은 서둘러 하영의 팔을 끌고 욕실로 향했다.

수돗물을 틀어놓고 거칠게 하영의 손을 들이밀었다. 아이의 손에 묻어 있던 피가 물에 씻겨 하수구로 흘러가기 시작했다. 선경은 하영의 손에 비누를 묻히고 거품을 내 한 방울의 피도 남이 있지 않게 했다. 손이 빨갛게 달아오르도록 씻기고 또 씻겼다. 그렇게라도 하지 않으면 이병도의 피가 하영의 몸 속으로 스며들어 어린 영혼을 물들일 것 같았다.

상상만으로도 너무나 끔찍했다.

"그만 씻을래. 아파."

하영이 손을 뒤로 뺀 뒤에야 선경은 정신이 들었다. 미친듯 손을 씻기는 선경이 이상했는지 하영은 주춤주춤 뒤로 물러났다.

선경은 정리함에서 수건을 꺼내 하영에게 내밀었다. 하지만 하영은 받지 않았다. 하영이 나가고 난 뒤 선경도 찬물에 얼굴을 씻었다. 조금 정신이 돌아오는 것 같았다.

머리를 들자 거울 속에 모습이 보였다. 몰골이 흉했다. 고개를 들어 목을 확인했다. 붉은 손자국이 선명하게 나 있다. 근육이 놀랐는지 무지근한 통증이 느껴졌다.

거실로 나오자 소파에 앉아 있는 하영의 모습이 보였다. 하영은 처음 온 그날처럼 유리문 너머 마당을 쳐다보고 있었다. 뭔가 골똘히 생각에 빠진 모습에 괜히 불안해졌다.

"하영아, 괜찮아?"

하영의 곁에 다가가 앉으며 물었다.

하영이 손가락으로 창밖을 가리켰다.

"바람이 그쳤어요."

그 말에 선경도 고개를 돌려 마당을 바라보았다. 사납게 내리던 비가 어느새 분노를 가라앉히고 조용해졌다. 바람에 흔들리던 버드나무도 비에 젖어 늘어져 있었다.

그 말을 마친 하영은 또 아무 말도 없이 창밖을 쳐다보았다. 그 침묵이 두려워 선경은 하영의 얼굴을 뚫어져라 쳐다보았다. 무슨 생각을 하는지 알 수 없는 아이의 얼굴이 선경을 불안하게 했다. 선경은 더이상 참지 못하고 고개를 돌렸다.

"아줌마, 이제…… 나랑 같이 살기 싫은 거죠?"

하영의 말에 놀라 고개를 다시 돌렸다. 아이와 눈이 마주친 선경은 뭐라 할 말을 찾지 못해 허둥거렸다. 아이는 가만히 선경의 대답을 기다렸다.

선경은 자신을 바라보는 하영의 눈동자를 보면서 망설이다 대답했다.

"……아빠 돌아오시면 같이 이야기하자."

아이의 얼굴에서 실망한 표정이 역력했다. 아이는 2층으로 올라가버렸다.

혼자 남은 선경은 경찰들이 오기를 기다리다 초조함에 입술을 깨물었다.

하영을 생각하자 목젖으로 뜨거운 무언가가 올라왔다. 꾹꾹 눌러 삼키려고 해도 내려가지 않았다. 결국 선경은 꺽꺽 소리를 내며 울기 시작했다.

아이의 잘못이 아니다. 어쩌다 보니 애정에 굶주려 자신이 무슨 짓을 하는지도 모르는 엄마에게 학대를 당했다. 그 일이 아이의 영혼에 금이 가게 만들었다면 오늘밤 이 사건은 아이에게 어떤 흔적을 남길까? 자신이 저지른 일은 아니지만 선경은 하영의 친엄마가 했던 짓보다 더 끔찍한 짓을 저질렀다는 것을 깨달았다.

자신과 함께 살지 않았다면 아이가 이런 경험을 했을까? 선경은 두려워졌다. 왜 하영에게 자꾸 이런 일이 일어나는 것인지 아무라도 붙잡고 물어보고 싶었다. 하영의 운명은 마치 준비된 수순을 밟아가고 있는 것 같았다. 그 길의 끝에 무엇이 있을지 확인하는 것이 두려웠다.

선경은 부인하고 싶었다. 누군가에게 강하게 도리질을 했다.

안 돼. 이럴 수는 없어. 이건 말도 안 돼. 그만해요, 그만.

이 아이를 그만 괴롭혀요.

32.

경찰들은 현장 보존을 위해 서울구치소의 보안과장도 안으로 들이지 않았다.

서재 문 앞에서 과학수사대의 초동수사가 끝나기를 기다리며 안을 기웃거리던 보안과장이 선경이 있는 쪽으로 다가와 주위를 서성거렸다. 소파에 앉아 형사들과 상황을 이야기하던 선경은 힐끗 곁눈질로 그를 쳐다보았다.

그의 표정은 차라리 안도하는 것 같았다. 이병도가 다른 곳도 아니고 이곳에 와서 죽어 있다는 사실이 그에겐 그나마 다행스러운 것이겠지. 비록 문책을 당하기는 하겠지만 빠른 시간 안에 탈출 사건이 수습되었으니 그에게 최악의 상황은 아니다.

"그러니까 저놈이 목을 조르다 불이 들어오는 바람에 당황해서 주춤거렸고, 그 틈에 놈이 들고 온 칼로 찔렀다 이겁니까?"

"네."

선경은 형사들의 질문에 시선을 내리깔며 대답했다. 한 손으로 목을 감싸쥐고 아픈 표정을 지었다. 형사들이 선경의 목에 난 상처를 놓칠 리 없다. 형사 하나가 고개를 빼고 유심히 선경의 상처를 보고 수첩에 뭐라고 적었다. 다른 과학수사대원은 열심히 선경의 목에 난 상처를 찍어댔다.

형사들에게 거짓말을 하기로 한 것은 하영이 때문이다.

만약 이병도를 죽인 게 하영이라는 사실을 알게 되면 그들은 아이에게 당시 상황을 꼬치꼬치 캐물을 것이다. 결국 정당방위로 결론이 나겠지만 그동안 아이가 시달릴 것을 생각하면 상황을 조금 바꿔놓는 게 나을 것 같았다.

더구나 방화 사건도 있다. 만약 형사들의 질문에 아이가 엉뚱한 대답이라도 한다면 생각지도 못한 방향으로 이야기가 흘러갈 가능성이 크다. 남편이 돌아오기 전까지는 아이를 보호해야겠다는 생각뿐이었다.

하영의 문제는 남편이 돌아오면 상의할 생각이다.

"병원에 안 가셔도 괜찮겠어요?"

형사들이 수첩을 접으며 말했다. 별다른 말이 없는 것을 보면 그들은 선경이 준비한 시나리오에 대해 수긍하는 눈치다.

현장에서 발견한 칼에도 선경의 지문이 묻어 있다. 이 집안에 다른 사람이라고는 2층 자기 방에서 자고 있는 아이밖에 없다. 아이는 거센 비바람 소리에도 곤히 자고 있었다. 그들로서는 의심할 만한 구석이 없었다.

형사들은 오히려 구치소에서 면담중이던 죄수에게 죽을 위기를 넘긴 선경을 동정하는 눈치였다. 선경과 얘기를 마친 형사들은 의자에서 일어나 서재 쪽으로 걸음을 옮겼다.

선경과 이야기할 기회를 노리던 보안과장은 형사들이 떠나자 얼른 자리를 잡았다.

"어떻게 된 겁니까?"

"그건 제가 묻고 싶은 질문이네요."

보안과장의 표정이 잠시 굳어졌다 풀렸다. 어떻게 보면 오늘의 사태는 그의 책임이다. 그로서는 선경에게 어떤 소리를 들어도 머리를 조아려야 할 입장이다. 그는 바짝 자세를 낮추고 선경의 비위를 맞췄다.

"저놈 연극에 속았죠. 이 선생님처럼 말입니다. 설마 그렇게 피를 흘리고 병원에서 탈출할 줄 누가 알았겠습니까?"

어떻게 된 일인지 짐작이 갔다. 구치소의 철통같은 경비를 뚫고 나온다는 것은 불가능한 일이다. 탈출을 원한다면 어떻게든 구치소 밖으로 나와 기회를 노리는 게 현명하다. 병원이라면 경비가 허술해질 가능성이 많다.

"놈이 뭐라던가요?"

보안과장은 두 눈을 반짝이며 선경의 대답을 기다렸다.

사실 보안과장은 이병도가 그렇게까지 위험을 무릅쓰고 탈출을 감행해서 선경을 찾아왔다는 사실에 놀랐다. 애초에 선경을 지목해서 면담을 한 것부터 심상치 않았다. 그가 탈출을 결심한 것도 선경 때문이라는 것을 알고 있었다.

이병도에게 선경이 특별한 존재라는 것은 알았지만 과연 무엇 때문에 특별한 것인지는 알지 못했다. 도대체 무엇이 이병도의 마음을 흔들어놓았는지 궁금했다.

"마음만 먹으면 언제든 날 만나러 올 수 있다고 하더군요."

최선의 방어는 공격이다. 선경은 보안과장에게 차갑게 쏘아붙였다.

그의 입으로 이병도에 대해 이러쿵저러쿵하는 말을 듣고 싶지 않았다. 누구에게 설명한다 해도 이병도의 눈빛 속에 담긴 마지막 그 감정을 전달할 수는 없다. 천 마디의 말보다 눈빛에서 모든 것을 읽을 수 있었다. 뼛속 깊은 곳까지 시렸을 그의 외로움을 보안과장의 잡담거리로 만들고 싶지 않았다.

어떤 사람들은 타고난 예민함으로 자신의 영혼을 스스로 다치게 한다. 선경 역시 형제 없이 자란 외로움과 일찍 어머니를 여읜 그 허전함을 가슴속에 안고 살아왔다. 이병도가 했던 말은 누구도 도달하지 못했던 선경의 마음 깊은 곳까지 들어왔다. 남들은 이해하지 못할 동질감을 굳이 설명하고 싶지 않았다.

보안과장은 기분이 상한 듯 불쾌한 표정으로 선경을 쳐다보다가 서재에서 시체가 나오는 것을 확인하고 얼른 자리에서 일어나 사람들의 뒤를 따랐다. 현관으로 나가던 보안과장이 선경을 돌아보며 말했다.

"내가 말했죠? 놈하고 엮여서 좋을 거 없다고."

그는 선경에게 가볍게 고개를 끄덕이는 것으로 인사를 대신하고 밖으로 나갔다.

소파에서 일어나 서재 쪽으로 가보니 조금 전 이야기를 나눈 형사가 나오고 있었다.

"오늘은 그냥 문을 닫아두시는 게 좋겠습니다. 날이 밝으면 범죄피해자지원센터에 연락해서 청소 지원을 해드리겠습니다."

선경은 고개를 끄덕이며 서재 안을 바라보았다.

그가 누워 있던 자리에 검은 핏자국이 흥건했다.

형사는 서재 문을 닫고 제복 경찰을 찾았다. 제복 경찰이 노란 출입 제한 테이프를 가지고 와 방문 앞에 붙였다.

형사마저 떠나가자 집안이 고요했다.

선경은 태풍이 지나간 집안을 낯설게 바라보다 2층으로 올라갔다.

하영은 침대에서 자고 있었다. 발로 찬 이불을 다시 끌어다 덮어주고 방을 나섰다.

거실로 내려와 유리문의 잠금쇠를 확인했다. 비는 거의 그쳐 있었다. 깨닫고 보니 두통도 사라졌다.

참을 수 없는 졸음이 밀려왔다. 온몸의 기운을 소진한 기분이었다. 선경은 서둘러 거실 불을 끄고 안방으로 들어갔다.

침대 이불속으로 미끄러져 들어가기 무섭게 잠에 곯아떨어졌다.

꿈도 꾸지 않는 깊은 잠이었다.

33.

일주일은 잔 것 같은 기분으로 눈을 떴지만 시계는 8시를 가리키고 있었다. 소동 끝에 지쳐 꽤 오래 잠을 잤다고 생각했지만 불과 세 시간이 채 안 되는 시간이었다.

선경은 침대에서 빠져나와 커튼을 열어젖혔다. 맑게 갠 하늘과 이제 막 퍼지기 시작한 햇살이 시야에 가득 들어왔다. 지난밤의 광폭했던 시간들이 꿈처럼 느껴졌다. 하지만 지난밤이 꿈이 아니라는 것은 마당의 어지러운 흔적들이 증명했다.

바람이 할퀴고 간 마당은 쓰레기로 어지럽혀 있었다. 아침부터 할 일이 많다는 생각에 차라리 잘되었다는 생각이 들었다. 육체를 움직이는 동안 정신은 천천히 앞으로의 일을 생각할 것이다.

침대의 이불을 정리하고 있는데 밖에서 인기척이 났다. 거실에서 나는 소리였다. 하영이 벌써 일어났나 싶어 나가려는 순간 문이 열렸다.

하영이 쟁반에 우유를 담아가지고 들어왔다.

선경은 아이가 지난밤 그런 일을 겪고도 아무렇지 않은 표정을 하고 있다는 사실에 충격을 받았다. 어느새 하영에게 죽음은 익숙한 것이 된 게 아닐까 하는 생각도 들었다.

평온한 하영의 얼굴은 선경의 마음을 더욱 심란하게 만들었다. 어제 아이의 손에 묻은 피를 닦아주면서 선경은 무서운 사실을 깨달았다. 그렇게 하영의 손이 빨갛게 되도록 씻기고 또 씻겼지만 결국 하영의 손에 피를 묻힌 것은 자신이라는 것이었다. 자신이 간신히 지탱하고 있던 아이의 영혼을 산산조각 냈다.

자신이 평범한 주부였다면 어제와 같은 일이 벌어졌을까? 아이에겐 이미 누군가를 죽인 경험이 있다. 이제 또 한 번 그 경험이 겹쳐졌다. 어제 하영은 자신의 손에 묻은 피를 내려다보며 무슨 생각을 했을까? 그것을 생각하면 등골이 오싹하다.

어쩌면 자신과 하영은 만나면 안 되는 사이였는지 모른다.

"아줌마, 이제 괜찮아요?"

아이가 쟁반을 탁자에 내려놓고 물었다. 자기 딴에는 아픈 아줌마를 위해 마음을 쓰는 듯했다. 선경은 하영이 가져온 우유잔을 보다가 복잡한 심정으로 시선을 돌렸다.

"아줌마에게 물어보고 싶은 게 있어요."

하영이 침대 한쪽에 걸터앉으며 물었다.

"뭔데?"

"아빠한테…… 그 일, 얘기할건가요?"

하영이 말하는 '그 일'이라는 건 화재 사건을 말하는 것이겠지. 외조부모를 죽이고 불을 지른…… 아이는 이 일이 아빠에게 알려지는 것을 가장 겁내고 있다. 아니, 그보다는 이 일로 아빠와 함께 살 수 없게 될까 봐 두려워하는지도 모른다. 그렇게 끔찍한 일을 저지른 이유는 아빠와 함께 살고 싶어서였을 테니까.

"아줌마가 얘기하진 않을 거야."

아이의 얼굴에 안도하는 기색이 역력했다. 하지만 선경의 다음 말을 듣더니 표정이 굳어졌다.

"네가 직접 아빠에게 말했으면 좋겠어. 만약 네가 하지 않는다면 그땐 아줌마가 얘기해야겠지."

"꼭…… 얘기해야 돼요?"

선경은 말없이 하영의 눈을 들여다보았다. 선경의 눈빛을 본 아이는 어쩔 수 없다는 듯 고개를 숙였다.

"알았어요."

하영은 작은 목소리로 대답을 하고 잠시 생각에 잠겼다. 하지만 금방 기운을 차렸는지 선경을 바라보다가 생각난 듯 우유잔을 내밀었다.

아무것도 먹고 싶은 생각이 없어 고개를 저었다. 하영의 표정에 실망감이 번졌다. 그 모습을 보자 아이가 내미는 우유잔을 거절할 수가 없었다. 선경은 하는 수 없이 아이의 손에 들린 잔을 받았다.

하영은 나갈 생각을 하지 않고 빤히 선경을 쳐다보다가 입을 열었다.

"아줌만 내가 미운 거죠? 그렇죠?"

"아니, 난 널 좋아해."

"거짓말, 날 잘 알지도 못하면서……."

아이의 목소리가 잠겼다.

"잘 알지 못해도 좋아할 수 있어. 아줌마는 정말 너랑 잘 지내고 싶었어."

그건 솔직한 심정이다. 갑작스럽기는 했지만 아이와 지내면서 가족을 이루어가는 느낌이 뭔지 조금씩 알아가고 있었다.

"아빠는 아줌마를 좋아해요. 난…… 아줌마가 싫어요."

차가워진 아이의 목소리가 선경의 마음을 아프게 했다. 목이 메었다. 선경은 뭐라 대답을 못 하고 손에 든 우유를 한 모금 마셨다.

"난 그냥 아빠랑 같이 살고 싶었을 뿐이라구요……."

하영은 속이 상한 듯 혼자 중얼거렸다.

"아빠랑 같이 살 거야. 하지만 우선 아빠에게 이야기를 해야 돼."

선경은 다시 우유를 마셨다. 어서 하영을 방에서 내보내고 싶었다. 가만히 우유를 마시는 모습을 쳐다보던 하영이 갑자기 미소를 지으며 속삭였다.

"아줌마, 내가 비밀 한 가지 말해줄까요?"

선경은 조금 전과 달리 두 눈을 빛내며 생글거리는 하영의 얼굴이 어쩐지 무서웠다. 가슴이 답답해졌다. 이대로 욕실에 가서 토하고 싶어졌다.

"우리 엄마가 어떻게 죽었는지 알아요?"

아이 엄마는 약을 먹고 죽었다고 했다. 하지만 생글거리며 웃고 있는 하영의 얼굴을 보니 그게 아닌 것 같았다. 불길한 생각으로 뱃속이 뒤틀렸다.

"어…… 어떻게 죽었는데?"

"지금처럼 우유를 마시고 죽었죠."

"……!"

"아빠가 그랬거든요, 엄마가 정말정말 아프게 하면 우유에 넣어서 주라구요."

"그럼 그 약은?"

"아빠가 준 거예요. 그걸 먹으면 잠이 든다고 했어요. 내가 너무 많이 타서 죽었나 봐요."

선경은 아무 생각도 할 수가 없었다. 손발이 저려왔다. 자꾸 손을 주물렀다. 머리도 무거워졌다.

"그건 아빠하고 나하고 둘만의 비밀이에요. 남은 약은 몰래 버리라고 했지만 난 버리지 않았어요."

하영은 주머니에서 뭔가를 꺼내 내밀었다. 작은 약병이 하영의 손바닥에 앙증맞게 놓여 있었다.

왜 그 생각을 못했을까? 의사인 남편에게 약을 구하는 것쯤은 일도 아니었을 것이다. 전부인에 대한 이야기를 꺼낼 때 남편이 얼마나 민감하게 반응했는지 떠올랐다. 아내에게 받은 상처 때문이라고 생각했지만 또 다른 이유도 있었던 것이다.

문득 독약을 건네준 남편의 저의가 궁금했다.

엄마에게 학대받는 아이를 보다 못해 약을 건네준 것일까? 아니면 아내에게 벗어나기 위한 자구책이었을까? 남편이 어떤 의도로 하영에게 약을 건네주었는지는 모르지만 그 약 한 병에 하영의 엄마와 할머니 할아버지가 희생되었다. 이제 선경의 차례였다.

선경은 자기도 모르게 웃음이 새어 나왔다. 선경이 웃는 것을 본 하영이 영문을 모르겠다는 듯 고개를 까우뚱거렸다. 지난밤 하영의 끔찍한 경험에 수많은 자책을 했다. 하지만 아이는 선경이 걱정하는 단계를 지나 있었다.

하영은 크고 깊은 눈으로 선경의 변화를 지켜보고 있었다. 아이의 두 눈은 기대감으로 반짝였다.

선경은 하영이 앞으로 어떻게 자랄지 두려웠다. 아이의 미래에는 어떤 일들이 기다리고 있을까

문득 하영을 괴물로 만든 건 누굴까 궁금해졌다. 아이를 학대하던 엄마와 독약을 건네준 아빠, 아니면 또 다른 살인을 경험하게 한 자신? 자꾸 졸음이 몰려와 생각이 끊겼다. 이상

했다. 푹 자고 일어났다고 생각했는데 왜 이렇게 졸음이 몰려오는 것일까?

선경이 쓰러지려 하자 하영이 얼른 다가와 우유잔을 받았다.

선경은 힘없이 침대 위로 쓰러졌다. 기다렸다는 듯 하영이 익숙하게 선경의 몸 위로 이불을 덮어주었다. 아이가 선경의 허리를 꼭 껴안으면 말했다.

"그거 알아요? 나 어제까지만 해도 아줌마가 좋았어요."

"……."

"아줌마가 우리 엄마였으면 좋겠다고 생각했는데……."

자꾸 눈이 감겨 하영의 얼굴이 잘 보이지 않았다. 문득 이병도의 얼굴이 떠올랐다.

선경이 그의 일을 맡게 된 것부터 악마가 던진 운명의 장난 같은 기분이 들었다.

악마는 이병도라는 사람을 죽이는 대신 또 다른 괴물을 만들어냈다. 이병도를 죽이고 비로소 완성된 새로운 악마.

아직 어리기만 한 하영은 그런 악마의 계략을 모른 채 천진난만하게 웃고 있다. 아니 어쩌면 하영이 '악' 그 자체일지 모른다. 하지만 그 악을 만든 것은 하영의 엄마와 아빠, 우리 모두일 것이다.

선경은 하영의 끝이 어떨지 알고 있다.

이병도가 자신의 죽음을 통해 선경에게 보여주었다.

먼 훗날, 시간이 흐른 뒤 하영이 죽음을 맞이할 때 삶의 마지막에 있는 것을 확인하고 과연 어떤 표정을 지을지 궁금해졌다.

선경의 의식이 깊은 잠 속으로 들어가는 순간 아이의 맑은 목소리가 귀에 들려왔다.

"잘 자요…… 엄마."

후기

내겐 이상한 버릇이 하나 있다.

다른 작가도 그런지 모르겠지만, 출간된 내 책을 몇 번이나 다시 읽어본다. 원고를 쓰면서, 교정하면서 몇 번이나 눈이 빠지게 봤지만 인쇄되어 책이 도착하면 일단 한 번, 그리고 한참 시간이 지난 뒤 다시 한 번, 몇 년이 지나 어쩌다 무료한 오후에 무심코 꺼내서 또 한 번……. 마치 낯선 작가의 처음 보는 책처럼 자꾸 다시 보기를 한다.

워낙 기억력이 형편없기 때문인지, 그렇게 읽다 보면 내가 쓴 책인데도 처음 보는 책인 듯 정신없이 이야기 속으로 빨려 든다.

그래도 다른 작품 같은 경우는 두어 번 읽어보고 말았던 것 같은데, 『잘 자요 엄마』는 꽤 여러 번 다시 읽었다. 가장 힘들었던 시기에 오로지 글쓰기만이 유일한 탈출구였던 때 쓴 글이라, 그때의 치열했던 나를 돌아보게 만들기 때문인 것 같다. 욕심을 부린 탓에 흡족하지 않았던 첫 장편을 교훈 삼아 꽤 오래 고민하고 욕심을 덜어내며, 그러나 더 집중해서 작업했던 기억들이 떠오른다. 더 아픈 손가락 같은 작품이라고 할까?

이 이야기를 다시 시작하게 될 줄은 몰랐다. 『잘 자요 엄마』가 처음 출간됐을 때만 해도 그걸로 끝났다고 생각했다.

그런데 소설을 읽은 많은 분들이 소설이 끝난 뒤의 이야기를 궁금해했다. 여기저기서 속편을 써달라는 얘기를 들었다. 처음에는 "됐어요, 이 이야기는 여기서 끝이에요"라고 잘라 말했다. 그런데 몇 년이나 같은 이야기를 반복적으로 듣다 보니, 또 책을 꺼내 여러 번 다시 읽다 보니 슬슬 그들의 뒷얘기가 궁금해지기 시작했다.

하영은 그 뒤로 어떻게 되었을까?

어떻게 성장해서, 어떤 어른이 되었을까?

그제야 왜 독자들이 뒷이야기를 궁금해하는지 이해할 수 있었다. 하영의 이야기는 시작일 뿐이었구나. 그것을 깨닫는 순간 그녀의 성장기를 써보고 싶다는 생각이 들었다. 풀어야 할 이야기들이 아직 많이 남아 있었다.

다른 작품을 쓰면서도 머리 한편에서는 하영에 대한 생각이 계속 이어졌다. 속편은 없다고 얘기해놓고 아무도 몰래 하영의 다음 이야기를 구상하기 시작했고, 그렇게 다시 하영의 이야기를 꺼낸다.

이야기의 시작은 작가가 하지만 그 뒤의 운명은 독자에게 달린 것 같다. 앞으로 하영이 어떻게 성장하여 어떤 인물이 되는지 함께 지켜봐주시면 좋겠다.

특별히, 『잘 자요 엄마』를 다시 시작하는 계기를 만들어주신 임지호 편집장님께 감사드린다.

2018년 10월

서미애

잘 자요 엄마

1판 1쇄 2018년 10월 8일
1판 4쇄 2022년 4월 11일

지은이 서미애

책임편집 임지호 | **편집** 지혜림
표지디자인 김마리 | **본문디자인** 이원경 | **저작권** 박지영 이영은 김하림
마케팅 정민호 이숙재 한민아 김혜연 이가을 안남영 김수현 정경주 이소정
브랜딩 함유지 함근아 김희숙 정승민
제작 강신은 김동욱 임현식 | **제작처** 영신사

펴낸곳 (주)문학동네 | **펴낸이** 김소영
출판등록 1993년 10월 22일 제2003-000045호
임프린트 엘릭시르

주소 10881 경기도 파주시 회동길 210
문의 031-955-8892(편집) 031-955-3579(마케팅) 031-955-8855(팩스)
전자우편 editor@elmys.co.kr | **홈페이지** www.elmys.co.kr

ISBN 978-89-546-5306-0 04810
978-89-546-5305-3 (세트)

엘릭시르는 출판그룹 문학동네의 임프린트입니다.

이 도서의 국립중앙도서관 출판예정도서목록(CIP)은
서지정보유통지원시스템 홈페이지(http://seoji.nl.go.kr)와
국가자료공동목록시스템(http://www.nl.go.kr/kolisnet)에서 이용하실 수 있습니다.
(CIP제어번호: CIP2018029442)